사랑과 허물

송용일 장편소설
사랑과 허물

초판 1쇄 인쇄 2025년 02월 14일
초판 1쇄 발행 2025년 02월 28일

신고번호 제313-2010-376호
등록번호 105-91-58839

지은이 송용일

발행처 보민출판사
발행인 김국환
기획 김선희
편집 조예슬
디자인 다인디자인

ISBN 979-11-6957-310-8　　03810

주소 경기도 파주시 해올로 11, 우미린더퍼스트@ 상가 2동 109호
전화 070-8615-7449
사이트 www.bominbook.com

• 가격은 뒤표지에 있으며, 파본은 구입하신 서점에서 교환해드립니다.
• 이 책은 저작권법에 의하여 보호를 받는 저작물이므로 무단 전재와 복사를 금합니다.

송용일 장편소설

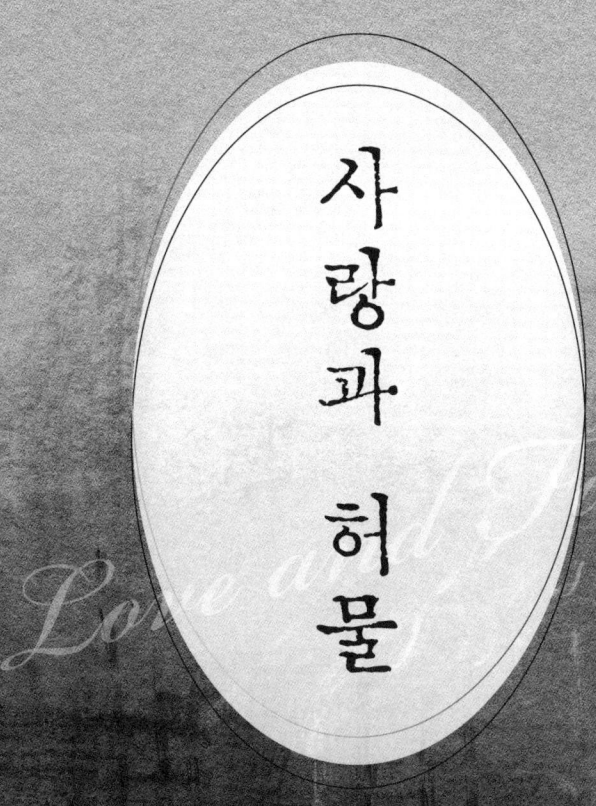

사랑과 허물

숨겨진 인간의 내밀한 이야기를 차분하고도
가슴 시린 시선으로 풀어낸 작품이다

보민출판사

추천사

삶이라는 무대 위에서 우리는 수많은 선택을 하고, 그 선택은 때로는 '사랑'이라는 이름으로, 때로는 '허물'이라는 결과로 남는다. 송용일 작가의 소설『사랑과 허물』은 사랑과 갈등, 희망과 고통, 그리고 그 안에 숨겨진 인간의 내밀한 이야기를 차분하고도 가슴 시린 시선으로 풀어낸 작품이다. 농촌의 소박한 풍경을 배경으로, 작가는 인간관계의 깊이를 탐구하며 우리에게 삶의 본질적인 질문을 던진다.

이 소설은 농촌을 배경으로 펼쳐지는 일상적이고도 정겨운 풍경을 세밀하게 묘사한다. '할머니의 목화밭', '감자사리', '오일장'과 같은 구체적인 에피소드는 독자들에게 농촌의 소박한 정취를 느끼게 해준다. 특히 '누룽이'라는 소와 함께하는 장면들은 인간과 동물, 자연이 어떻게 조화롭게 공존할 수 있는지를 보여준다. 작가는 농사를 짓고 새참을 나누는 장면을 통해 공동체의 따뜻함과 가족의 연대감을 그린다. 밭에서 일하고 식사를 함께하는 가족들의 모습은 현대 독자들에게 점점 잊혀가는 농촌의 소박함을 일깨우며, 물질적 풍요보다 더 중요한 인간적 가치를 떠올리게 한다. 할머니와 손자가 주고받는 대화 속에는 세대를 초월한 연결과 가르침이 담겨 있다. 농촌의 노동과 자연을 배경으로 한 이 이야기는 우리 삶의 뿌리를 돌아보게 하는 소중한 시간을 제공한다.

작품의 중심인 '사랑과 허물'의 이야기는 우리의 삶에서 피할 수 없는 문제들을 정면으로 다룬다. 사랑의 유혹과 도전, 그리고 불륜과 같은 갈등 요소들은 인간의 약함과 욕망, 그리고 그로 인한 결과를 생생히 드러낸다. 작가는 사랑이라는 이름 아래 저지르는 실수와 그로 인해 생겨나는 허물을 통해 독자들에게 묻는다. "사랑이란 무엇인가? 인간은 허물 속에서도 성숙해질 수 있는가?" 사랑은 때로는 가장 아름다운 감정이지만, 그로 인해 스스로를 파괴할 수도 있는 양날의 검임을 보여준다.

또한, 작가는 인간과 동물, 자연이 연결되는 이야기를 통해 깊은 메시지를 전달한다. 누룽이라는 소와 인간 사이의 관계는 단순한 가축과 주인의 관계를 넘어선다. 누룽이가 저지른 돌발사고는 농촌의 일상에서 발생하는 뜻밖의 사건처럼 보이지만, 이는 인간과 자연, 생명이 얽힌 관계의 균열을 상징적으로 보여준다. 이러한 장면들은 인간의 책임과 돌봄의 중요성을 다시 한번 생각하게 만든다. 작가는 누룽이를 단순한 소가 아니라 가족의 일원처럼 묘사하며, 독자들이 인간과 자연 사이의 유대를 깊이 느낄 수 있도록 한다.

이 작품은 농촌이라는 공간적 배경과 목화밭, 감자밭, 오일장과 같은 구체적인 묘사를 통해, 작가는 우리가 잃어가고 있는 본질적인 가치를 환기시킨다. 또한, 사랑과 허물이라는 보편적 주제를 통해 인간의 약함과 아름다움을 동시에 포착하며, 독자들에게 내면을 성찰할 기회를 제공한다. 독자들은 이 작품을 통해 다음과 같은 질문을 스스로에게 던질 수 있을 것이다. 사랑은 우리 삶에서 어떤 의미를 가지며, 그 책임은 어디까지인가? 허물 속에서도 우리는 구원과 용서를 찾을 수 있는가? 인간과 자연, 동물과의 관계는 무엇이며, 그것이 현대 사회에서 어떤 메시지를 던지는가? 한 번쯤 삶의 본질을 되돌아보고 싶다면, 이 책은 더할 나위 없이 좋은 동반자가 되어 줄 것이다.

2025년 2월
편집위원 **김선희**

목차

추천사 • 4

제1부. 농가 일상

01. 할머니의 목화밭 • 10
02. 감자사리 • 27
03. 오일장 • 35
04. 누룽이의 돌발사고 • 43
05. 아낙의 임신 • 54
06. 아낙의 유산 • 61
07. 풋사랑 • 66
08. 누룽이 임신 • 84
09. 모내기, 길삼, 왕골 수확 • 90
10. 첫 경험 • 100
11. 베틀 조립 • 104
12. 늑대와의 사투 • 110
13. 목화 수확 및 베짜기 • 116
14. 가을걷이 • 140
15. 설맞이 • 154
16. 누룽이 출산 • 173
17. 할머니 치료 • 179
18. 할머니 사망 • 186
19. 삼 년 만의 외출 • 190
20. 집 재건축 • 194
21. 어머니 사망 • 203
22. 생원의 유랑 • 207

제2부. 사랑과 허물

01. 사랑의 유혹 • 211
02. 사랑의 도전 • 219
03. 사랑과 허물 • 224
04. 불륜의 단초 • 228
05. 의처증 • 235
06. 운명의 장난 • 237
07. 겉과 속 • 252
08. 정욕의 발로 • 257

제3부. 읍참 누룽이

01. 읍참 • 263
02. 도축 • 266

제4부. 자충수

01. 우울증 • 270
02. 치료 • 272
03. 사랑의 자충수 • 276

제1부

농가 일상

01

할머니의 목화밭

누룽이가 마구간에서 되새김질을 하며 연신 꼬리를 흔들고 있다. 오늘은 목화밭으로 가자며 석이가 쟁기와 배댓끈과 멍에를 챙겨 지게에 지고 누룽이를 앞세우자 할머니와 누이가 따라나선다. 목화밭은 집에서 2킬로 정도 떨어진 거리에 있으며, 오늘은 고랑을 파고 이랑을 만들려는 것이다.

"이랴 이랴!"

"쯧 쯧!"

"워 워!"

가는 도중에 누룽이가 풀의 유혹을 못 이겨 주춤거린다. 밭에 가면 밭두렁에 풀이 많다며 빨리 가자고 석이가 걸음을 재촉한다. 누룽이를 채근하는 사이 할머니와 누이가 앞질러 간다. 쟁기질을 기다리고 있는 밭은 700평 정도인데 밭 입구에 도착하자 우선 누룽이를 밭두렁에 풀어 놓고 풀을 뜯긴다.

어느 정도 배가 부를 때 석이는 소의 목에 멍에를 걸고 쟁기를 채운 후 입에 망을 씌운다. 누룽이한테 더 이상 입질할 생각 말라며 한대와 배댓끈을 배와 등에 맨 뒤 붓줍을 쟁기 까막머리에 걸고 주리막대로 조정하며 밭을 간다. 방울 소리를 내며 누룽이는 묵묵히 쟁기를 끈다.

"이랴 이랴!"

"워 워!"

"돌아 돌아!"

"쯧 쯧!"

"물러 물러!"

밭을 갈고 쓰레질을 한 다음 이랑을 만들려고 북을 돋우려는 것인데 지난 가을 수확을 한 후 삼십 센티 깊이로 갈고 퇴비를 주었으므로 훨씬 일이 수월하다. 토질이 마사땅이고, 햇볕이 잘 들고, 통풍도, 배수도 잘 되어 목화 재배에 안성맞춤이다.

할머니 옆에서 누나가 일을 돕고 있다. 김을 매던 할머니가 봄인데도 왜 이렇듯 볕이 따갑냐 하니 누나가 눈치를 채고 권한다.

"할머니, 그늘에서 좀 쉬세요. 물 한 사발 드릴게요."

얼마 떨어지지 않은 곳에 작은 옹달샘이 있어 물이 많이 나오지 않아도 먹을 만큼은 고이는데 도랑 옆 땅속에서 솟구치는 물이라 정말 시원하다. 할머니가 하는 말은 언제나 같다.

"이 물은 많이 먹어도 배탈이 안 난다."

"보리밥 덩이도 이 물에 말아 먹으면 금상첨화지."

"풋고추에 된장을 찍어 먹으면 그만이야."

주위는 산들로 둘러싸여 있어 물을 더럽히는 오염원이 없다. 할머니가 허리를 펴고 산을 훑어보니 진달래 꽃잎으로 불그레 물이 들어 있다. 목화 씨앗은 정성을 단단히 들여 준비를 하였다. 비눗물에 씻고 이틀 동안 물에 담갔으며, 물에 뜨는 씨앗은 버리고 나머지 씨앗만 건져 수건으로 닦고 말렸다.

씨앗을 심을 때는 뾰족한 부분을 밑으로 이랑 북위에 심는다. 간격은 30센티 정도로 하고, 깊이는 4센티로 흙을 파고 씨앗을 넣고 흙을 덮는다. 얼마 안 가 허리가 아파 일어서는데 젊은 시절 혼자 농사를 지으며 억척같이 살아온 세월이 일렁거린다. 잡초도 매면서 비름나물, 쑥, 냉이도 따로 챙긴다.

봄나물은 보릿고개를 이기게 하는 나물이며, 금년에도 예외가 아니다. 사람들은 나물마저도 부족해 흉년이 심할 때는 장리쌀을 먹는다. 장리쌀은 가을에 추수 후 그 쌀을 갚는다. 보통 쌀 한 가마니 장리쌀을 내면 한 가마니 반을 갚아야 한다. 즉 5할(50%)을 가산하는 것인데 정말 고리대금이다.

어느덧 해가 중천을 향하고 있는데 어머니가 바구니를 머리에 이고 온다. 낡은 따벵이가 툭 떨어지는 것을 보니 먼 길 오느라 힘이 부친 모양이다. 새참을 먹으라는 것이다.

"할머니, 새참이 왔어요."

"아이고, 가지고 온다고 애미가 수고하였다."

"석아, 너도 빨리 와서 먹자."

밭 한쪽 귀퉁이에는 널직한 반석이 있다. 밥을 먹을 때는 모두가 그 위에 올라가 먹으니 운치도 있고, 밥맛도 있다. 석이는 쟁기질을 멈추고 누렁이를 풀어 물도 먹이고, 풀도 뜯긴다. 어머니는 석이를 보고 새참을 먹으라고 채근을 한다. 아들 형제 중에서 손끝이 아픈 막내인데 큰아들은 대처로 나가 소식도 없으니 석이에게 지극 정성이다.

새참이라 해봐야 고구마 삶은 것, 감자 찐 것 정도이나 고구마를 김치에 곁들여 먹으면 꿀맛이다. 옹달샘 물을 한 사발 들이키며 할머니는 물맛이 좋다고 예찬을 한다. 새참을 다 먹자 어머니는 그릇을 챙겨 서둘러 일어선다.

"집에 가서 아버지 점심을 챙겨드려야지."

혼잣말로 중얼거린다. 누이가 하는 말이

"올케가 알아서 할 텐데."

"그래도 가봐야지."

점심에는 며느리가 올 것이라며 쑥이랑, 냉이랑, 지칭개도 주섬주섬 챙긴다. 집은 2킬로 떨어진 곳에 있는 작은 마을인데 북쪽으로 가면 읍에 가는 큰 길과 연결된다. 느티나무가 있는 소학교를 지나 실개천을 따라 올라가면 개천둑에는 초록이 가득 열려 있다. 들길을 돌아 집에 들어서니 생원의 기침 소리가 들린다. 집은 초가삼간으로 위채와 아래채가 있다.

어머니가 집에 들어서자 부엌에 들어가니 부엌에서 아낙이 점심 준비를 하고 있다. 부엌은 높다란 실강이 있고, 바닥에는 무쇠솥이 덩그러니 가운데 놓여 있으며, 부뚜막 옆으로 안방으로 들어가는 쪽문이 있어 식사가 준비되면 그 문으로 음식을 넣는다. 뒷문도 하나 있는데 뒷뜰로 통한다.

"애야, 사랑에 점심 빨리 챙겨드리고 밭에 또 가야겠다."

"어머니, 이번에는 제가 가겠습니다."

"그렇게 하려무나."

어머니는 밭에서 가지고 온 나물들을 부엌에 풀어 놓는다. 아낙은 쑥과 냉이, 지칭개를 재빨리 씻고 손질하는데 마사땅에서 캐온 것이라 무척 깨끗하다. 작년에 말려둔 가죽나물에 냉이를 된장에 버무리고, 지짐이도 가마솥 뚜껑에 기름을 쳐서 잠깐 사이 굽는다. 쑥은 쑥국을 끓이고, 지칭개는 살짝 데쳐 들기름에 조물조물 무치니 한 상이 차려져 사랑으로 가져간다. 밥상은 은행나무로 만든 교자상이다.

"아버님, 진지 드세요."

생원은 기침을 한 번 하고 밥상 앞에 앉는다.

"아이고, 봄 냄새가 물씬 나구만."

"밭에는 누가 가노?"

"제가 가지고 갈 것입니다."

생원은 밥을 맛있게 먹은 후 밥상을 툇마루에 내려놓으며 오후에 할 일을 생각한다. 아무래도 미나리깡에 가봐야 할 것 같다. 얼음을 뚫고 나온 것들이 상태가 어떤지 궁금하고, 물도 잘 실려 있는지 점검하고 싶다. 석이 아낙이 설거지를 하고 시어머니와 함께 부엌에서 간단히 식사를 하는데 어머니가 채근을 한다.

"애야, 빨리 밭에 가거라."

"여기는 내가 치우겠다."

할머니가 기다리는 것 같아 조바심이 나는 모양이다.

"그럼 빨리 갔다 오겠습니다."

"올 때 돈나물이 샘가에 있으면 좀 뜯어 오너라."

"알겠습니다."

아낙은 바구니에 밥이랑 국이랑 부침개를 담고 보자기로 싼다. 냉이도 있고, 다래무침도 곁들이니 봄 밥상이 화사하다. 할머니 밥은 하얀 쌀밥이 좀 섞여 있다.

"어머니, 빨리 갔다 오겠습니다."

"그래 나는 집 앞 밭이나 가봐야겠다."

아낙은 머리에 바구니를 이고 종종걸음으로 서둘러 간다.

그녀는 강 건너 큰 마을에서 시집을 왔다. 그 마을은 김씨들의 집성촌이며, 집은 그런대로 먹고살 만한데 오지마을로 시집을 와서 고생이 많다. 시집온 지 수년이 되었으나 아직도 쪽머리에 빨강 댕기를 감고 있어 새색시같이 보인다. 밖에 나오니 기분이 좋은지 콧노래를 부르며 간다. 봄을 만끽하며 들판을 지나 개울을 건너 목화밭에 이르니

"할머니, 점심 가지고 왔어요."

"아이고, 손부야, 수고한다."

석이를 보더니 쑥쓰러워한다.

"그동안 일들 많이 하셨네요."

"점심 드세요."

할머니가 점심 바구니 앞에 앉으며 소리친다.

"석아, 빨리 오너라."

"네, 할머니, 거의 다 했어요."

"너는 그것 마치고 집에 가거라."

"누이하고 나는 마저 끝내고 가련다."

널따란 바위 위에 펼쳐 놓은 밥상이 먹음직하다. 누이가 석이를 쳐다보며 채근을 하니 쟁기질을 서둘러 마치고 밥상 앞으로 다가선다.

"당신은 식사를 하였나?"

"네, 어머니랑 같이 먹었어요."

할머니가 묻는다.

"시어른 밥은 잘 챙겨드렸냐?"

"네, 잘 드렸어요."

"아버님은 오후에는 미나리깡에 가신다 하고, 어머니는 마늘밭에 간대요."

"아이고, 우리도 빨리 마치고 집에 가자."

모두가 식사를 맛있게 하는데 역시 할머니는 샘물에 밥을 말아 잡수신다.

"할머니, 쑥국을 잡수셔야지요?"

"아니다, 나는 이 물이 좋다."

석이는 맛있게 쑥국에 밥을 말아 먹는다.

"얘야, 지짐이가 맛이 있다."

이빨이 없는 할머니는 그래도 오물오물 잘도 잡수신다. 모두 식사를 마치니 아낙이 바구니에 빈 그릇을 담고 나선다.

"할머니, 저 빨리 가볼게요."

"그래, 그래라. 집에 할 일도 많으니."

"석아, 너도 같이 집에 가거라."

"아니요, 저도 좀 거들다 가겠습니다."

아낙이 서둘러 일어선다. 석이가 할머니를 도와 목화씨를 심으니 일이 빠르다.

"할머니, 이제 빨리 집에 갑시다."

"그래, 그러자구나."

"너의 누이도 가자고 해라."

"누이야, 그만 그 정도 하고 가자."

"그래 알았다."

"할머니, 오늘 저는 집으로 갈렵니다."

"그래 그렇게 해라."

"김 서방하고 좀 싸우지 말고."

"네."

모두가 옷을 털면서 연장을 챙긴다. 석이도 쟁기를 지게에 지고 소를 앞세운다.

"이랴, 이랴, 이제 집으로 가자."

"풀을 덜 먹었나? 배가 부르지 않네."

집에 가서 쇠죽을 빨리 끓여 먹여야겠다고 생각하며 논두렁길을 서둘러 돌아간다. 소가 보리에 입을 거듭 대니 쟁기를 진 지게가 한결 무겁다. 논에는 보리가 푸르러 온 들판이 파랗게 다가서는데 어릴 적에 불던 보리피리 생각이 난다.

얼마 후에는 보리 수확을 하고 모를 심어야 하기 때문에 모판 준비를 하여야 하니 마음이 바쁘다. 집에 오는 길에 친구 원이를 만났다.

"뭐하고 있어?"

제1부. 농가 일상

"소마구 뒤엄을 좀 내고 있어."

"그래 모판을 내려고."

"내일은 뭐할 것이여?"

"땔나무를 좀 해야겠어."

"그러면 소도 뜯기고 감자사리도 하지."

"그것 괜찮은데 생각 좀 해보자구."

할머니와 누이가 빨리 가자고 채근을 하니 친구와 서둘러 헤어진 후 집에 들어서니 할머니가 섬돌에 올라서며

"손부야, 네 시어머니, 시아버지는 어디 가셨냐?"

"아버님은 미나리깡에 가시고, 어머님은 집 앞 마늘밭에 가셨어요."

"아이고, 나도 가보면 좋겠는데 온몸이 천근이다."

"할머니, 이제 쉬세요."

누이가 기지개를 하면서 말한다.

"이제 집으로 가야겠다."

누이는 세수를 간단히 하고 집을 나서니 할머니가 이것저것 먹을 것을 챙겨준다.

"잘 가. 좀 싸우지 말고."

"다음은 김 서방하고 같이 오너라."

누이는 "네" 하고 대답을 하면서 삽작문 밖으로 휑하니 나간다.

석이는 소를 마구간에 몰아넣고 빗장을 지른 후 빨리 쇠죽을 끓여야겠다며 서둘러 작두로 짚을 쓸고, 풀도 콩깍지도 같이 잘게 쓸어 여물을 만든다.

가마솥에 가득 물을 붓고 여물거리를 넣고 아궁이에 솔갈비(솔잎 낙엽)로 싹쟁이에 불을 붙이니 불이 활활 붙어 뒤늦게 넣은 청솔가지도 연기를 물씬 내며 잘도 탄다. 얼마 후 쇠죽이 잘 끓어져 휘휘 섞은 후 함지박에 퍼서 소구유에 붓는다.

"이놈아, 잘 먹어라."

"오늘 고생이 많았다."

"따뜻한 밥을 좀 먹어야 살이 찌지."

"그래야 일도 잘하고 새끼도 잘 놓지."

석이는 누룽이를 보면서 친구같이 말을 한다. 친구라기보다 형제같이 정다운 눈길을 나누며 꼴도 넣어준다. 눈을 볼 때마다 유순하고 선해 보여 좋다.

소가 누울 자리를 살펴보니 축축하게 젖어 있어 소 마구간에 짚을 갈아야지 생각한다. 그것보다 소꼴을 먼저 베고 싶어 꼴망태를 메고 들로 나간다. 논두렁에는 말동가리, 쑥부쟁이, 가위풀도 있고, 쇠뜨기풀이나 엉겅퀴, 개망초도 있어 풀이 무성하다. 누룽이는 관목나무 잎을 좋아한다. 돈나물이나 냉이나 쑥도 있어 같이 담았다. 여기저기 민들레가 보이는데 노란 꽃잎이 한창이다.

'얼마 안 있어 저 꽃도 하얀 머리를 보이겠지.'

바람결에 자손을 멀리 보내려 바람을 기다리는 것이다. 여기저기 할미꽃도 보이는데 산이나 무덤가에서 볼 때 마음이 어쩐지 측은하다. 어쩌면 태어나면서부터 고개를 숙여 전생에 못할 짓을 속죄하는 것 같기도 하나 꽃이 만개할 때는 매혹적이다. 저 꽃도 고개를 쳐든다면 아름다움을 한껏 누릴 텐데 생각하니 할미꽃은 처음부터 꼬부랑 할머니라 팔팔한 청춘도 모르고 한평생 살고 있는 것 같아 뜬금없이 시 한 수 생각이 난다.

할미꽃

내 고향 어느 뫼터에
빨강 댕기 할미꽃 허리 굽어서
어린아이 가슴 아파 하늘 보았네
흰머리 세월 지고 다시 와보니
내 마음 붉다마는 허리 굽었네

꼴망태에 소꼴이 가득 차자 서둘러 집으로 간다. 소 마구간에 짚 갈이를 하여야겠다고 생각하고 누룽이를 밖으로 끌어내어 삽작문 부근 두엄 무더기 옆에 묶어둔다. 쇠시랑으로 쇠똥이 썩은 질펀한 짚을 끌어내고 새 짚으로 바닥을 갈아주니 깔끔하다. 누룽이가 무척 좋아한다. 젖은 짚들을 두엄 무더기 옆에 차곡차곡 쌓아두고 아래위로 섞은 후 어느 정도 부식이 되면 논이나 밭에 뿌리려고 한다. 다른 한편 두엄에 나무재도 섞고, 똥장구에서 썩힌 오줌도 뿌려 모내기하기 전에 논과 밭에 주려고 한다.

봄볕이 엷어지려는데 누룽이가 몸을 비비고 있어 가만히 보니 가무나리가 여러 마리 몸에 붙어 있다. 말 못하는 짐승이 얼마나 간지러울까 생각하며 몇 마리를 잡아주니 누룽이가 시원한 듯 해설피 웃기에 등허리와 엉덩이를 빗으로 빗겨주니 눈망울이 해맑아진다.

누룽이를 소 마구간 안으로 들여보내니 꼬리를 흔든다. 덩달아 석이 마음도 밝아진다. 때마침 아버지가 들어오신다.

"아버지, 미나리가 어떻습니까?"

"아직은 멀었어."

얼마 후 어머니가 들어오시기에

"마늘밭은 어떤가요?"

"마늘쫑이 좀 보이네."

"흙이랑 뒤엄을 좀 뿌려야겠다."

아버지와 어머니는 손발을 씻은 후 아버지는 사랑으로, 어머니는 건넛방으로 들어가니 큰방에서 할머니가 한잠 주무셨는지 밖을 내다본다.

"애비하고 애미가 왔나 보네."

"네, 할머니, 다들 오셨어요."

"마늘도, 미나리도 아직은 그런가 봐요."

"올해는 농사가 잘 되어야 할 텐데."

"네 댁은 어디 갔냐?"

"샘에 물 길러 갔나 봅니다."

"이제 저녁을 준비해야겠네."

할머니는 혼잣말로 뭔가 중얼거리며 텃밭으로 가는데 텃밭에는 산수화꽃이 해거름을 안고 복숭아꽃과 배꽃을 아우르니 감꽃마저 뽐을 내며 화사한 봄날을 구가한다. 이곳에 상추, 열무, 가지, 고추를 심어야겠고, 꽃밭에는 채송화도 봉선화도 심어야겠다고 생각한다. 그리고 보니 주위에는 돈나물이 간간이 나 있고, 앞에는 맷돌이

육중하게 자리하고 있다. 돌절구에서 떡 치는 소리가 은은히 메아리치는 것 같다. 할머니는 텃밭 주위를 돌아보시며 운동도 아우는데 버티고 있는 감나무가 자기 자신 같기도 해서 좋다. 청상과부로 모진 세월 버티었으니 자손도 늘고 집도 어엿하고 나무들도 즐비하니 자수성가한 듯 마음이 흐뭇해 고생 끝에 낙이 온 것 같다. 텃밭을 돌아본 후 할머니가 생원에게

"애비야, 삼은 어떻게 되어가노?"

"그런대로 크고 있는 것 같아요."

"그러면 언제 날 잡아 솎아야겠다."

"보름 후에 솎으려고 하고 있어요."

"내년에는 윤달이 있으니 옷을 준비해야겠다."

할머니는 기력이 전과 같지 않으신지 수의를 챙기고 있다. 7월경 수확을 하고 나면 삼을 삼을 생각을 하는데 삼실을 말리는 작업은 언제나 손수 한다. 저녁이 준비되어 모두 큰방에 모여 식사를 하면서 이런저런 농사일 이야기를 하는데 생원이 모두 들으라는 듯 큰 소리로

"내일은 감자를 심어야겠다."

"모두 그렇게 알고 준비를 해라."

어머니와 석이는 저녁을 먹은 후 고방으로 가서 씨감자를 찾아보니 어느 정도 싹이 텄으므로 알맞다고 생각한다. 내일을 위해 모두 일찍감치 잠자리로 든다. 잠이 설핏 들었다고 생각하는데 생원 기침 소리가 들리며 장닭도 더불어 새벽을 알리고 있다. 생원과 장닭은 생체리듬이 같은 모양이다.

석이는 못 들은 척하고 이불을 머리 위로 끌어 올리니 아낙이 부시럭거리며 일어난다. 어머니가 간밤에 사랑에서 주무셨는지 작은 방으로 올라오는 것 같다. 할머니는 여전히 곤하게 주무시고 있다.

어둠이 채 가시기도 전에 아낙은 방문을 나서며 앞치마를 두르고 부엌으로 가서 물동이를 이고 십여 미터 정도 떨어져 있는 샘으로 간다. 벌써 동네 아낙들이 두세 명 모여 수다를 떨고 있다. 어울려 길게 이야기를 할 수가 없어 사발통문을 주고받고 헤어진다. 물동이 가득 물을 이고 오는 걸음이 출렁거리는데 뒤에서 보면 마치 씨암닭 같다. 물동이를 부엌에 내려놓고 가마솥에 물을 부으며 솔잎 갈비로 불을 지피고 삭다리를 쑤셔 넣는다. 한 솥에는 어른들이 세수할 물을 덥히고, 다른 솥에는 보리밥을 짓는다.

할머니 밥은 별도로 생미로 꿀단지에 쌀밥을 하는데 생미는 제사와 할머니를 위해 쌀을 별도로 모아둔 것이다. 꿀단지 밥은 부엌 아궁이 속에 있는 잉걸불에 따로 짓는다. 어머니가 부엌으로 들어오시며 주위를 살피신다.

"어머니, 잘 주무셨어요?"

"그래 너도 잘 잤느냐?"

"네, 세숫물 준비가 되어 있어요."

"알겠다. 국은 무슨 국이냐?"

"무우국을 끓이는데요."

"그럼 된장은 냉이를 넣고 끓이지."

"네, 그렇게 하고 있어요."

"오늘은 모두 감자 심으러 가야 한다."

어머니는 밥상을 차리면서 안방 동정을 살피는데 할머니가 기침을 하셨는지 알아보려는 것이다. 잠시 후 할머니가 인기척을 하며 기침을 하니 어머니는 서둘러 안방으로 세숫물을 대령하면서 이불을 갠다. 할머니가 잘 주무셨는지 안색을 살피며 어제 너무 일을 무리하지 않았나 걱정을 한다.

"괜찮으세요?"

"야야, 오늘 꼼짝도 못하겠다."

"오늘은 집에 가만히 계세요. 큰일 나겠어요."

"우리만 갔다 올게요."

"애비하고 석이하고 다 하겠느냐?"

"그럼요, 너끈히 합니다."

생각보다 일찍 감자 심기가 끝나 생원과 어머니는 연장을 챙기고 옷을 추스리며 개울가에 가서 손과 발을 씻는다. 석이가 쟁기와 꼴망태를 지려 가니 벌써 생원과 어머니가 집으로 가고 있는데 뒷짐을 진 생원의 모습이 여유자적하다. 석이가 쟁기를 지고 구루마가 놓인 곳에 와서 누룽이에게 집으로 가자고 하니 꼬리를 흔든다. 석이가 구루마 위에 쟁기와 꼴망태를 얹고 누룽이를 앞세워 집으로 가니 한결 마음이 가벼운데 좌우 밭에 있는 보리가 이삭을 피워 보리밭 밟기하던 생각이 주마등같이 지나가는데 단단히 밟았으니 뿌리가 뜨지 않고 건실할 것이라 생각한다.

내일은 누룽이를 데리고 감자사리를 하러 갈 생각을 하니 기대가 찬다. 실은 누룽이 신랑을 구하러 가는 것이다. 누룽이가 상내를 내는 것 같기도 한데 지금 임신을 하면 가을걷이를 끝낸 후 해를 넘길 때 새끼를 낳을 수 있어 봄에 일하는 데 차질이 없을 것 같다.

원이에게 내일 감자사리하러 가자고 연통을 넣으며 기왕이면 동네 사람들과 다 같이 가자고 덧붙인다. 저녁때가 되니 석이는 쇠죽을 끓이고, 생원은 모레 장날 미나리를 팔러 가는 일에 여념이 없고, 어머니와 아내는 저녁을 준비하느라 바쁘다. 아낙은 할머니가 이빨이 없으므로 잡수기 좋게 흰죽을 끓여 우선 할머니부터 저녁을 잡수시게 한다.

"할머니, 진지 드셔요."

"손부야, 고맙다."

"굴비하고 같이 드십시오."

"봄나물도 곁들여 놓았어요."

모두 평소와 다름없이 저녁을 먹고 각자 자기 방으로 가니 생원은 지난겨울 남겨둔 가마니틀, 돗자리틀, 물레, 활대 등을 정리하고, 모레 장날에 가져갈 돗자리 몇 닙도 챙기며 노끈 짜투리도 정리한다.

겨울이 되면 또 자리도 짜고, 가마니도 짤 생각을 하니 즐겁다. 전에는 미투리도 많이 삼아 벽에 주렁주렁 걸어두었으나 이제는 검정 고무신을 신으니 노고를 덜게 되었다. 그러나 덕석은 한 장 짤 생각이다. 석이는 내일 감자사리할 생각에 마음이 설레이는데 아낙이 뒤늦게 방에 들어온다. 혼인한 지 수해가 지났는데도 언제 보아도 예쁘다는 생각이 들어 내일은 좀 한가하니 잠자리를 채근하고 싶다. 석이의 눈빛을 알아채고 아낙이 잠자리 옷을 갈아입는다. 밀쳐 놓는 옷에서 김치 냄새가 물씬 나니 아낙의 고단한 하루에 마음이 아프다. 보상이라도 해주고 싶은 듯 진심으로 사랑해 주고 싶은 마음이다.

아낙도 시어른들을 모시고 사는 삶에 일순간 위로를 받는 것 같아 밤이 새지 말라고 기원하고 싶은 가운데 설핏 잠이 들었다. 새벽닭이 얄밉게 선잠을 깨우지만 아낙은 석이 가슴으로 파고들면서 못 들은 척하니 석이도 꿈속을 헤매는 듯 잠꼬대를 한다.

02

감자사리

밝아오는 들창을 바라보면서 바깥 동정을 살피는데 걱정이 되는지 아낙이 주섬주섬 앞치마를 두르고 밖으로 나간다. 언제나 마찬가지로 샘에 가서 물을 길어 아침식사를 준비하고 있는데 생원 기침 소리가 나고, 어머니가 부엌으로 들어온다.

"오늘은 야가 늦잠을 자나 보네."

"네, 바쁜 일이 없으니까 그런가 봐요."

"감자사리하러 간다고 그런가 보네."

"하기야 조금 있으면 바쁘니 그렇겠지."

어머니가 아낙의 배를 곁눈질하며 소식이 있을 것 같은데 하고 중얼거린다. 손자를 기다리는 눈치다. 석이가 뒤늦게 밖으로 나와 쇠죽을 끓이고 도량(마당)을 치우며 감자사리를 위해 자주감자 한 되박을 챙긴다. 쇠죽을 주며 누룽이에게 말을 건네는데

"누룽아, 오늘 감자사리하러 가자."

"맛있는 풀도 마음껏 먹고."

"좋은 신랑 만나서 사랑도 해야지."

"좋은 새끼 놈을 얻어야지."

아침식사를 하라는 소리에 모두 큰방으로 모인다. 할머니가 부

시시 몸을 추스리며 일어나니 세수는 나중에 하고 진지부터 드시라고 어머니가 권한다. 할머니는 그래도 마루에 나가 고양이 세수를 하고 들어오며 아버지와 겸상을 한다. 식사가 끝나자 석이는 먼저 일어나며 나갈 차비를 하고, 감자를 꼴망태기에 챙겨 넣고 누룽이를 끌고 삽작문으로 향한다. 할머니, 아버지, 어머니 모두에게 잘 갔다 오겠다고 인사를 하니 아낙이 멀리서 바라보며 배웅을 한다.

누룽이를 몰고 팔침재로 가니 여러 명이 기다리고 있다. 모두가 모이기를 기다려 소들을 몰고 널따란 골짜기로 향하는데 비탈진 야산에 있는 깊은 골짜기에서 소를 방목한다. 소 목에 고삐를 둘둘 감고 소를 놓아준 후 각자 소꼴을 벤다.

해가 중천에 오르니 친구들이 각자 가지고 온 감자를 내어놓으며 구덩이를 파고 그 속에 나무를 넣고, 그 위에 작은 돌들을 쌓고 감자를 얹고, 황토 진흙으로 덮은 후 불을 지핀다. 돌이 달귀졌다 싶을 때 감자가 익는 시간을 고려해 불을 끄고 구멍을 막은 후 물을 덮개 위에 부어 증기로 감자를 폭삭 익힌다. 흙 덮개를 여니 솟구치는 증기 속에 감자가 입을 벌리고 있다.

모두 둘러앉아 뜨거운 감자를 먹는데 감자살이 뽀얗게 툭툭 터져 마치 배꽃같이 보기도 하얗고, 먹기도 좋아 너도 나도 배부르게 먹는다. 소들이 풀을 잘 뜯어 먹고 있는지 궁금하여 석이는 소들이 있는 골짜기로 올라가니 누룽이 뒤를 황소 한 마리가 맴돌고 있다. 누룽이가 순식간에 눈앞에서 사라졌으니 황소 따라 골짜기 깊숙이 들어간 것 같다. 감자사리가 끝이 나고 뒷정리를 하고 나니 감자사리는 언제나 재미가 있다고 생각하며 콩사리, 밀사리도 기대를 해본다.

어느덧 해가 중천을 넘어 서산으로 기울고 워낭 소리가 가까워지면서 큰 황소가 보인다. 그 뒤를 누렁이가 따라온다. 다른 소들도 앞서거니 뒷서거니 줄줄이 내려오는데 배들이 모두 불룩하다. 다들 고삐를 풀어 소를 몰고 꼴망태기를 메고 집으로 간다. 즐거운 하루를 보내었으니 모두 만족하며 작별 인사를 한다. 누렁이를 몰고 해를 등지고 석이가 집으로 돌아오는데 시 한 수가 떠오른다.

워낭 소리

이랴 이랴, 워 워, 돌아 돌아
오라면 오고 가라면 가는 단순한 목소리
워낭 소리는 소통의 원천이다
소들을 산골짜기 깊숙이 풀어 놓고
감자사리도 하고 콩사리도 하였지
달그랑거릴 때는 파리를 쫓는 망중한
여름 한철 그늘을 즐기는 소들의 모습이다
소리는 복잡할수록 소통이 에둘러져 어렵다
외마디 소리가 저 멀리 들리는 것은
단순하기 때문이지
워낭 소리 가볍게 들려도
그 발걸음은 한결같이 무거웠으니

집에 들어서니 아낙이 반갑게 맞이한다.

"오늘 감자사리 잘하셨어요?"

"오래간만에 재미있게 놀았어."

"누룽이도 잘 놀았겠네요?"

석이는 빙긋이 웃으며 "그럼" 하고 고개를 끄덕인다. 할머니가 방문을 열고 잘 놀고 왔느냐며 묻는다. 모두가 들으라는 듯 날씨도 좋고 감자사리도 잘하였다고 고한다. 어머니가 방에서 나오면서 내일은 텃밭에 채소를 심어야겠다고 말하니 할머니도 그렇게 하자고 맞장구를 친다. 내일은 모두 텃밭에서 일을 하기로 마음을 모았다. 생원은 다른 생각이 있는지 아무 말이 없는데 아무래도 미나리깡이랑이나 왕골논을 둘러볼 작정인 것 같다. 새벽은 언제나 반갑지 않다. 고단한 잠을 이기기 힘든 것이 농촌의 삶이다.

이른 아침부터 석이도, 아낙도 어머니와 함께 씨앗을 심으니 오전에 마무리가 되었다. 아낙이 점심 준비를 하러 부엌으로 가니 석이도 마지못해 툇마루에 걸터앉아 쉰다. 누룽이가 소 마구간에서 방울 흔드는 소리가 요란하니 석이가 소꼴을 한 아름 안아 소 마구간에 넣어준다.

"누룽아, 오늘도 수고했다."

"여물을 미처 못 챙겨줘서 미안하다."

"밥 먹기 전에 너부터 꼭 챙겨야 하는데."

점심을 먹은 후에는 꼴도 베고, 산에 가서 나무도 좀 해야겠다고 생각한다. 점심 준비가 다 될 무렵 아버지가 들어오시는 것을 할머니가 알아차리고 방문을 열면서

"미나리가 어떻던가?"

"네, 많이 자랐어요."

"유월에 수확은 괜찮을 것 같아요."

"왕골은? 삼은?"

"그런대로 괜찮은 것 같아요."

사월이 지나 오월이 되면 너무 바쁠 것 같다. 삼이나 왕골은 얼마 안 되니 괜찮으나 미나리는 양이 많아 여러 번 베어 장에 가서 팔아야 하니 일거리가 많다. 석이는 꼴망태를 메고 들로 나가며 우선 소꼴부터 베고 나무하러 가야겠다고 생각한다. 논두렁에는 소가 좋아하는 이름 모르는 풀들이 많다. 낫으로 밑둥을 베며 한주먹 따뱅이를 만들어 꼴망태에 넣는다.

갑자기 왼손이 감이 이상해 보니 뱀이 미끄러지듯 혀를 날름거린다. 소름이 끼치면서 반사적으로 몸을 일으키는데 가끔 있는 일이라 별로 놀라지는 않지만 낫으로 대가리를 쳐서 뱀 대가리를 잘라버리니 머리가 세모지고 약간 빨간색 독사가 꿈틀거린다.

독사에 물리면 한동안 무척 고생하여야 한다. 대충 서둘러 풀을 베고 집에 가서 누룽이에게 풀을 주고 나무하러 가야겠다며 서두른다. 소에게 풀을 준 뒤 지게를 챙겨 나가려니 해가 넘어가는데 어디를 가느냐고 아낙이 핀잔을 준다. 생각해 보니 앞산에 가더라도 지금은 좀 늦은 것 같다. 내일은 별로 할 일이 없으므로 담벼락에 지게를 팽개쳐 둔다.

생원이 슬그머니 밖으로 나오더니 쇠죽을 끓이려 한다.

"짚을 좀 쓸어야겠다."

"알았어요. 풀도 좀 쓸지요."

"콩깍지도 넣을까요?"

"그래 좀 가지고 오너라."

석이가 짚과 콩깍지를 한 아름 안고 온다. 생원이 작두에 여물을 먹이고 석이가 밟으니 잠깐 사이 한 솥 분량이 된다. 석이가 아궁이에 솔잎 갈비를 조금 넣고 장작을 밀어 넣으니 솔잎 갈비가 불쏘시개가 되어 장작이 잘도 탄다. 생원이 방에 들어가며 내일은 모판을 만들자고 한다.

"네, 알겠습니다."

석이는 나무하는 일을 미루어야겠다고 마음을 먹는다. 장작도 있고, 솔가지도 있고, 고주배기(그루터기) 패놓은 것도, 삭다리(석정이)도 있다.

다음날 아침부터 모판을 만들어 앞들 논에 못자리를 만들어야 하기에 석이는 논을 갈고 쓰레질을 하며 물을 대어야 한다. 쟁기를 지고 누룽이를 몰고 나가면서 다정하게 속삭인다.

"누룽아, 오늘 못자리 만들러 가자."

"오전에 조금만 하면 될 것 같다."

"논을 갈고 쓰레질만 하면 되는 거야."

석이는 앞들 논 귀퉁이에 사각형으로 못자리를 만든다. 쟁기로 갈고 쓰레질을 곱게 하여 물을 댄 후 모판줄을 잡고 고랑도 내었다. 얼마 후 물을 빼고 상토를 한 후 볍씨를 뿌릴 생각을 한다. 볍씨는 만생종으로 택하였다. 보리 수확도 하고, 삼도 거두고, 왕골도, 미나리도 벤 후에 그 논에 벼를 이양하여야 한다.

볍씨는 더운 물에 몇 분 담근 후 찬물에 담그고 하루를 자면 발아가 되기에 발아된 볍씨를 건져 마다리에 넣고 하루를 더 재운 후 상토 위에 뿌린다.

생원이 발아된 볍씨를 못자리 위에 뿌리면 그다음 석이가 볍씨 위에 상토를 하고 물을 뿌린 후 구직포로 덮는데 얼마 안 되는 일 같지만 한나절이 걸린다. 생원이 먼저 손을 털고 소를 몰고 집으로 간다.

"야야, 오늘 수고가 많았다."

"석아, 나 먼저 들어간다."

"그렇게 하세요."

석이는 쟁기랑 다른 도구를 지게에 지고 육모가 잘 돼야 할 텐데 혼잣말을 하며 집으로 간다. 집에 들어서니 점심 준비가 되어 어머니가 부엌에서 나오며 어서 점심을 먹으라고 하니 모두 한자리에 모여 점심을 먹는다. 점심은 호박잎을 넣은 수제비인데 얇게 빚어 아주 맛깔지다.

오래간만에 먹으니 봄 냄새가 나고 맛이 좋다고 생원이 말을 하니 아낙이 더 잡수라고 권한다. 생원은 그만 먹겠다고 하며 석이보고 많이 먹으라고 하는데 할머니도, 어머니도 간만에 먹는 음식이라 잘 잡수신다.

어느덧 세월이 흐른다. 5월이 무르익으니 녹음은 짙어가고 할 일은 태산이다. 육모도 끝내고 모심기도 하여야 하며, 감자꽃도 따줘야 하고, 삼도 왕골도 잘 가꾸어야 하니 할 일이 많다. 미나리는 이제 철을 맞나 수확을 해야 하니 생원은 석이와 함께 미나리를 베기로 한다. 줄기가 쭉쭉 자라 베기가 좋으나 거머리가 달라붙어 한나절 동안 종아리 여기저기 피가 흐른다.

거머리는 이미 익숙하지만 그때 그때 잡아 떼어야 하므로 종아리 때리는 소리가 요란하다. 살갗에 머리를 파묻고 몸을 길게 널어뜨리며 죽지 않으려 안간힘을 쓰니 거머리를 뗀 자리에서는 피가 흐른다. 사람 피맛에 환장하는 그들이다. 생원이 허리를 펴면서

"석아, 나는 소를 몰고 와야겠다."

"네, 저는 미나리단을 논 입구에 모아둘게요."

"그래야지, 소 구루마에 싣기가 좋게 해다오."

03

오일장

    생원이 집으로 가는 모습을 뒤로하고 석이는 베어놓은 미나리단을 모두 논두렁 부근에 쌓아둔다. 얼마 후 생원이 구루마를 몰고 오면서 내일 장날에 팔 만큼은 베었으니 오늘은 미나리를 그만 베기로 하고 집으로 가자고 한다.

    점심식사를 한 후 생원과 식구들은 모두 내일 장날 팔러 갈 미나리를 다듬기에 바쁘다. 논에서 베었을 때 뿌리가 뽑혀 나온 것도 있고, 뿌리에 겉피가 붙은 것도 있어 겉피를 떼고 거머리가 붙은 것을 제거한 후 미나리를 씻고 뿌리를 정갈하게 정리하여 적당한 크기로 단을 묶는다. 그리고 밤 동안 미나리가 수분이 마르지 않도록 물을 뿌리고 구지포로 덮어둔다.

    다음날 일찍 생원은 장날 갈 차비를 한다. 석이는 소 마구간에 가서 누룽이에게 쇠죽을 주고 풀도 넣어준다.

    "많이 먹어라."

    "누룽아, 오늘 고생하겠다."

    "장에 가니 많이 먹어야 한다."

    석이는 누룽이 몸을 여기저기 살핀 후 마구간에서 끌어내어 소

등에 질메를 얹고 밧줄을 맨다. 질메 양옆에 큰 망태기를 걸치니 생원과 식구들은 미나리단을 싣는다. 누렁이가 힘겨울 정도로 양쪽에 싣다 보니 균형이 흐트러질 것 같아 풀어지지 않도록 석이가 밧줄로 단단히 동여맨다. 생원은 밧줄이 단단히 매였는지 한 번 더 확인하며

"장에는 나 혼자 갔다 와야겠다."

"아버지 혼자 가셔도 괜찮겠어요?"

"미나리 짐이 많아서요."

"그럼 걱정하지 마라."

생원은 옷차림을 고쳐 입고 식구들의 배웅을 받으며 호기롭게 나서는데 생원에게는 장에 가는 것이 유일한 나들이인 셈이니 가는 길마다 동네 사람들과 인사를 나눈다.

"자네, 장에 가는가?"

"어르신도 장에 가시나요?"

"아유, 미나리를 많이 하셨나 봐요?"

"싱싱해 좋습니다."

만나는 사람들마다 인사를 나누다 보니 어느덧 장에 도착한다. 미나리 파는 것보다 지인들을 만나 인사하는 것이 즐거워 두리번거리며 주위를 살피는데

"아유, 어르신 나오셨어요?"

"자네 부모님들도 강령하신가?"

"모두 안녕하십니다."

"할머니도 건강하시지요?"

"요즈음 좀 그러시네."

미나리를 사려는 사람들이 하나둘 모여든다. 저마다 필요한 만큼 몇 단씩 사는데

"미나리를 잘 키우셨네."

"네, 제가 정성 들여 키웠습니다."

"몇 단 주세요."

낱단으로 사는 사람도 있고, 간혹 많이 사가는 사람도 있는데 무더기로 사가는 사람들에게는 좀 싸게 판다. 어느덧 점심때가 되니 미나리도 거의 팔려 주머니가 두둑해지니 전대를 바지 안으로 밀어 넣고 주위를 두리번거리는데 때마침 김 서방네가 저 멀리서 다가서더니 반갑게 인사를 한다.

"아버지 나오셨네요?"

"아이고, 김 서방네가."

"아버지 혼자 나오셨어요?"

"응, 그래 혼자 나왔다."

"할머니도, 어머니도 모두 편안하신가요?"

"그래, 아무 일 없다."

"아버지, 제가 점심 사드릴게요."

"그래, 그럼 가자. 사돈도 오시지 않았나?"

"네, 벌써 가셨어요."

"너는 어떻게 왔냐?"

"내일 시할머니 제사라서 제수 좀 사려고 왔어요."

"그럼 갈 때 미나리 몇 단 가지고 가거라."

생원과 딸은 국밥집에 들어가자 딸이 돼지고기 국밥 두 그릇을 시킨다. 구수한 냄새가 진동을 하며 가마솥 가득 냄새를 풍기는데 펄펄 끓어오르는 국물이 마음을 푸근하게 한다. 잠시 후 국밥 두 그릇이 나왔다.

"어르신, 오늘도 나오셨군요?"

"그럼, 자네 국밥 맛 때문에 또 왔네."

"아유, 감사합니다."

"모친께서도 안녕하시지요?"

"근력이 많이 떨어져 이제 나올 수 없네."

"건강하셔야 할 텐데."

국밥이 식을까봐 딸이 채근을 하여 생원도 숟가락을 드니 뜨끈한 국밥이 온몸에 스며든다.

"5월인데도 오늘은 서늘하네."

"김 서방네야, 너도 많이 먹어라."

"아버지, 술 한 잔 하실래요?"

"그럴까? 장날 술 한 잔은 걸쳐야지."

"오늘 안 마시면 언제 마셔요."

"아버지, 막걸리가 잘 익었네요."

"정말 맛이 좋다."

생원은 한 사발 막걸리를 쭉 들이키고 나서 수염을 쓰다듬는다.

"그래 요즈음 김 서방이랑 잘 지내냐?"

"네, 잘 지내요."

"그래 여자는 남편으로부터 사랑받고 어른들 잘 모시면 된다."

"네."
"이제 가자."
"잘 먹고 갑니다."
"다음 장날 또 오세요."
생원과 딸은 국밥집을 나와 헤어지며
"나는 미나리를 마저 팔고 가겠다."
"아버지, 그렇게 하시고 조심히 가세요."
"그래 잘 가마."
오후가 되니 장이 좀 한산하다. 생원은 떨이를 한다며 싸게 팔다 보니 그럭저럭 팔기는 다 팔았다. 소를 매어둔 자리에 가니 소가 반기며 새김질을 하는데 여물과 물을 충분히 준 터라 배가 부르다.
"누룽아, 가자. 집에 가자."
누룽이도 새김질을 멈추고 꼬리를 흔든다. 두툼한 전대를 만지며 얼큰하게 취기가 가시지 않아 흥얼거리니 갈지자로 기분 좋은 발걸음을 한다. 순간 생각이 나 어머니가 좋아하시는 뭔가를 사야겠다며 머뭇거리며 어물전에 들린다. 어머니가 특히 좋아하는 조기를 보면서 이것저것 골라보며 굴비를 사고 싶어 뒤적거린다.
"이것 굴비 맞지요?"
"아니, 그것은 부서입니다."
"비슷해서 알 수가 없네요."
"그럼요, 부서를 사실래요?"
"아니, 굴비를 사고 싶습니다."
"굴비는 너무 비싸요."

"그래도 어머니 잡수실 것이라서."

"부서도 맛있어요."

"그래요, 그럼 한 손 주시구려."

어물전 아주머니 수다에 부서를 사고 나니 마음 한구석 식구들이 오랫동안 생선을 먹어보지 못하였다는 생각에 고등어를 들여다보면서

"이것 싱싱한 것 없나요?"

"이 정도면 싱싱한 것이에요."

"아무래도 한물간 것 같은데요?"

"어르신, 그러면 간고등어를 사세요."

"그래요, 그것 두 손 주시구려."

생원은 핫바지 줌치에서 돈을 꺼내어 준다. 조기와 고등어를 들고 누룽이를 몰고 집에 가는 걸음이 가볍다. 동구 밖을 지나 집에 들어서니 할머니와 아낙이 반긴다.

"애야, 이제 오나?"

"아부님, 이제 오세요?"

"애야, 미나리는 잘 팔았나?"

"네, 잘 팔았어요."

"어머니, 조기 사가지고 왔어요."

"고맙다. 그 비싼 것을 샀구나."

생원이 조기와 고등어 꾸러미를 아낙에게 건네주니 아낙이 꾸러미를 펼치며 조기 한 손, 고등어 두 손을 보인다. 모두 조기와 부서를 구분 못하니 조기라고 부른다. 부서라고 하면 다른 종류의 고기

로 알기 때문에 굳이 덧붙일 필요가 없다.

"할머니, 조기가 커요. 고등어도 맛이 있겠어요."

"그래 조기는 쌀독에 넣어 보관하고, 고등어는 시어머니께 말씀 드려라."

"네, 알겠습니다."

아낙은 할머니가 시키는 대로 조기를 부엌 쌀 항아리에 파묻고, 고등어는 어머니가 오실 때까지 실강 위에 놓고 광주리로 덮어두니 얼마 후 어머니와 석이가 감자밭에서 온다. 하얀 꽃, 보라꽃이 피어 아름다웠다 하며 꽃대를 잘랐다 한다. 올라온 꽃대를 잘라주지 않으면 감자가 충실하지 않기 때문이다. 하얀 꽃이 피는 곳은 하얀 감자, 보라빛 꽃이 피는 것은 보라색 감자다. 아낙이 어머니에게 생원이 장 본 것을 아뢴다.

"어머니, 아버님이 조기랑 고등어를 사가지고 오셨어요."

"그래 그러면 조기는 쌀독에 묻고, 고등어는 간을 좀 더해서 단지에 보관해라."

"네, 조기는 이미 그렇게 해두었구요. 고등어는 굵은소금을 뿌리고 단지에 보관할게요."

"오늘 저녁에 할머니에게는 조기를 구워드리고, 우리는 고등어 한 마리 쪄먹자. 그런데 쌀뜨물에 담가 정구지 좀 씻어 얹고 밥솥에 쪄라."

생원이 사랑에서 나오면서

"석아, 감자는 어떻느냐?"

"이제 꽃이 피어 꽃대를 잘랐어요."

"사월에 흙을 많이 덮었어야 했는데."
"그래서 감자알이 굵지 않을 것 같네요."

04

누룽이의 돌발사고

생원이 석이와 어머니를 보고
"올해 보리 수확은 별로다."
"좀 더 있다가 베면 많이 영글 것 같은데요."
"아니다. 그러면 벼농사에 지장이 있다."
"작년에 파종이 좀 늦었어."
"10월 말에는 해야 되는데."
"비가 와서 그렇게 되었지요."
"그래도 깜부기는 별로 없다."
"타작을 어떻게 할까요?"
"노지에서 통나무에 메칠까요?"
"집에 가지고 가서 하자."
"전부 베고 난 다음 단을 묶어서 논에 재어 놓겠다."
"석아, 너는 소를 몰고 오너라."

석이가 집에 소를 몰러 가니 소마구에 소가 없다. 소가 어디에 갔느냐고 아낙에게 묻는다. 할머니가 소에 풀을 뜯긴다고 밖으로 몰고 나갔다는 것이다. 몸도 좋지 않은 사람이 왜 그러시는지 모르겠다며 투덜거리며 찾아 나서는데 논두렁 위에 소는 보이는데 할머니가 보이지 않는다. 가까이 가보니 할머니가 논두렁 아래 넘어져 있다. 깜짝 놀라서 할머니를 보듬어 일으킨다.

"할머니, 왜 이렇게 되셨어요?"

"저놈의 소가 나를 밀었어."

"어디 다치신 데는 없나요?"

"몰라. 일어날 수가 없네."

"할머니, 등에 업히세요."

석이가 할머니를 업고 황급히 집으로 간다. 집에 들어서기 바쁘게 아낙을 보고 고함을 친다.

"빨리 큰방에 자리를 펴요."

"무슨 일이래요? 할머니가 왜 이래요?"

"누룽이가 할머니를 받아 넘어지셨어."

"아이고, 큰일 났네."

서둘러 자리를 펴고 할머니를 눕힌다.

"할머니, 괜찮으세요?"

"아이고, 죽겠다. 움직일 수가 없네."

"여보, 나는 아버지께 알리고 의원을 불러 오겠어요."

다행히 의원이 보리밭 부근 동네에 살고 있어 다행이다. 보리밭으로 한숨에 달려가 아버지를 보고 소리를 친다.

"아버지, 할머니가 소에 받혔어요."

"뭐라고? 무슨 일이냐?"

"저는 의원을 데리러 가겠습니다."

"빨리 서둘러라."

생원과 어머니는 하던 일을 팽개치고 서둘러 집으로 간다. 많이 다치지 않아야 할 터인데 큰일이네 하며 생원이 어머니랑 집에 도착하자마자 큰방으로 직행을 한다. 아낙이 물수건으로 허리에 찜질을 하고 있다.

"어디 많이 다치셨나?"

"움직일 수 있는 것 보니 뼈는 괜찮으신 것 같아요."

"다행이다. 의원이 빨리 와야 할 텐데."

"할머니, 좀 어떻습니까?"

좀 나은 것 같은지 정신을 차리신다. 생원이 걱정 반 원망 반 신경질을 낸다.

"뭐하러 소를 몰고 나가셨어요?"

"몸도 우선하고 바람도 쐴 겸 나갔는데."

"좌우간 큰일 날 뻔했습니다."

석이가 의원을 모시고 왔다. 의원이 할머니를 보더니 어디가 아프냐고 묻는다.

"허리가 아파요."

"다른 곳은 아프지 않아요?"

별로 모르겠다고 한다. 멍이 든 허리를 보면서

"의혈이 생겼으니 피를 뽑아야 합니다."

"그리고 한약도 몇 첩 먹어야 하구요."

"계속 찜질도 하세요."

그리고 허리에 침을 놓고 부항으로 피를 뽑으면서 당부를 한다.

"며칠은 침을 맞고 부항을 떠야 합니다."

"한약도 잡수어야 하고요."

"좌우간 큰일 날 뻔했습니다."

"내일 올 때 한약을 가지고 오겠습니다."

생원과 어머니가 연신 고맙다고 인사를 한다. 돌팔이 의원이라도 이 정도는 경험이 있는 것 같다. 의원이 밖으로 나가니 석이가 삽작문까지 배웅을 하는데 생원이 혀를 차면서

"큰일 날 뻔했어요."

"며늘아, 너는 당분간 할머니를 잘 모셔라."

"찜질을 자주 해드려라."

"그럼 우리는 하던 일을 해야지."

생원이 재촉을 하니 모두가 밭으로 나간다. 석이는 어차피 보리단을 옮겨야 하니 누룽이를 몰고 구루마를 끌고 간다.

"누룽아, 어쩌자고 그랬냐?"

"할머니가 너에게 무엇을 섭섭하게 하였느냐?"

"너가 고생한다고 얼마나 안쓰러워하셨는데."

"무슨 불만이 있느냐?"

"갑자기 귀신이 씌웠나?"

"밖으로 나와 풀까지 뜯게 하면 고맙게 생각해야지."

꾸지람을 하면서 눈을 흘기니 누룽이도 잘못을 아는지 다소곳하다. 말 못하는 짐승이라도 눈치는 있는 것 같다. 석이가 논에 도착하니 보리단이 많이 쌓여 소 구루마에 차곡차곡 싣는다.

"아버지, 제가 마저 보리를 벨게요."

"아버지는 집에 보리단을 옮기시지요."

"아니다. 네가 옮기고 마당에 덕석도 깔아라."

"알겠습니다."

석이가 보리단을 가득 싣고 집으로 가는 발걸음이 바쁘다. 석이는 집에 오자마자 덕석을 깔고 보릿단을 내린 후 윗쪽에 쌓는다. 작업을 하면서도 할머니 상태가 궁금하여 안절부절하는데 누룽이도 미안한 듯 고개를 숙이고 되새김질을 한다. 어머니가 걱정스러운 표정이다.

"할머니가 좀 차도가 있어요?"

"야야, 잘 모르겠다. 시간이 흘러야지."

퉁명스럽게 말을 한다. 석이는 누룽이를 몰고 밭으로 다시 가는데 양이 많지 않아 한 번만 더 실어오면 전부 옮길 것 같다. 밭에서는 생원이 보리를 전부 베고 기다리고 있다.

"할머니가 좀 어떠시냐?"

"아직 별로 차도가 없는 것 같아요."

"도대체 무슨 날벼락이냐?"

생원이 누룽이를 보고 나무라듯 내려보는데 누룽이도 눈총을 느끼는지 다소곳하다. 주눅이 든 누룽이가 측은해 보인다. 생원과 석이는 구루마에 보릿단을 모두 싣는다.

"빨리 가자."

"아버지, 먼저 가세요."

"저는 마지막 정리를 좀 하고 갈게요."

석이는 누룽이가 기가 죽은 것 같아 천천히 뒤따른다. 덜컹거리는 구루마 소리에 한숨을 짓고 있다. 누룽이도 무척 후회가 되는지

가는 길에 풀이 있어도 쳐다보지도 않는다. 할머니에게 무슨 원한이 있겠냐마는 우발적으로 한 것 같다. 누룽이가 집이 가까워지자 고개를 더 숙인다. 석이는 마당에 보릿단을 풀어 놓으며

"할머니도 아프고 하니 도리깨질하느니 통나무에 메치지요."

"그래 너 좋은 대로 해라."

석이는 시끄러울 것 같아 빨리하고 싶다. 도리깨질을 하면 보릿대가 부드러워 좋지만 통나무에 치기로 한다. 석이는 누룽이를 마구간에 몰아 넣고 풀을 한 아름 넣어준다. 누룽이가 고분고분 말을 잘 듣는데도 생원이 누룽이를 노려보며 마당으로 나온다.

석이가 추녀 밑에서 통나무를 끌어내는 것을 보고 거들어 주면서 통나무를 마당 중앙에 설치하고 바닥에 덕석을 펴고 큰 돌도 옆에 여분으로 준비한다. 석이가 통나무에 보릿단을 메치고 생원이 돌에 메치니 보리가 탈곡이 잘 된다. 생원이 탈곡된 보리를 가랭이로 한 곳으로 모은다.

양이 많지 않아 오늘 중에 끝날 것 같다. 늦은 점심을 먹은 후 다시 작업을 계속하려는데 할머니 앓는 소리에 모두 근심이 가득하다. 석이는 보리 가시가 목에 파고들어 수건으로 목을 감으며 일을 한다. 생원이 어머니를 부르며

"당신 뭐하고 있어?"

"할머니 보살피고 있지요."

"며느리에게 맡기고 보리를 좀 거두어."

생원은 보리 꺼풀을 걷어내고 가랭이로 모으니 어머니는 가마니와 섬자루에 보리를 쓸어 담는다. 탈곡을 끝내고 나니 아직 해가 한

발이 남았다. 서둘러 섬자루와 가마니에 보리를 담으니 10가마니 남짓한데 차곡차곡 두지에 넣어두고 수시로 퍼내어 햇볕에 말린 후 디딜방아에 빻아 먹으려 한다.

쌀이 바닥을 보이고 있으나 보리가 있어 푸근한 마음이 드는데 벼를 추수할 때까지 양식 걱정을 더는 것 같다. 벼를 추수하더라도 넉넉하지 못하므로 보리를 섞어 먹는 것이다. 석이는 보릿대를 정리하며 꺼풀은 꺼풀대로 모아 소 마구간에 넣는다. 덕석을 말고 탈곡 통나무와 돌을 제자리에 정리해 두니 저녁때가 되었다. 누룽이가 배가 고플 것 같아 쇠죽을 끓이는데 쇠죽에 보리를 좀 섞어주면서 사람도 잘 먹어야 하지만 소도 잘 먹어야 한다고 생각한다. 소행을 생각하면 배를 좀 굶기고 싶지만 차마 그렇게 할 수는 없다.

할머니 앓는 소리가 잦아들지를 않아 뼈가 다치지 않았나 걱정이 되기도 하지만 괜찮은 것 같다. 모두들 저녁을 간단히 먹고 할머니 곁에서 용태를 보는데 아낙이 연신 수건을 더운 물에 적시며 찜질을 한다.

"얘야, 좀 쉬어라."

"내가 해볼게."

어머니가 교대할 것을 자청하는데 밖에서 누군가 인기척이 나서 보니 의원이 보낸 심부름꾼이다. 의원이 한약을 몇 첩 지어서 보내며 찜질을 할 때는 냉찜질을 하라고 덧붙인다. 약 한 첩을 풀어보니 당귀, 천궁, 홍화 등 비슷한 약재가 보인다. 어머니가 며느리에게 탕약을 빨리 달이라고 하니 아낙이 우물주물한다.

"얘야, 약탕기를 깨끗이 씻어라."

제1부. 농가 일상

"네, 어머니, 잘 씻었어요."

"그러면 약을 가지고 오너라."

"물은 이 정도 넉넉하게 부어라."

그리고 약봉지를 털어 넣는다.

"애야, 너는 부엌에 숯을 피워라."

"네, 알겠습니다."

"그런데 센불에 달이면 안 된다."

"불은 약한 불로 해서 천천히 달여라."

아낙은 불구멍을 조절하며 약을 달이는데 어느 정도 달여야 할지 몰라 서성거린다.

"어머니, 어느 정도까지 달여요?"

"물이 자작할 때까지 달여라."

"약은 정성껏 달여야 한다."

"네, 알겠습니다."

"어머니, 대충 돼가는데 좀 봐주세요."

"알겠다."

어머니가 부엌으로 나가시며 약그릇과 삼베 보자기를 챙긴다.

"애야, 이만하면 되었다."

"나무 통젓가락을 찾아보아라."

"약을 짜야 하지 않느냐?"

"약사발도 가지고 오너라."

어머니는 약사발에 삼베 보자기를 깔고 약을 따르고 삼베 보자기를 둘둘 만 후 양쪽에 통젓가락을 걸치고 비틀면서 약을 짠다. 아낙은 약이 잘 짜진 것을 보고 삼베 보자기를 받아 한쪽에 담아둔다.

"애야, 약 찌꺼기는 잘 말리도록 해라."

"그것 재탕을 할 것이다."

"알겠습니다."

아낙은 약사발을 들고 안방으로 들어가며 너무 뜨겁지 않도록 얼마간 식힌 후 새끼손가락으로 담가보며 온도가 적당한지 살핀다.

"할머니, 약 좀 드시지요?"

"애야, 너무 뜨겁지 않느냐?"

"아니요, 제가 좀 식혔어요."

할머니는 아직도 운신이 매우 어려우신지 옆으로 비스듬히 누워서 머리를 들고 약사발을 간신히 들이키신다. 생원이 마당에서 내일 할 일을 말한다.

"내일은 미나리를 마저 베야겠다."

"그러고 보니 모레가 장날이네요."

"빨리 베어야 모심기를 할 것 아니냐?"

석이가 알겠다고 말하는데 어머니가 아낙을 바라보며

"애야, 저녁 준비를 해야겠다."

"알았습니다. 뭘 할까요?"

"할머니는 흰죽을 끓이고, 우리는 미나리 비빔밥을 해먹자."

"그러면 햇보리를 좀 찧을까요?"

"오늘은 바쁘니까 묵은 보리쌀에 쌀을 좀 섞어 밥을 하자."

며느리는 보리쌀을 좀 넉넉히 삶는다. 삶은 보리쌀은 저녁에 먹을 만큼 솥에 안치고, 나머지는 바구니에 담는다. 어머니가 바구니에 담은 보리쌀을 처마 밑 실강에 걸어두며 이렇게 하면 쉬지 않아 다음에 먹기 좋다 한다.

  아낙은 미나리를 냄비에 삶은 후 먹기 좋게 썰고, 들기름을 조금 치고 깨소금도 뿌려 조물조물 무쳐 양푼이 가득 담는데 생원 몫은 별도로 질그릇에 담는다. 할머니는 흰죽을 퍼서 별도로 드리고, 생원 밥은 독상으로 차린다. 다른 사람들은 함지박에 보리밥을 담는다. 교자상과 두리판을 큰방에 편다.

  "할머니, 좀 일어날 수 있나요?"

  "아이고, 나는 안 된다."

  "그러면 누워서 잡수세요."

  아낙이 할머니 입에 흰죽을 한 숟갈씩 떠먹인다. 생원도 밥에 미나리 나물을 비벼 독상을 즐기는데 어머니는 함지박 가득 미나리 나물을 넣고 양념장으로 썩썩 비벼 석이와 아낙과 함께 맛있게 먹는다. 생원이 밥을 먹으며

  "내일 나는 미나리를 마저 베야겠다."

  "석이는 내일 논에 물을 대도록 해라."

  "벼 심기가 좀 늦은 것 같다."

  "만생종이니 괜찮을 것입니다."

  "벼 육모가 잘 되어 좋습니다."

  어머니가 이어 말을 잇는다.

  "며늘아, 너는 할머니를 돌보아라."

  "네, 알겠습니다."

  "그리고 나는 텃밭을 좀 보련다."

"혼자 어떻게 하시려고?"

"얼마 안 되니 나 혼자 해도 된다."

저녁을 먹은 뒤 생원이 할머니를 살피니 흰죽을 반도 잡수지 않아 힘을 내어 좀 더 잡수라고 말을 하고 사랑으로 내려간다. 어머니는 할머니 죽그릇을 보고

"좀 더 잡수시지요?"

손사례를 친다. 할머니가 고개를 떨구며 자리에 누우니 어머니는 밥그릇을 부엌으로 내어준다. 며느리는 부엌으로 나가 설거지를 하고, 어머니는 작은방으로, 생원은 사랑으로, 석이는 아랫방으로 내려간다. 석이는 내려가는 길에 소 마구간을 살피며 누룽이가 쇠죽을 잘 먹었는지, 꼴은 부족함이 없는지, 마구간은 습기가 차지 않는지 꼼꼼히 살핀다.

누룽이 배가 좀 불러오는 것 같기도 하다. 요즈음 상내가 없는 것을 보면 틀림없이 임신이 된 것 같다. 지난번 널번덕에서 교배를 하였다면 그때가 4월 중순이니 2개월이 지났다. 내일은 미나리를 마저 베야 하고, 모레는 장날이다. 장에 가야 하니 글피쯤 수의사를 불러 자궁 촉진을 하면 확실히 알 것 같다.

석이가 아랫방으로 가니 별로 할 일도 없어 책이나 읽을까 뒤적거리는데 사자소학 책이 손에 잡힌다. 중얼거리며 읽어보는데

"자왈위선자는 천이보지 위복하고 위불선자는 천이보지 위화니라."

뜻은 좋으나 읽을 때마다 발음이 욕을 하는 것 같다. 그러고 보니 아낙을 생각하니 요즈음 배가 제법 부르다.

05

아낙의 임신

　산달이 언제인지 잘 모르겠으나 아낙을 기다리는 사이 이런저런 생각을 한다. 아들일까? 딸일까? 아들이면 좋겠는데 마음속으로 기도만 할 뿐이다. 이런저런 생각을 하는 사이 아낙이 들어온다.
　"수고하였구만. 좀 늦었네?"
　"할머니 한 번 더 보살피고 왔어요."
　"잘했구만."
　"할머니가 오래 사시지 못할 것 같네요."
　"별소리 다 하는구만."
　"나이가 있지 않아요?"
　"걱정 마라. 자기 수의는 다해놓고 돌아가신단다."
　자기 수의를 장만한 후 좀 더 사시다 가면 얼마나 좋겠는가. 청상과부로 가업을 일으키느라 고생이 이만저만 아니었을 텐데 이제 편안히 좀 더 사시다가 가시면 좋을 것 같다. 누룽이가 왜 그랬을까 생각하는 사이 아낙이 자리에 드는데 옷에서 마늘 냄새가 난다. 잠옷을 한 벌 사주어야겠다는 마음이 생긴다.
　"여보, 당신 산달이 언제쯤일까?"
　"글쎄, 내년 3월쯤 되겠지."

"잘 생각해봐."

"딸일까? 아들일까?"

"아들이면 좋겠어요."

"그것이 마음대로 되나."

도란도란 이야기하는 사이 잠이 들었는지 석이가 코를 곤다. 내일 할 일을 생각하며 아낙도 잠이 들었나 싶었는데 장닭 우는 소리가 어렴풋이 들리며 생원의 기침 소리가 들린다. 오늘 미나리를 마저 베자고 서두르는지 생원이 새벽같이 낫을 들고 장화를 신고 미나리깡으로 가는 것 같다. 석이도 눈을 뜨기는 하였으나 일어날 수가 없어 몸을 뒤척거리며 잠 속으로 다시 들어가는데 아낙이 부시럭거리며 일어난다.

"여보, 일어나요."

"아버님이 벌써 미나리깡으로 나가셨어."

"알겠어. 왜 그렇게 부지런을 떠는지."

석이도 구시렁거리며 일어나 미나리깡으로 나가는 차림을 한다. 미나리깡은 집에서 별로 멀지 않다.

"여보, 우리 아침은 집에서 먹을게."

"괜찮겠어요? 아버님이 뭐라 하실 텐데."

"당신 몸이 전과 다르니 이제 밥을 나르지 말어."

"알겠어요."

그 사이 어머니가 작은방에서 나오시며

"애야, 미나리깡이 가까운데 석이 말대로 해라."

"이제 몸을 아껴야지."

집안에 경사가 생겼다고 속으로 좋아하시며 할머니만 아프지 않으시면 얼마나 좋을까 생각한다.

"애야, 축하한다."

"산달이 언제쯤이지?"

"아마 내년 3월경인 것 같아요."

"그래 아무튼 몸조심을 해라."

"그리고 오늘은 할머니 좋아하시는 보리 식혜를 좀 해야겠다."

"네, 그런데 저는 할 줄 모르는데요."

"내가 할 터이니 잘 보아라."

"네."

"애야, 엿기름을 내어 오너라."

"반 되쯤 보자기에 싸서 한 양푼이 물에 담그어라."

"그리고 조물조물 치대어 물을 내려라."

"다 되면 그 물을 한나절 앙금을 앉혀라."

그 사이 어머니는 보리를 두 됫박 내어 절구통에 찧고 보리겨를 채로 몇 번 친 뒤 보리쌀을 물에 부어 끓이고 건진 후 그 보리쌀로 밥을 하여 그 밥에 엿기름물을 부어 끓인다. 그다음 보리밥은 건져 놓고 물은 물엿과 생강을 몇 조각 넣고 끓이고 그물을 조그만 단지에 넣고 식힌 후 보리밥을 넣는다. 몇 시간이 지나니 먹기 좋은 식혜가 되었다. 이제 조금씩 할머니께 드리면 될 것 같다.

"할머니, 이것 좀 드세요."

"그게 뭐냐?"

"할머니 좋아하시는 보리 식혜예요."

"아이고, 고맙다. 이런 생각을 하다니."

"어머니가 하자고 했어요."

"그래 수고했다."

할머니는 한 사발을 쭉 들이키시며

"역시 이 맛이야."

"다들 수고했다. 너희들도 먹어라."

"네, 아버님과 그 사람이 오면 같이 먹지요."

생원과 석이가 미나리를 바지게에 지고 오니 어머니가 부엌에서 나오며

"소를 몰고 가지 그랬냐?"

"얼마 되지도 않는데 이게 편해요."

"씻고 와서 보리 식혜나 들어."

"여보, 우째 그것을 다 했어?"

"할머니가 진지를 잘 안 드시니."

생원이 세수를 간단히 하고 마루 위로 올라오니 아낙이 한 사발 식혜를 올린다. 생원이 한 입 가득히 들이키시며 수염을 다듬으며

"야아, 맛이 좋다."

"석아, 너도 오너라."

"어서 한 그릇 마시고 해라."

석이는 미나리를 마당 한구석에 내려놓고 마루 위로 올라가니 식혜 한 사발이 기다리고 있어 쭉 들이키니 피로가 확 가시는 것 같다. 어머니와 아낙이 미나리를 서둘러 다듬으니 석이가 물을 길어 와서 다라이에 붓는다. 어머니와 아낙이 꼼꼼히 세척을 하는데 가

끔 거머리도 보인다. 내일 장날이라 팔아야 하기 때문에 단으로 묶으며

"석아, 너는 마루에 가서 식혜를 먹어라."

"네, 벌써 먹었어요."

"내일 장에는 제가 가면 좋겠는데."

생원이 마루에서 그 소리를 듣고 잠시 머뭇거리더니

"그래 내일 장은 석이가 가거라."

"아버지, 그래도 되겠어요?"

"그래 너도 바람을 좀 쐬어야지."

"감사합니다."

그러는 사이 돌팔이 한의사가 왔다.

"간밤에 좀 괜찮았습니까?"

"별로 차도가 없어 고생을 하였답니다."

어머니가 한의사에게 걱정스럽게 답을 한다.

"자, 그럼 부황을 좀 뜨고 침을 놓겠습니다."

"그리고 약은 잘 잡수고 있나요?"

"네, 약은 잘 드시고 있어요."

한의사가 허리 이곳저곳 살피니 멍든 자리에 핏기가 맺히는 것 같다며 바늘로 몇 군데를 찌르고 부황을 뜨니 시커먼 피가 종지에 고인다. 죽은 피를 더 뽑아야 한다며 몇 번 더 부황을 뜨고 그 자리에 침을 몇 군데 놓은 뒤 한의사가 일어난다.

"그럼 저는 가보겠습니다."

"가만히 있어 봐요. 보리 식혜 한 사발 하고 가세요."

"괜찮습니다. 치료비는 보리로 주세요."

어치피 돈으로 받아도 식량을 사야 하니 현물로 받는 것이다. 한의사가 일어서자 어머니가 삽작문까지 배웅을 하니 그제서야 석이는 내일 누룽이와 함께 장에 갈 것을 생각한다. 장에 가면 국밥도 먹고, 아낙을 위해 딱분도 한 통 사야지. 그리고 어머니 신발도 한 켤레 사야지 한다. 그렇게 마음을 먹으니 신바람이 나는데 해가 벌써 서산에 걸려 저녁으로 모두 보리수제비를 먹는다. 수제비가 좋기는 한데 목이 까끌하여 먹기가 힘이 든다.

"야야, 수제비는 얇게 빚어야 하는데."

"어머니, 미안해요."

"나야 괜찮다마는 할머니가."

"할머니는 흰죽을 드렸어요."

"아, 그래 잘했다."

이른 아침 생원보다 석이가 먼저 일어나 쇠죽도 끓이고 마구간에 짚도 넣어준다. 오늘 누룽이가 힘이 들 것을 생각하여 풀도 많이 넣어주고, 미나리 찌꺼기도 한 아름 구유에 넣어준 뒤 뒤돌아서니 쇠죽이 다 되어 한 양푼이 퍼서 또 넣어준다. 누룽이가 웬일인가 싶어 눈이 동그랗다. 생원이 뒤늦게 일어나 감자 수확에 대해 볼멘소리를 한다. 금년에는 감자알이 작다.

"그나마 감자 꽃대를 잘랐기에 알이 그만하지."

"그러게요. 줄기를 하나만 두었으면 알이 몹시 클 걸 그랬네요."

"그러면 개수가 적게 달려 안 돼. 적당히 커야지."

내년에는 시기를 맞추어 북도 돋우고, 꽃대도 자르고, 줄기도 두

개 정도 남겨야 되겠다고 서로들 마음을 모은다. 어렵고도 쉬운 것이 농사라 아쉬움이 있는 것 같다. 며느리가 아침을 준비하는데 어머니가 걱정스러운 듯 며느리를 훑어본다.
"애야, 몸가짐을 조심해라."
"네, 알겠습니다."

06

아낙의 유산

　미나리 생채랑 다른 채소를 곁들인 보리밥이지만 언제나 맛이 있다. 아낙의 안색이 별로 좋지 않아 석이가 걱정이 되어 아낙에게 다가선다.
　"당신, 어디가 불편한 것 같은데?"
　"아니, 괜찮아요."
　"솔직히 말해요."
　"아까 문턱에 걸려 넘어졌어요."
　"혹시 이상이 있는 것 아니야?"
　"배가 좀 아프기는 한데."
　생원과 어머니가 옆에서 이야기를 듣고 아무래도 이상한 생각이 들어
　"석아, 빨리 병원부터 가보아라."
　"아무래도 이상하다."
　"뭐 괜찮겠지요."
　혹시 유산이 되면 어떻게 하지, 병원이 읍내에 있는데 어떻게 가나 망설이는데 별 방도가 없어 신작로까지 걸어가서 버스를 타기로 한다. 급하게 서두르는 모습을 보고 할머니가 의아해 물으니 자초

지종 이야기를 한다.

"그것참 큰일이다."

"혹시 하혈이라도?"

"약간 비치기는 해요."

"그럼 빨리 병원에 가봐라."

걱정스러운 눈으로 석이 내외를 훑어본다.

"여보, 준비가 다 되었어요."

"할머니, 저희 읍내에 좀 갔다 오겠습니다."

"그래 조심해서 갔다 오너라."

산구비를 돌아 신작로에서 흙먼지 날리며 다가오는 버스에 올라 읍내에 들어서니 병원이 보인다. 병원이라 하지만 산부인과는 별도로 없고, 내과에서 모두 본다. 의사가 어떻게 왔냐고 묻기에 임신한 지 3개월 남짓한데 부엌 문턱에 걸려 넘어졌다며 배가 아프다고 말하니 다른 증상은 없느냐고 물어 아낙이 피가 좀 비친다고 말하니 의사가 얼굴을 찌푸리며 잠시 후 초음파 검사를 한 후 임신한 지가 얼마나 되었느냐고 다시 묻기에 3개월 정도 된 것 같다고 말하니 언제 넘어졌느냐고 물어 오늘 아침에 넘어졌다고 대답한즉 의사가 고개를 저으며 아무래도 유산을 한 것 같다고 말을 한다. 순간 예상은 하였지만 무척 실망스러움을 감출 수 없다. 석이를 보고 울먹거리니

"여보, 괜찮아. 다음이 또 있잖아?"

"미안해요. 조심을 해야 했는데."

석이가 의사에게 묻는다.

"지금 어떻게 하면 되지요?"

"수술을 해도 되고, 그냥 약을 먹어도 되고."

"여보, 당신 생각은 어때?"

"수술은 무서워요."

"그러면 약만 먹도록 하지요."

"한동안 피가 많이 나오고, 허리와 배가 아플 것입니다."

"태아와 태반이 나오는데 약 7~10일 정도가 걸립니다."

"알겠습니다."

아낙과 석이는 무슨 약인지 한 봉지를 받아쥔다. 깍듯이 인사를 한 후 병원을 나서는데 맑은 하늘이 우중충해 보인다. 사라진 희망이 마음속 깊이 젖어 드니 할머니, 아버지, 어머니 얼굴이 떠올라 어떻게 말을 해야 할지 난감하다. 실망이 얼마나 크실지, 할머니는 몸도 성치 않으신데 얼마나 마음이 아프실까 생각하니 큰 죄를 지은 것 같아 집에 오는 길 내내 말 한마디 나누지 않는다. 석이와 아낙은 문간에서 서로 머뭇거리다가 아낙이 먼저 자기 방으로 들어가고, 석이가 큰방으로 올라가며 인기척을 하니 모두가 방문을 열고 물어본다.

"어떻게 되었노?"

"아무래도 유산이 된 것 같아요."

"아이고, 어떡하노? 천신만고 끝에 애기를 가지나 했는데."

"우리 집은 자손이 귀해도 이렇게 귀할까?"

결혼한 지 6년이 넘었으니 실망이 큰 것은 당연하다. 석이는 할 말을 잃고 미안한 마음으로 자기 방으로 내려가니 아낙이 석이를 보며 눈치를 본다.

"어른들 실망이 크지요?"

"말해서 뭐해?"

"할머니가 더 충격을 받은 것 같아."

"왜 안 그러겠어요."

"좀 조심해야 하는데."

"몸은 어때?"

"의사 말대로 핏덩이가 나와요."

"당신 건강이 중요하니 더욱 조심해요."

"그렇게 해야지요."

아낙이 잠시 쉬었다가 큰방으로 올라가니 할머니와 어머니가 우두커니 넋이 나간 듯 쳐다본다.

"할머니, 어머니, 죄송해요."

"우리 집 자손이 귀해서 그런 모양이다. 어쩌겠냐?"

"앞으로 더 조심해라."

어머니가 말씀하시니 할머니는 말이 없는데 몸도 마음도 불편하니 묵묵부답인 것 같다. 증손주 재롱을 좀 보고 생을 마감하려고 하였는데 실망이 크다. 아래채 사랑에서 기침 소리가 오늘 따라 크게 들리는 것을 볼 때 생원도 많이 실망한 모양이다. 석이가 아랫방에서 밖으로 나오며 아버지에게 묻는다.

"감자는 다 캐셨나요?"

"아니다. 일이 손에 잡히지 않아 그냥 돌아왔다."

"내일 제가 가서 마저 캐도록 하겠습니다."

"그래 같이 가도록 하자."

생원과 석이는 마구간을 내려보며 소구유 안에 꼴을 한 아름 넣어주는데 석이가 누룽이를 보며 한마디 한다.

"너 때문에 할머니가 다치시더니."

"얘야, 누룽이에게 무슨 말을 그렇게 하냐?"

"그렇지 않나요? 그때부터 집에 이상한 일이 자꾸 생기네요."

"입으로 방정을 떨지 마라."

석이가 시무룩해서 뒤돌아선다.

07

풋사랑

 습관성 유산이 되면 어떻게 하나 아낙이 걱정을 하는데 철없던 지난 시절이 생각난다. 동네 오빠와 우연한 기회에 불장난을 하였으니 그 오빠 집은 바로 돌담 하나 사이를 두고 있었다. 타성이라도 어릴 때부터 허물 없이 지내었기 때문에 오빠라고 불렀으며, 나이는 5살 차이로 국민학교도 같이 다녔다. 1학년 때는 6학년인 오빠가 등교 때마다 동행해 주었고, 학교에서는 든든한 뒷배가 되어 남자 아이들도 괴롭히지 못하게 하였다.

 오빠가 읍내 중학교로 진학을 한 후 자주 만나지 못해서 언제나 오빠가 보고 싶었다. 주말에는 학교를 가지 않아 집에 있으면 가끔 오빠 집에 놀러 가기도 하였다. 중학생이 된 오빠는 무척 멋이 있었으며, 공부도 잘 가르쳐 주었다. 한가할 때는 실개천에서 물고기를 같이 잡기도 하고, 산에서 버섯을 따기도 하였으며, 진달래가 온 산을 물들일 때는 한 아름 꽃을 꺾어서 나에게 주곤 하였다.

 중학교를 졸업한 후 오빠는 집안 사정으로 고등학교에 진학을 하지 못하였고, 농사일을 하게 되었다. 그 뒤 오빠는 집안에서 서둘러 장가를 보냈다. 오빠가 장가 가는 날 나는 몹시 슬펐다. 그날은 하루종일 방 안에서 꼼짝을 하지 않았다.

그 후 오빠 색시를 보면 어딘지 모르게 오빠를 빼앗은 여자로 생각나 질투가 났다. 나는 오빠를 연모하고 있는 자신을 감출 수 없다. 어느 봄날 5월인가 오빠가 잠실에서 누에를 키우며 잠업에 열을 올리고 있었을 때 누에가 두 번째 잠을 자고 뽕잎을 많이 먹기 시작한 그때이다. 오빠가 나에게 도와 달라고 하였다. 우리 집은 살기가 제법 넉넉해 아무도 나에게 농사일을 시키지 않았다. 집에서 무료하게 시간을 보내고 있을 때라 오빠를 도와주기로 하였다. 결혼을 한 오빠라 별생각 없이 그의 잠실로 가서 뽕잎을 부지런히 누에 상 위에 올려 놓으니 누에가 먹는 소리가 봄비가 내리는 듯 부산하였다. 그 모양이 예쁘기도 하고, 검은 털을 벗은 흔적이 있으나 사랑스러웠다.

"오빠, 이 일이 재미가 있어 하는 거야?"

"아니야, 나는 이 일에 승부를 걸까 해."

"이것으로 돈을 많이 벌 수 있어."

"다른 돈 될 만한 일이 있나. 자본도 없는데."

오빠와 이야기를 하며 뽕잎을 부지런히 주고 있었는데 분위기가 좀 묘한 느낌이 들어 쳐다보니 그가 가까이 와서 장난을 친다. 누에 한 마리를 나의 등 뒤에서 옷 속으로 넣는다. 온몸이 스물스물하고 징그러워 몸부림을 치니 그가 나의 잔등에 손을 넣는다. 몸에 경직이 오는 듯한데 그의 손이 어느 순간 나의 가슴에 와 있었다. 방년 18세인 나의 몸은 곡선이 생겨 부끄러웠다. 뿌리쳐야 하는데 나도 모르게 안절부절할 뿐 가만히 있었다. 결혼한 오빠가 설마 이렇게 다가설 줄 몰랐다. 전에는 가끔 스치듯 얼굴을 붉힌 적은 있었으나 오빠처럼 잘생긴 다른 남자가 내 앞에 서기를 바랬다. 봉긋한 나의 가슴을 볼 때마다 하느님께 감사드리며 나에게도 곡선을 주셔 감사하다고 생각하였다.

처녀가 결혼한 남자에게 가슴을 허락하였으니 저항하지도 못한 자신을 자책하면서 방문을 나섰는데 이틀 후에 또 와달라는 그의 목소리가 귓전을 울렸다. 갈 때 못 느꼈던 부끄러움이 돌아올 때 스며들어 주위를 흘끔거리며 집으로 돌아왔다. 마치 도둑질이라도 한 것 같아 가슴이 콩닥거렸으며, 거울을 보니 얼굴이 상기되어 있었다. 이것이 불륜이구나 생각하며 오빠의 부인을 떠올렸다.

몸을 자리에 눕히고 천정을 보니 각가지 생각이 구름같이 두둥실한데 가슴을 만졌을 때 그 설렘은 어디서 솟아 나오는 것인지 묘한 전율이 파도처럼 여진으로 살아왔다. 그는 유부남이라 만나면 안 된다고 다짐을 하였다. 무료한 시간을 주체할 수 없어 집에 있으면 안 된다고 생각하고 아버지와 어머니를 따라 농사일을 거들어 줘야겠다고 생각하였다. 오빠도 없고 언니도 없는 나는 무남독녀다. 귀한 무남독녀가 농사일을 거든다고 하니 아버지는 적극 만류한다.

"얼마 되지도 않는 농사에 너까지 거들 필요 없다."

"그래도 좀 배워둬야지요."

"이제 나이도 찼으니 집에서 부덕이나 쌓아라."

"부덕이 뭐예요?"

"부녀자가 배워야 할 일이 있다."

"여보, 당신 애한테 좀 가르쳐 주구려."

"밥 짓고 빨래하고 청소하는 일은 잘한다구요."

"이것아, 그것 말고 길쌈도 하고, 옷도 짓고, 수도 놓아야지."

그러고 보니 배워야 할 일이 많다. 그러나 집에 있으면 오빠에 대한 연민을 제어할 수가 없다고 생각하는데 그러면서도 한편 은근히 집에 있고 싶은 마음을 숨길 수 없었다.

이틀 후가 내일이다. 누에가 새째잠을 잤으니 뽕잎을 많이도 먹을 것 같아 도와주기는 해야 되는데 망설여졌다. 아니다, 오히려 기다려지는 마음이었다.

갑자기 밖에서 시어머니 소리가 들린다. 그 순간 지난 생각에서 깨어나듯 두리번거리니 석이가 망태기에 콩을 담고 있는데 콩나물콩과 된장콩을 나누어 담는다.

"얘야, 뭐하려고 그러느냐?"

"어머니, 논두렁에 콩을 좀 심을까 해요."

"콩나물콩도 좀 심어라."

"네, 안 그래도 준비를 했어요."

망태기를 메고 집을 나서니 석이 가슴이 좀 툭 트이는 것 같으나 논두렁을 향해 가는 발걸음은 여전히 무겁다. 핏덩이 자식이지만 사내아이일까? 계집아이일까? 궁금하지만 죽은 자식 불알 만지기 같아 서글프다.

다음이 또 있지 않는가 혼자 생각하며 논두렁 위에 콩을 심는데 한 발자국씩 띄워 콩을 심는다. 콩나물콩 다음에 된장용 콩을 심으며 자식도 마찬가지 아니겠어, 이렇게 또 심으면 되지. 이 생각 저 생각하며 콩 심기를 끝내자 저녁때가 되었다. 왔던 길을 되돌아 집으로 걸음을 재촉하는데 길가에 소풀이 탐스러워 누룽이 생각에 꼴을 베었다. 망태기 가득 누룽이가 좋아하는 관목잎을 많이 땄다. 논두렁 비탈에는 야생화가 많이도 피어 있고, 할미꽃이 간간이 보이는데 꽃술이 익어가고 있다. 태어나서부터 허리가 굽어 늙어가는 삶도 있다니 측은하다. 민들레도 이제 머리가 하얗게 자식들을 뿌리려 바람을 기다리고 있다. 그들의 일생을 읊은 시가 생각나 읊어본다.

민들레

누구는 꽃이라 하고, 누구는 잡초라 하네
어디서 와서 어디로 가던
꽃피고 씨 뿌리면 족하다 그렇게 생각하거늘
훨훨 날아 날개를 펴라며 솜털 되어 바람을 기다린다
흰머리 서리이고 둥글게
스치는 바람 언제 올까 오늘도 기다린다

돌아오는 걸음을 재촉하고 집에 들어서니 누룽이가 워낭을 흔들며 반긴다. 보답이라도 하듯 구유통에 꼴을 한 아름 넣어준다. 내일은 감자를 캐러 가야지 생각하며 세수간으로 가서 세수도 하고 발도 씻는다. 아낙이 식사 준비가 되었다고 아버지께 아뢰니 석이도 큰방으로 가고, 모두가 모이니 근심 어린 얼굴이다. 할머니 병환도 걱정이고, 아낙 유산도 안타깝다.

"할머니, 좀 어떻습니까?"

"나야 좀 덜하다만 손부가 낙심이 크겠다."

"할머니, 다음이 또 있지 않나요?"

석이가 할머니를 위로해 준다. 모두 저녁을 먹고 나자 생원이 내일 할 일을 말한다.

"내일 나하고 석이는 감자를 캐러 간다."

"그럼 벼 모심기 준비는 어떻게 하구요?"

"그래 석이는 논에 물을 대고 쓰레질을 좀 해다오."

"나도 오전에 감자를 캐고 오후에 논에 가겠다."

보리도 수확을 하였고, 미나리도 베었으니 그 논들뿐만 아니라 감자를 캔 논에도 물을 대어 모심기를 하여야 한다. 벌써 6월 하순이니 곧 7월로 접어들고 삼이랑, 왕골도 베어야 하므로 바쁘다. 석이가 마구간으로 가서 누룽이를 몰고 나와 구루마에 쟁기도 싣고 쓰레질기도 싣는다.

"누룽아, 오늘 힘 좀 써야겠다."

"오늘은 미나리깡 논만 하자."

"쟁기로 뒤집고 쓰레질하면 되는데."

"물도 넣어야 하는구나."

"미나리깡이라 안 넣어도 되지 싶기도 하다."

논에 도착하자 누룽이에게 멍에를 씌우고 쟁기를 채운다. 우선 논바닥을 뒤집는데 논갈이는 깊이를 13센티 정도로 하고, 3회 이상 한다. 별로 넓지 않은 논이니 한나절이면 되겠다 싶은데 누룽이가 어느 정도 갈고 나자 새끼를 배고 보니 몸이 무거운 것 같아 쉬기로 한다.

"누룽아, 너도 배가 부르니 힘이 들지?"

"좋은 암송아지 한 마리 낳아다오."

"지난 4월부터 계산하면 내년 2월경이면 놓겠다."

"너는 유산을 하지 말아야 한다."

"수의사에게 한 번 보여줘야겠다."

"구제역 백신도 맞춰야겠고."

얼마간 쉰 뒤에 누룽이에게 다시 쟁기를 채우고 논갈이를 계속한다. 점심때가 거의 되어가니 시장끼가 도는데 어머니가 아버지와 함께 오신다. 다라이를 머리에 이고 오는 것을 보아 점심식사 같다.

"석아, 점심이나 먹고 해라."

"아버지도 식사를 안 하셨다."

"아버지는 집에서 편히 드시고 오시지 그랬어요?"

"아니다, 너 혼자 먹는 것보다 같이 먹는 것이 좋다."

어머니가 다라이를 뒤집어 그 위에 점심상을 차리니 아버지가 다가앉으며 어머니를 같이 먹자고 채근한다. 아버지랑 어머니랑 함께 들에서 식사를 하니 마치 소풍 온 것 같다. 국민학교 때 소풍을 가면 어머니는 삼베 주머니에 밥이랑 찰떡을 싸주셨다. 모두 먹고 난 뒤에 삼베에 묻은 밥풀을 뜯어 먹는 그것도 재미가 있었다.

누룽이가 걱정이 되어 살펴보니 논두렁가에 있는 풀을 뜯어 먹고 있는데 그것으로는 부족할 것 같아 석이는 짚을 한 아름 안겨준다. 논갈이가 일부 끝났으므로 아버지는 마음이 바쁘신지 물을 일부 대고 있다.

"이곳은 오늘 일을 끝내자."

"내일은 보리밭이랑 감자밭에 가서 또 무논을 만들어야겠다."

"벌써 7월이 다가서니 좀 모심기가 늦었다."

"알았어요. 내일은 전부 끝내도록 하지요."

"여보, 당신은 마늘밭도 좀 보고, 삼밭이랑 왕골도 좀 살피구려."

"알겠어요. 7월에는 삼이랑 왕골은 모두 거두어 들여야지요."

"삼도 찌고, 왕골도 째야 하는데 무척 바쁘네요."

"무엇보다 모를 심어야 하는데 사람 손이 더 필요한데."

"몇 사람 품앗이를 해야 할 것 같아요."

석이는 누룽이가 짚을 다 먹은 것을 보고 쓰레질기를 채운다. 누룽이는 한두 번 한 것이 아니라 능숙하게 쓰레질을 하며 노타리도 겸하여 잘도 친다. 석이가 쓰레질기를 타면 누룽이도 호흡을 맞추는데 땅이 울퉁불퉁하면 모심기하기 어려우므로 10센티 정도 깊이로 평평하게 만든다. 그 사이 어머니는 집으로 가고, 아버지는 쓰레질하는 것을 돕고 있는데 쓰레질이 마무리가 될 쯤 해가 넘어간다. 아버지가 일어나시며

"나는 삼밭이랑 왕골밭을 둘러보고 집에 가겠다."

"그렇게 하세요. 저는 끝마치고 모든 것 챙겨 갈게요."

"그럼 내일은 보리밭이랑 감자밭을 끝내자."

"알겠습니다."

생원이 가고 난 다음 석이는 마무리 쓰레질을 하고 누룽이를 논두렁에 풀어 놓는다.

"누룽아, 오늘 수고하였다."

"오늘은 이만하고 집에 가자."

"내일은 보리밭하고 감자밭에 가자."

석이는 구루마에 쓰레질기와 쟁기를 실은 후 집으로 가기 전에 모내기하기에 알맞게 논에 물을 댄다. 집으로 가는 길에 삼밭이랑 마늘밭을 보니 수확할 때가 거의 되었다. 마당에 들어서자마자

"어머니, 내일은 마늘을 캐야겠어요."

"안 그래도 그렇게 하려고 한다."

"저는 내일 보리밭이랑 감자밭에 가서 논갈이를 해야겠어요."

"그렇게 해라. 마늘은 아버지랑 내가 캐면 된다."

"며칠 후 7월이 되는데 삼이랑 왕골도 베야겠네요."

"그래 바쁘다. 고생이 많겠다."

아낙이 밖을 내다보며 저녁 준비가 되었다고 말하니 사랑에서 아버지가 한잠 주무셨는지 부시시 일어나 큰방으로 올라간다. 할머니도 자리에서 몸을 일으킨다.

"좀 어떠세요?"

"오늘은 좀 살 것 같다."

"며칠 후에는 삼나무를 베야겠네요."

"그때 삼실에 풀은 내가 해야지."

"하실 수 있겠어요?"

"그럼 걱정 마라."

저녁상이 들어와 밥그릇을 보니 감자가 입을 벌리고 좌정하고 있어 이 밥인 것 같다. 저녁밥을 먹고 있는데 생원이 내일 할 일을

말한다.

"내일 석이는 보리밭이랑 감자밭을 갈고."

"어머니랑 나는 마늘을 캐야겠다."

"그리고 모심기 품앗이할 사람을 수소문해야겠다."

"작은집하고 고모네 집 연락하면 되겠네요."

"글쎄, 연락해 봐야지."

"아참, 그러고 보니 누룽이 백신을 맞혀야겠다."

"구제역 이야기가 돌고 있다."

"석이가 연락하도록 해라."

생원은 이것저것 지시를 하고는 사랑으로 내려간다. 석이는 백신보다 누룽이 임신이 걱정되어 어차피 수의사를 불러야겠다고 생각한다. 아랫방으로 내려가면서 아낙을 쳐다보며 귀뜸을 하고 이장 집으로 전화를 하러 간다. 저녁을 먹은 후라 밤이 이슥하지 않아 삽작문을 열고 기침을 하며

"이장님, 계세요?"

"아이고, 우짠 일로?"

"전화 한 통 하려고요."

"그래 들어오게나."

"모심기는 하셨나요?"

"일부는 하였네."

"저희도 준비를 하고 있습니다."

이장은 석이보다 나이가 5살 정도 많으며 중학교까지 나와 마을 일을 보고 있다.

"무슨 일로 전화를?"

"누룽이를 한 번 보이려고 그래요."

"전화하게나."

"여보세요, 수의사인가요?"

"석이입니다."

"웬일이요?"

"모레쯤 우리 누룽이 좀 봐주세요."

"임신한 지 몇 개월이 되었는데 어떤지."

"검사도 하고 구제역 백신도 놓아주고요."

"알겠네. 모레 오전에 가도록 하지."

마을에 전속으로 오는 수의사인데 석이보다 나이가 4살 정도 많다. 인사성이 밝고 친절하여 모두 좋아하는 편인데 게다가 아낙은 친정집 이웃 오빠와 닮았다고 생각한다. 전화를 한 후 이장과 농사 일을 이야기하며 잠시 앉았다가 자리에서 일어선다.

"나는 가보겠습니다."

"좀 더 놀다 가지."

"내일 할 일을 위해 일찍 자야지요."

"그럼 우리들 농사꾼은 잠이 보약이지."

"잘 주무세요."

"그럼 잘 가게."

어둠이 깔린 시골길은 걸음을 재촉한다. 바쁜 걸음으로 집에 들어서니 아낙이 방문을 여는데 벌써 자리를 펴고 기다리고 있다. 석이는 일찌감치 자리에 들어간다.

"어떻게 되었어요?"

"모레 오전에 오기로 했어."

아낙은 수의사가 내심 기다려진다. 누룽이 덕에 그를 볼 수 있어 기대가 되는데 친정집 이웃 오빠와 너무나 닮았기 때문에 마음이 간다. 석이가 벌써 코를 골기 시작하므로 아낙도 잠잘 채비를 하며 자리에 드는데 석이가 잠든 모습을 보니 죄책감을 느낀다.

장닭이 어김없이 부산한 하루를 열고 사랑방에서 생원이 헛기침을 하며 밖으로 나와 마당을 한 번 돌아보고 쇠죽을 끓인다. 한 아름 꼴을 거두어 사랑채 가마솥에 넣은 후 솔잎 갈비를 아궁이에 넣고 불을 붙인 다음 청솔가지를 넣으니 연기가 부엌 가득 피어 건넛방 어머니까지 선잠을 깨운다. 어머니가 부시시 일어나는 기척이 들려 아낙도 자리를 털고 앞치마를 두르고 밖으로 나간다. 전과 다름없이 물동이를 머리에 이고 쪽샘으로 가니 아주머니들이 여러 명 물을 길고 있어 모두 안부를 묻는다.

"할머니 병환이 어떻는고?"

"많이 좋아졌어요."

"소가 왜 갑자기 그런데?"

"알 수가 없네요."

"소도 귀신에 씌었나 보네."

아주머니들은 한마디씩 위로를 남기고 자리를 뜬다. 아낙도 동이 가득 물을 담아 머리에 이고 종종걸음으로 집에 오니 석이가 밖에서 생원이랑 어머니랑 이야기를 하고 있다.

"오늘 석이는 보리밭이랑 감자밭을 갈고."

"나는 네 어미랑 마늘을 캐겠다."

석이는 누룽이에게 쇠죽을 주고 누룽이를 보살핀 후 어느덧 아침식사가 차려져 큰방으로 가서 할머니가 우선한지 함께 밥상머리에 앉는다.

"마늘을 캐고 나면 모를 심어야지."

"안 그래도 품앗이할 사람을 연락했어요."

"참 바쁘구나. 삼도 베어야 하고, 왕골도 베어야 하니."

"7월 초에는 해야지요."

석이가 누룽이를 밖으로 끌어내고 질매와 쟁기를 챙겨 지게에 얹고 모두에게 인사를 하며 누룽이를 앞세워 밭으로 간다.

"새참은 가지고 오지 마세요."

"그럼 도시락을 챙겨 가거라."

"그리고 점심은 집에 와서 먹어라."

집이 보리밭과 감자밭 사이에 있어 보리밭을 갈고 점심을 집에서 먹고 감자밭으로 가면 된다. 석이는 새참 도시락을 지게에 달고 누룽이를 앞세우며 걷는데 누룽이 배가 신경이 쓰인다. 새끼를 잘 낳아야 할 텐데 마음속으로 중얼거리며 보리밭으로 가니 보리를 벤 뒤라 어수선하다. 누룽이 목에 질매를 걸치고 쟁기를 채운다.

"누룽아, 오늘도 고생 좀 하자."

"이랴 이랴! 쯧쯧!"

"워워! 물러 물러!"

보리를 벤 그루터기가 많아 신경이 쓰이나 우선 적당히 갈아엎은 다음 쓰레질을 할 때 걷어내기로 한다. 반쯤 갈고 나니 허기가 져 누룽이를 논두렁에 풀어 놓고 새참 도시락을 펼치니 보리밥과 감자가 섞여 있어 된장에 풋고추를 찍어 먹으니 꿀맛이다.

맛있게 먹은 후 나머지 논을 갈아엎고 나니 점심때가 약간 지났으므로 서둘러 쟁기를 챙기고 누룽이를 몰고 감자밭으로 가면서 집에 들르니 아낙이 점심을 차려 놓았다고 식사를 하라고 한다. 그러나 누룽이가 걱정이 되어 쇠죽을 구유에 한 다라이 부어 놓고 밥상을 받아 평상에 앉아 먹으니 운치가 있다.

"아버지, 어머니는 식사를 하셨는지?"

"잡수시고 또 나가셨어요."

"마늘이 별로 많지 않을 텐데."

"그래도 캐는 것이 그렇게 쉽나요?"

"할머니는?"

"주무시고 계세요."

석이는 점심을 먹은 후 쟁기를 지고 누룽이를 앞세워 감자밭으로 간다. 감자밭 가는 길에 마늘밭을 보니 아버지와 어머니가 마늘을 캐고 있는데 아버지는 허리가 아프신지 연신 일어나 허리를 두드리신다.

"아버지, 허리가 아프시면 그만하세요."

"이제 얼마 안 남았다."

"보리밭은 잘 갈았느냐?"

"네, 잘 갈았어요. 그루터기가 문제네요."

"내일 쓰레질할 때 내가 끌어내야지."

"그럼 저는 감자밭으로 갑니다."

감자밭은 갈기가 수월하다. 쟁기를 채우고 가장자리부터 갈기 시작하는데 감자 이삭이 가끔 나와 두 고랑씩 갈고 난 다음 이삭줍기를 하니 한 고랑에 반 바가지 정도 이삭이 나온다. 누룽이는 자주 쉬고 있으니 좋은 것 같지만 그때마다 쟁기를 풀자니 힘이 들어 아예 반쯤 갈고 이삭을 줍기로 하고, 배가 출출하여 우선 새참 도시락을 먹고 마저 갈기로 한다.

밭갈이를 끝내고 나니 해가 서산에 걸려 이삭을 주우니 제법 양이 되어 마다리 자루에 담고, 쟁기와 감자를 지게에 지고 누룽이를 앞세워 집으로 간다.

"아유, 고생이 많았다."

할머니가 방문을 열며 반갑게 맞아준다. 아낙이 뒤따르며 세수간에 물을 퍼준다.

"목말을 한 번 쳐드릴까요?"

"아, 그것 좋지."

목말을 치고 나니 시원해 금방 잠이 올 것 같다.

"아버지랑 어머니는?"

"마늘을 캐고 들어오셨다가 삼밭이랑 왕골밭으로 둘러보러 가셨어요."

"그렇군. 벌써 7월이네."

"그곳도 논갈이를 하고 벼를 심어야 하는데."

"농사일이라는 것이 해도 해도 끝이 없으니."

석이가 혼자 중얼거리더니 아랫방으로 내려가 조금 쉬었다가 저녁을 먹어야겠다고 생각하는데 그 사이 모두 들녘에서 들어온다.

식사 준비가 되어 모두 큰방으로 모이니 할머니도 자리에서 일어나 앉으시며 밥상을 받으신다. 식사를 하는 도중에 생원이 내일 할 일을 말한다.

"석이는 보리밭이랑, 감자밭에 쓰레질을 마저 하고."

"나는 너 어머니랑 논에 물을 대고 왕골꽃을 뽑고 보리밭 그루터기도 치우겠다. 그리고 왕골꽃을 뽑은 후 줄기도 베야겠네."

생원이 할머니께 잘 주무시라고 인사를 하고 사랑방으로 가니 석이도 논갈이한 일이 만만치 않았는지 일찍 잠자리에 든다. 아낙은 어머니랑 할머니랑 큰방에서 며칠 전 캐온 마늘을 다듬는데 마늘이 왠지 너무 작아 손질하기가 힘이 든다.

"금년에는 왜 마늘통이 이렇게 작아요?"

"중간에 거름도 자주 주고 북도 돋아야 하는데."

"마늘쫑도 때맞추어 잘 뽑아야 하는 것을."

할머니가 당신 몸이 아파서 챙기지를 못해서 그렇다고 중얼거린다. 어머니가 듣기가 민망한지 다른 일이 바쁘다 보니 그렇게 되었다 하며 마늘을 줄줄이 엮어서 처마에 걸어 말리기로 하는데 이것도 손이 많이 가므로 며칠 걸릴 것 같다.

할머니가 일찍 자리에 누우니 어머니랑 아낙은 각방으로 취침하러 간다. 이른 새벽 장닭이 훼를 치니 생원이 사랑에서 기침을 하며 하루를 여는데 무엇보다 쇠죽을 끓이고 집 주변을 둘러보니 생원의 기침 소리에 석이도 자리에서 부시시 일어나고, 아낙도 몸을 일으키며 앞치마를 두르고 부엌으로 간다. 어머니도 아낙을 따라 부엌으로 들어가자 아침식사 준비에 바쁘다. 석이도 쇠죽을 퍼서 쇠구유에 넣어주고 누룽이를 보살핀다.

"오늘 수의사가 오기로 했는데."

"쓰레질을 해야 하기 때문에 안 되겠네."

"아니다. 오전에 오기로 했기 때문에 오후에 하면 되겠다."

"누룽아, 오늘 오전에는 집에 있자."

석이가 수의사가 올 때까지 아버지, 어머니를 도와 왕골을 뽑기로 한다.

"석이는 오늘 쓰레질을 해야지."

"아버지, 오전에는 수의사가 오니 저도 왕골을 뽑겠어요."

"그러면 누룽이는 누가 보여주나?"

"수의사가 오면 제가 가면 되지요."

"그래 알았다."

생원과 어머니랑 석이가 함께 왕골밭으로 나가며 석이가 아낙에게 이른다.

"여보, 오늘 수의사가 오면 내가 올 거야."

"네."

모두 밭으로 나간 뒤 한참 후에 수의사가 오니 아낙이 반색을 하며 맞이하는데 뒤따라 석이가 온다.

"석이가 있나?"

"아, 저기 오고 있네요."

"좀 늦었구만요."

"그동안 잘 지내고?"

"그럼 하는 일이 맨날 그렇지."

"백신을 맞추어야겠는데."

"임신 상태라서."

할머니가 방문을 열며 소를 잘 묶어 소가 나부대지 않도록 하라고 한다. 석이가 누룽이를 밖으로 끌어내어 고삐를 기둥에 묶고 수의사가 소 목걸이 스타치온을 설치하여 움직이지 않도록 한다.

"주사 종류는 무엇을 하나?"

"러시아산 아라이백인데 좋아."

"구제역이 돌고 있는지?"

"아직 말이 없으나 미리 맞추어 놓으면 좋지."

08

누룽이 임신

    수의사가 근육 주사를 놓기로 하는데 부위가 어깨뼈 앞쪽, 목뼈 아래, 경추 위쪽 손바닥 크기의 삼각형 지점이다. 약병을 부드럽게 아래위로 흔들어 주사기로 뽑아 주사를 놓는데 침이 제법 커 크기가 16G라 찌르니 순간 누룽이가 움찔한다. 주사를 놓은 후 수의사가 당부하기를 소가 열이 좀 날 수 있는데 곧 괜찮아질 것이란다. 그런데 보통 8주 후 2번째를 맞는데 그 후는 6개월에 한 번씩 재접종한다고 한다.

    "그러면 임신 상태를 좀 봐줘요."

    "임신한 지 얼마로 추정되나?"

    "3개월 정도 된 것 같네요."

    "그러면 쉽게 알 수 있지."

    뒷발질을 하지 않도록 무게 중심을 앞으로 가게 목줄을 매라고 한 뒤 수의사가 장갑을 왼손에 끼고 팔목 위 겨드랑이까지 비닐을 씌운 다음 소의 꼬리를 잡고 왼손을 소의 직장 깊숙이 넣어 질과 자궁을 촉진하는 듯 고개를 끄덕인다.

    "임신이 확실하네."

    "축하하네."

"내년 2월경 송아지를 보겠네."

"고마워요. 수고하였네요."

아낙도 이 과정을 부엌 쪽에서 물끄럼이 바라보며 깊은 상념에 잠기는데 직장 속으로 손을 넣는 수의사를 보니 오빠의 손길이 거침없이 느껴진다.

누에가 3잠을 잘 때 오빠 집 잠실로 자기도 모르게 갔었다. 다시는 가지 않을 것이라고 각오를 한 마음도 아랑곳없이 돌담을 넘었는데 뒷문에서 벌써 오빠가 기다리고 있었다.

방에 들어서자 오빠가 가슴 가득히 안아주었다. 가슴을 허락한 다음이니 그는 거리낌 없이 입맞춤을 하였다. 아무런 생각도 없이 거절하지도 못하고 그에게 자신을 맡겼다. 잠시 후 부끄러워 뒷문을 열고 돌담을 넘었다. 넋을 잃고 멍을 때리고 있을 때 아낙을 보고 석이가 소리를 친다.

"여보, 뭐하고 있어?"

"마실 것이라도 준비하지 않고."

"네, 알았어요."

그제야 정신이 든 아낙은 식혜 한 사발을 가지고 와 수의사에게 건넨다.

"수의사님, 드시지요."

"네, 잘 먹겠습니다."

"식혜가 잘 익어 맛이 좋네요."

수의사와 아낙은 순간 눈이 마주치니 아낙은 몸을 움찔하며 자기 자신을 간신히 가눈다. 이럴 수가 있나? 오빠와 닮았다고 생각한 나머지 밀려오는 감정일까? 아니면 서로 호감이 있다는 감정일까? 이심전심 정신 감응이 순간적으로 이루어지는 현상인 것 같다. 사람은 속마음을 숨길 수 없는 것이다. 자기도 모르게 연모의 눈길이 오고 가는 것이다. 석이가 눈치를 챌까 재빨리 뒤돌아서며 부엌으로 몸을 숨긴다. 수의사도 마음의 동요를 느낀 것 같다.

"자, 나는 그만 가봐야겠네."

"점심이나 먹고 가지요?"

"나도 바쁘다네."

"스타치온을 가지고 가야지?"

"나중에 가지러 올게."

"그렇게 하세요."

수의사는 석이와 작별 인사를 하고 밖으로 나가며 부엌 쪽으로 힐끔 뒤돌아보니 아낙이 미소를 띠우는 듯하다. 수의사가 나가고 난 뒤 석이는 왕골밭으로 간다.

"아버지, 왕골을 다 베어가네요."

"누룽이는 어떻게 되었어?"

"백신도 놓고 임신도 검사했어요."

"그래, 임신은?"

"임신은 잘 되었다네요."

"6개월 후에 백신을 또 맞추라고 하네요."

"뭐 그렇게 자주 맞나?"

"6개월에 한 번씩 당분간 맞추어야 한데요."

어머니가 옆에서 듣고 겨울에 누룽이가 출산을 하는데 고생이 되겠다고 하며 겨울이 지나 봄이 되면 송아지가 좀 클 테지, 그때는 팔아야지 중얼거린다. 놓기도 전에 처분할 생각부터 한다.

"여보, 당신은 왕골꽃을 마저 뽑아줘."

"나는 왕골 줄기를 베어 집으로 옮겨야겠어."

키가 1미터가 훨씬 넘는 왕골을 베니 힘이 들어 쉬엄쉬엄 벤 후 단으로 묶는다.

"올겨울에 돗자리를 몇 닢이나 짜려나?"

"아버지는 우선 단을 묶어주세요."

"옮기는 것은 제가 할게요."

"아, 그래 그러지."

석이가 묶어놓은 왕골 줄기를 지게에 지고 집으로 간다. 할머니가 원기가 회복되셨는지 마루에 나와 계신다.

"수고가 많다."

"왕골이 제법 되는 모양이네."

"돗자리 열 닢은 짤 것 같아요."

"애비가 겨울에 심심풀이는 하겠구만."

아낙이 부엌으로 가서 점심을 챙기고 나서 지게에 점심 바구니를 걸치고 나서려는데 누룽이와 눈이 마주쳐 짚과 꼴을 한 아름 구유에 넣어준다. 물끄러미 바라보는 아낙의 눈길을 느끼며 밭으로 간다.

"어머니, 점심을 가지고 왔어요."

"그래 먹고 난 뒤 마저 해야겠어."

"여보, 이리 오세요."

제1부. 농가 일상

생원, 어머니, 석이 세 식구가 들녘에서 오붓하게 점심을 먹으니 즐겁다. 점심을 먹은 후 석이는 한 짐 가득 왕골 줄기를 지고 집으로 간다.

"저는 쓰레질을 하러 가야겠어요."

"보리밭이나 하면 되겠다."

"무리하지 말고 적당히 해라."

"그루터기도 처리해야겠어요."

"내가 하려고 하는데."

집에 도착하자 마당에 왕골을 부려놓고 지게에 쓰레질기를 얹고 누룽이를 앞세워 보리밭으로 간다. 보리밭에는 아버지가 물을 잘 대어두어 좋기는 하나 그루터기가 많아 이를 정리하고 쓰레질하려니 번거롭다. 누룽이도 이것을 잘 알고 천천히 속도를 낸다. 그래도 서너 번은 왕복해야 할 것 같아 쓰레질을 마치고 나니 해가 서산에 걸려 집으로 향한다. 누룽이도 배가 고픈지 연신 논두렁에 있는 풀에 입을 댄다.

"이랴, 쯧쯧!"

"빨리 가자. 집에 가서 쇠죽을 먹자."

"빨리 쇠죽을 끓여야지."

석이가 누룽이를 달래며 집으로 간다. 집에 들어서자 쇠죽을 끓여 누룽이한테 주고 나서 세수를 하고 큰방으로 올라가니 저녁상이 준비되어 식구들과 함께 저녁밥을 먹는 중에 생원이 저녁에 할 일을 말한다.

"오늘 저녁에는 왕골을 짼다."

"왕골꽃은 밭에서 짤랐으니 껍질만 째면 된다."

"올해는 일찍 재배를 해서 벼를 심게 되었다."

"그렇지 않았으면 구월이나 돼야 벨 수 있었어."

식구 모두 모여 세모난 왕골 표피를 밤을 지새워 째며, 짼 표피를 한 주먹씩 묶어 처마줄에 걸어 말리는데 일이 끝나지 않아 내일 또 계속하기로 하고 각자 방으로 가서 잠을 잔다.

다음날 모두 왕골 작업을 끝내니 생원은 잘 말려서 겨울에 돗자리를 짤 생각에 뿌듯하다. 왕골 작업을 마치자 생원이 내일 할 일을 말한다. 내일은 모두 모심기를 하기로 한다.

"미나리논부터 하기로 하자."

"품앗이할 사람을 잘 챙겨라."

"내일 모레 한 이틀 걸릴 것 같다."

"왕골밭과 삼밭은 좀 늦게 할 수밖에 없네."

"모심기를 1차 끝내고 나면 삼을 거두기로 하자."

모두 아침에 할 일을 마치고 미나리밭으로 간다.

09

모내기, 길삼, 왕골 수확

　머리에 수건을 두르고 팔에 토시를 끼고 장화를 신고 여자들은 치마 대신 몸빼바지를 입었다. 아낙과 할머니는 집안일을 하기로 한다. 석이는 벌써 모를 찌고 한 주먹씩 논 여기저기 던져두고 아버지와 어머니가 줄을 잡으니 모두가 모를 서너 잎씩 적당한 간격을 두고 땅에 꽂는다. 얼마 심지를 않아 허리가 아픈지 아주머니 한 분이 농악 한 소절을 선창하며 분위기를 띄운다. 모두가 후창을 한다.

어허 이어루 상사 뒤야
저 님을 따라 내 돌아가네
어허 이어루 상사 뒤야
나렸단다 나렸단다 어사님 나렸단다
어허 이어루 상사 뒤야
아니 농부 내 말 듣소
어허 이어루 상사 뒤야
이 농사를 지어 가지고
어허 이어루 상사 뒤야
선영 봉사하신 후에 부모 봉사하여 보세

에헤 에헤 에헤 어허 이어루 상사 뒤야

거머리도 한몫하려는 듯 장딴지 여기저기 기어올라 살을 파고드니 철썩거리는 소리가 요란하다. 장화를 신어도 언제 기어올라 살갗을 후비니 피가 여기저기 흘러 혐오스럽다. 어느 정도 심으니 허리가 아파 속도가 느려진다.

모심기를 할 때는 잘 먹어야 한다. 새참도 점심도 고기가 곁들여지고 막걸리도 준비가 되는데 고기는 돼지고기다. 모내기철에는 동네에서 돼지를 잡아 집집이 고기를 나누어 가지므로 돼지고기를 안주 삼아 조롱박에 막걸리를 주고받으니 흥겹게 식사를 한다. 잘 먹으며 일을 하니 힘이 생기는지 미나리밭과 보리밭, 감자밭을 이틀에 걸쳐 끝을 낸다.

석이가 품앗이꾼들에게 수고하였다고 인사를 한다.

"모두 도와주셔서 감사합니다."

"매년 하는 일인데."

"다음 모내기할 때도 와주세요."

"그럼요, 말해서 뭐해요."

모두 돌아가고 나니 모심기가 끝나 홀가분하여 어머니와 생원은 옷가지와 물품들을 챙겨 집으로 간다. 이제 왕골밭과 삼밭만 남았으니 집안 식구끼리만 해도 될 것 같다며 모두 저녁을 먹고 내일을 위해 서둘러 잠자리에 든다. 평소와 다름없이 쇠죽을 주고 아침을 먹고 나니 생원이 오늘 할 일을 말한다.

"나랑 네 어머니는 삼을 베겠다."

"석이는 왕골밭을 갈고 쓰레질하도록 하여라."

"삼굿은 마당에 차리자."

곧이어 석이가 쟁기와 쓰레질기를 지게에 얹고 왕골밭으로 가니 왕골밭 역시 그루터기들이 많아 논을 가는 것이 쉽지 않다. 누렁이는 하던 일이라 아무런 불평이 없다.

생원과 어머니는 삼나무를 베어 논바닥에 놓아두고 벤 삼나무들을 한 아름씩 묶어 밭 한쪽에 재어둔다. 오전에 작업을 마치고 나니 석이가 온다.

"왕골밭은 모두 갈았느냐?"

"갈기도 하고 물도 대고 왔어요."

"오후에는 쓰레질을 해야겠네."

"그래요, 그루터기들을 좀 치워야겠어요."

"그래야지."

"우선 점심이나 먹자."

"누렁이는 밭두렁에 풀어두지."

"안 그래도 그렇게 하려구요."

"짚도 많이 주지."

왕골밭이나 삼밭은 집 앞에 있어 모두 집으로 점심을 먹으러 가니 아낙이 반갑게 맞으며 점심 준비가 다 되었다 한다.

"점심은 무엇을 하였나?"

"보리수제비를 끓였어요."

"그래, 그것 먹고 힘을 쓰겠냐?"

"돼지고기도 있어요."

"여름철 상하지 않았을까?"

"괜찮아요, 차가운 김치움에 넣어두었어요."

"그래 김치하고 같이 먹으면 좋지."

어머니가 조심스럽게 맛을 봐서 상하지 않았음을 확인한다. 전에 잘못 먹고 온몸에 두드러기가 나 복통을 앓은 적이 있어 조심스러운 것이다. 그때 환약 한 주먹을 먹고 겨우 살았다. 모두 김치에 고기를 싸서 점심을 먹고 나니 식곤증이 밀려 그늘에서 한숨 자고 싶으나 오늘 일을 마쳐야 하기에 강행을 한다. 생원이 땀을 훔치며

"오늘 왜 이렇게 덥냐?"

"석아, 우리 개울에 가서 목말을 한 번 치자."

"그것 좋군요."

"어머니는 어떻게 하지?"

"나도 할란다."

"늙은이 목말 치는 것 누가 흉보겠냐?"

석이와 생원은 어머니와 함께 밭 아래 개울에 가서 목말을 친다. 어머니는 위에 적삼을 걸치고 물만 붓는다. 석이는 팬티만 입고 몸 전체를 담그니 정말 시원하다. 목말을 친 후 모두 각자 밭으로 간 후 석이는 왕골 그루터기를 정리하며 쓰레질을 한다. 생원과 어머니는 남은 삼나무를 베어 밭 한쪽에 모으니 저녁나절 석이도 쓰레질을 마치고 삼밭에 간다.

"석아, 너는 삼을 집으로 옮겨다오."

"네, 알겠습니다."

석이는 묶은 삼단을 지게에 지고 집 마당으로 나른다.

왕골밭이랑 삼밭은 집 앞 논이라 누룽이를 데리고 옮길 필요가 없어 석이가 삼단을 전부 지게로 옮긴다. 그 사이 생원과 어머니는 삼을 전부 벤다. 벤 삼단을 모두 옮기자 어머니가 저녁에 할 일을 말한다.

"마당에 삼굿을 피워야지."

"나무와 삭정이로 불을 피워."

"잉걸불이 생기면 거적을 덮고."

"그리고 삼을 그 위에 겹겹이 놓아라."

"또 거적을 그 위에 놓고."

"물을 끼어 얹어라."

두 시간 정도 흐르니 김이 많이도 나 삼이 적당히 익은 것으로 생각되어 거적을 들어내고 삼을 꺼내고 삼껍질을 벗긴다. 밤을 새워 삼껍질을 벗기고 삼껍질을 물에 담근 후 뒤늦게 잠자리에 들었는데 장닭이 모두를 잠에서 깨운다. 물에 담가놓은 삼껍질을 장대 빨랫줄이랑 마루턱에 걸쳐 햇볕에 말린 후 말린 삼껍질을 물에 다시 적셔 녹녹하게 만들고 삼칼 끝으로 머리 부분을 짓이겨 겉피를 다듬은 후 드디어 길쌈을 시작하는데 할머니도 원기를 좀 찾았는지 한 자리 차지한다.

다듬은 겉피를 손톱으로, 이빨로 가늘게 째고 길게 연결하여 무릎 위에 올려놓고 비벼서 다른 짼 것과 서로 이으며 이은 껍질을 바구니에 담으며 한가락 노래를 부르는데 삼을 삼는 노래가 구슬프다.

이 삼을 잘라놨는데 열두 가리를 언제 다 삼을까
열두 가리를 다 삼고 나서 님의 방으로 잠자러 가세
열두 가리를 다 삼고 나야 시어머니가 좋다 허제
한 가리만 남겨놔도 우리가 사나 못 사나 그러제

바구니에 담은 세피들은 물레를 돌려 가락에 올리는데 할머니의 손이 바쁘다. 할머니는 자기 수의를 만들 삼베를 자기가 몸소 짜려는 것이다. 물레 소리에 맞추어 흥얼거린다.

물레야 자세야 뺑뺑이 돌아라
스리랑 스리랑 잘도 돌아간다
만난 님 반가우나 이별을 어이해
이별이 되고 나면 왜 만났는고
물레야 자세야 뺑뺑 돌아라
스리랑 스리랑 잘도 넘어간다
당신이 나를 이만큼 사랑한다면
가시밭이 수천 리라도 잘도 넘어간다
십오야 밝은 달은 웃음 속에 놀고
배꽃 같은 이내 손길 한량 품에 논다
물레야 자세야 뺑뺑 돌아라
스리랑 스리랑 잘도 넘어간다

석이와 생원은 왕골밭에서 왕골 그루터기를 마저 정리한 후 한 번 더 쓰레질을 한 다음 삼밭으로 가서 밭을 갈고 그루터기를 정리한 후 물을 대고 쓰레질을 여러 번 한다.

"이 정도 하면 된 것 같다."

"석아, 점심 먹으러 집에 가자."

"모는 언제 심을까요?"

"점심 먹고 와서 심자."

집에 들어서니 모두 길삼하느라 바쁘다. 아낙이 점심 준비가 되었다 하여 날씨가 더워 평상과 마루에서 점심을 먹기로 한다. 점심을 먹은 후 생원과 석이는 왕골밭으로 가서 석이가 모를 쪄서 여기저기 던져두니 모줄을 잡아줄 사람이 없어 생원이 눈대중으로 모를 심는데 석이도 합세를 한다. 평수가 별로 크지 않아 쉽게 끝날 줄 알았는데 사람 손이 적어 더디다.

왕골밭을 끝내고 집으로 가서 새참을 먹으니 길삼하던 여인들도 함께 새참을 먹는다. 새참을 먹은 후 남자들은 삼밭으로 가고, 여자들은 길삼을 계속하는데 할머니와 어머니는 번갈아 물레에 삼실을 올린다. 저녁나절이 되어서야 가락에 올린 삼실에 풀을 먹이기로 한다.

"손부야, 마당에 불 좀 피워라."

"네, 어느 만큼 피워야 하나요?"

"한 무더기 피워서 잉걸불을 만들어라."

"그리고 풀을 끓여라."

"어느 정도 끓여요?"

"한 대야 정도면 될 것이다."

"녹녹할 정도로 끓여라."

"그리고 양쪽에 걸이를 만들자."

"간격은 10미터 정도 하면 될 것이다."

어머니와 할머니는 삼실을 양쪽 걸이에 여러 가닥을 걸고 그 밑바닥에 잉걸불을 앞쪽에 2미터 정도 길이로 펼친 뒤 할머니는 손수 걸어놓은 삼실에 풀을 먹이고 말린다. 칠한 부분이 어느 정도 마르면 다음 2미터 정도에 풀을 먹인다. 여름에 불을 피워 작업하는 것이 여간 힘든 일이 아니다. 풀을 먹여 말린 삼실은 타래로 만든다.

"손부야, 뭐 시원한 것 없냐?"

"네, 오이냉채를 만들어 놨어요."

"좀 가지고 오너라."

"수박냉국도 좀 만들어라."

"밭에도 좀 갔다 주어야지."

"알겠습니다."

아낙이 수박과 오이냉채를 들고 밭으로 가니 생원과 석이가 삼밭에서 모를 힘들게 심고 있어 거들고 싶은 마음이 든다.

"저도 모를 좀 심어볼까요?"

"무슨 소리, 괜찮아."

"아버님, 냉채를 드세요."

"그래 먹고 하자."

"아 참 좋다, 시원하구나."

생원과 석이가 시원하게 냉채를 먹고 있을 때 수의사가 집으로 온다. 다른 집에 소 백신을 맞추러 가는 눈치다.

"어쩐 일이여?"

"저 윗동네 소에 백신을 놓아 달라고 해서."

"스타치온 기구도 가지러 왔군."

"어르신, 모심기하느라 고생이 많습니다."

"어쩌나? 농사를 지어야 하니."

"그럼 저는 스타치온 가지고 가겠습니다."

"여보, 당신 냉채 한 그릇 대접하지."

"네, 알겠습니다."

아낙이 집으로 종종걸음으로 가고 있는데 수의사가 뒤를 따른다. 수의사가 아낙의 뒷모습을 보며 씨암닭같이 예쁘다고 생각한다. 이심전심인지 아낙도 왠지 가슴이 두근거리며 마치 남 몰래 서방질을 하는 느낌이 들어 재빠르게 부엌으로 들어가 수박냉채를 한 사발 들고 나온다.

"누구 왔느냐?"

"네, 수의사가 기구를 가지러 왔어요."

"아이고, 이 더운데 수고가 많네."

"그래 냉채 한 그릇 마시고 가시지요?"

아낙이 냉채 그릇을 올리는데 눈이 마주치자 순간 어른들을 의식한 나머지 황급히 눈길을 돌린다. 지난번에도 눈을 마주쳐 오빠를 닮았다고 생각하여 가슴이 두근거렸는데 정말 모를 일이라고 도래질을 하며 부엌으로 몸을 숨기는데 잘 먹었다는 소리가 귓전을 두드린다.

"어르신들, 고생이 많습니다."

"할머니, 길쌈이 어려우실 텐데요?"
"아, 내가 수의를 만들려 하네."
"아이고, 아직 사실 날이 많이 남았는데요."
"몰라, 그렇지도 않네."

10

첫 경험

　밖으로 나가는 수의사 모습을 보니 아낙의 머리에 지난날이 주마등같이 스친다. 누에가 넷째 잠을 잘 때 정말 가지 말아야 하는데 오빠가 오라는 소리도 없었는데 오빠 잠실로 스스로 갔다. 가지 않아야 한다고 마음을 다지고 다졌는데도 가고 말았으니 사람이 생각하는 명분은 위선이고 궤변이다. 누에가 넷째 잠을 잘 때는 뽕잎을 너무 많이 먹기 때문에 무척 바쁘다고 나름대로 생각하여 오빠를 도우러 갔다. 엉터리 없는 자기 변명이었음을 후에 자성하였지만 그때는 자신을 속이고 있었다.
　담장을 넘어 뒷문을 열고 들어가니 오빠가 뽕잎을 정신 없이 줍고 있었는데 그는 왔느냐는 말도 없이 자기 일을 하고 있었다. 덫에 걸린 병아리라고 생각하였는지 눈길도 주지 않았다. 다소 시간이 흐른 후에야 그가 나에게 다가서더니 스스럼 없이 자기 소유물인 양 나를 안았다. 부지불식간에 그가 나를 바닥에 누인 것 같은데 찰라적으로 나의 몸속으로 그가 들어왔다. 무저항 속에서 온몸은 꽉 찬 안락함이 다가왔다. 몸무게가 느껴질 때 안락함은 두려움을 남기고 후회가 다가왔으니 내가 원하는 바가 이것이었던가 자책을 하면서 옷매무새를 가다듬고 뒷문으로 돌담을 넘었다. 뒤늦게 임신이라도 하면 어떻게 하지 하며 부엌으로 들어가서 정신없이 밤꽃 냄새가 전부 가시도록 말끔히 씻었다. 지난날에 잠겨 멍을 때리고 있을 때 할머니가 안청에서 부르신다.

"손부야, 이리 와서 물레 좀 저어봐라."

"팔이 아파 더 못하겠구나."

"네."

아낙이 정신을 가다듬고 물레를 돌리는데 꼬리를 물고 지난날이 잦아든다. 타래 삼실을 물레에 잘 올릴 수 있도록 어머니를 거들어 주기도 하는 한편 물레에 올린 삼실을 가락으로 올려준다. 북에 들어갈 만큼 올린 삼실들은 모두 바구니에 담아 베를 짜도록 한다.

"가락으로 옮기는 일은 내가 하겠다."

"할머니는 쉬세요. 저희들이 할 것입니다."

"가락에 올리는 일은 손부가 하고."

"베는 애미가 짜라."

"네."

"며느리에게 베 짜는 것도 가르쳐야지요."

"그래 알겠다."

"애야, 저녁 준비를 해라."

왕골밭이랑 삼밭에서 모내기를 마치고 석이와 생원이 집에 들어오며 석이는 가마솥에 쇠죽을 끓이고 꼴 한 아름을 누룽이한테 준다. 아낙이 저녁 준비가 되었다 하여 모두 큰방으로 모이니 생원이 삼실 가락을 보며

"일을 많이 하였네요."

"할머니가 물레를 저었어요."

"아니다. 애미하고 손부가 거의 다 했다."

"고생들 하였네요."

"모내기는 다 한 것이냐?"

"네, 이제 걱정하지 마세요."

"병나실까 걱정이네요."

생원이 농사 일정을 말하는데 이제 남은 일은 9월에 목화를 따야 하고, 10월에 마늘을 심어야 하며, 콩도 꺾어야 하고, 벼도 추수해야 한다. 뿐만 아니라 틈틈이 자리도 짜고, 베도 짜고, 덕석도 짜야 한다며 어머니가 덧붙인다.

"네, 그래요."

"나무도 많이 해야 하고."

"버섯도 따야 하고."

"누룽이도 잘 먹여야 하구요."

석이가 벼를 추수하기까지 할 일이 적은 것이 아니라 한다. 생원이 한말씀 하고 뒤돌아서는 사이 사발통문이 왔다. 작은집에서 모내기를 한다고 품앗이를 해달란다.

"어머니, 내일 작은집에서 모내기한데요."

"그러면 누가 가나?"

"어머니, 제가 갈게요."

"너는 나무를 좀 해야 하는데, 할 수 없지."

석이는 쇠죽을 구유에 부어주고 세수를 한 다음 자기 방으로 가니 생원과 어머니도 할머니에게 인사를 한 후 각자 방으로 내려가며 하루를 마무리한다. 아낙이 설거지를 하고 방으로 들어가니 석이는 이미 코를 골고 있어 말없이 옆에 눕고 보니 또 하루가 가고 장닭은 새벽을 헤아리고 있다.

"여보, 오늘 일찍 일어나야지요."
"작은집에 가서 모내기를 한다면서요?"
"괜찮아, 아침 먹고 천천히 가면 돼."
"자기들도 준비를 해야지."
"오늘은 저녁에 늦게 돌아오겠네요."
"응, 집에 와서 저녁을 먹을 것 같아."

석이가 품앗이하러 작은집으로 가니 생원도 따라나선다.

11

베틀 조립

    한편 어머니는 베틀용 각종 부품을 고방에서 끄집어내어 하나하나 먼지를 털고 헝겊으로 닦고 순서를 매겨 나열한다. 용두머리, 눈썹대, 눈썹노리, 눈썹줄, 잉아, 잉앗대, 속대, 북, 북바늘, 꾸리, 바디, 바디집 비녀, 최활, 부티, 부티끈, 말코, 앉을깨, 뒷다리, 밀대, 끌신, 배틀신끈, 가로대, 눌림대, 눌림끈, 눈다리, 비경이, 선다리, 배틀신대, 사침대, 두투마리, 뱁댕이 등 무려 서른 가지가 넘는다. 어머니도 이제 나이가 드니 베틀 기구와 부속을 챙기는 데 혼란스러움을 느껴 며느리에게 가르쳐야겠다고 생각한다.

    "애야, 이리 와봐라."

    "너도 이제 이것을 배워야 하니 같이 조립하자."

    "베틀은 세 가지 기능으로 나누어 보면 된다."

    "하나는 원체이고, 하나는 동력 전달 장치이고, 하나는 직포 장치이다."

    어머니는 아낙에게 조립 과정을 하나하나 설명한다. 베틀의 기본 구조는 길이가 2미터나 되는 나무 둘을 앞다리와 뒷다리에 연결한 것이다. 뒷다리 끝에는 사람이 앉는 앉을깨를 둔다. 그 앞에 피륙을 감는데 말코와 바디, 잉앗대, 방아리, 사침대를 차리고 앞다리 위로 선다리와 도투마리를 놓는다. 그다음 선다리 윗쪽에는 용두머리, 눈썹대, 눈썹끈, 잉앗대를 건다. 눈썹대 맞은편에는 신대가 땅에 끌리듯 내리고 그 끝에 베 짜는 사람의 끌신코에 연결되도록 한다. 끌신을 끌어올리면 선다리, 눈썹대, 잉앗대가 움직여 빙아리를 통과한 빙아올 사이로 사천대를 통과한 시올이 잉앗대와 함께 위로 올라오고, 끌신을 내리면 그 반대가 된다. 즉 이것이 신끈-신대-용두머리-눈썹대-눈썹노리-눈썹끈-잉앗대-속대를 지나 잉앗실까지 전달되어 잉앗실에 있는 날실을 아래위로 오르게 되는데 이것이 동력 전달 장치다. 끌신이 오르고 내릴 때 북이 시올과 빙아올 사이를 통과하면 바디로 쳐서 베를 짜는데 이것이 직포 장치이다. 어머니가 설명하는 것을 아낙이 듣고 머리를 흔든다.

"어머니, 저는 한 번 들어서 모르겠어요."

"그래 누구나 마찬가지다."

"나하고 직접 하다 보면 차차 알게 된다."

"애야, 점심 준비나 하자."

아낙이 점심 준비를 위해 부엌으로 나가고, 어머니가 안방에 들어가니 할머니가 물으신다.

"베틀 설치는 다 했느냐?"

"네, 다 설치해 두었어요."

"베는 내가 짜야지."

"할머니, 몇 필을 짜시겠어요?"

"내 것만 짜면 되지."

"그것도 3필은 될걸요."

"그렇게나 될까?"

"겉저고리, 속저고리, 겉바지, 속치마, 치마, 복건, 버선, 손싸개, 베게, 턱받이, 오랑 이것들을 다 하자면 3필은 될 것 같아요."

"아이고, 그러면 도대체 길이가 얼마야?"

"60자나 되네요."

"알겠다. 내 것은 내가 짜야지."

"그런데 다른 사람도 입어야 하니 더 많이 짜야 합니다."

"생원은 참최를, 석이와 저는 자최를, 며느리는 대공을 입어야 하네요."

"아니다, 생원도 자최를 하면 된다."

"어머니, 저는 무슨 말인지 모르겠어요."

아낙이 무슨 말인지 몰라 물으니 어머니가 하나하나 설명을 한다. 사람이 죽으면 초종, 습, 소렴, 대렴 같은 렴을 하는데 렴이 끝나면 성복을 한다. 즉 상주들이 상복을 입는데 신분에 따라 참최, 자최, 대공, 소공, 시마로 구분한다. 참최는 아버지와 큰아들이 죽었을 때 하고, 자최는 할아버지, 할머니, 어머니, 고모, 형제, 자매, 아들 등이 죽었을 때, 대공은 며느리, 손자 등이 죽었을 때 입는 옷이다.

그리고 입는 기간은 참최는 3년, 자최는 최저 3개월이나 어머니의 경우 3년이고, 대공도 마찬가지다. 상복 재료는 참최는 생마포로 하여 옷을 꿰매지 않고, 자최는 생마포로 하되 가장자리를 꿰맨다. 대공은 삼베로 옷을 만드는데 옷을 꿰맨다.

"그러면 생마포도 준비해야 하네요."

"아니다, 모두 삼베로 하면 된다."

아낙이 대충 이해를 하고 부엌으로 나가며 저녁 준비를 하려 하니 어머니가 안청에서 며느리를 도우려 부엌으로 나간다.

"얘야, 뭘 그렇게 챙기노?"

"오늘은 생원도 석이도 없지 않니?"

"그래도 할머니 진지를 좀 차려야지요."

"할머니는 조기만 있으면 된다."

"밥은 새로 별도로 꿀단지에 합니다."

"그것 잘했다."

어머니와 아낙은 상을 하나로 차려 큰방으로 들어가니 할머니가 상을 받으며 오늘은 단출하구나 하며 자리에 앉으신다.

"애비하고 석이는 품앗이하느라 수고하겠다."

"밥은 잘 먹고 오겠지요?"

"그래 그 집은 좀 신식이라 잘 먹고 올 거야."

생원과 석이가 작은집 논에 모내기를 마치고 어둠이 스며들 때쯤 집으로 돌아와 여물을 쓸고 쇠죽을 끓여 소구유에 가득 담아 주니 누룽이가 배가 고팠는지 허겁지겁 잘도 먹는다. 하루종일 누룽이를 보지 못하였으니 무척 궁금하였다. 생원이 큰방으로 올라가니 할머니가 반가이 맞으며

"품앗이한다고 고생하였네."

"아니, 괜찮아요."

"그래, 아무튼 고생하였다."

"어머니는 뭘 하셨어요?"

"나는 실을 올렸지."

"오늘 애미가 수고가 많았다."

"베틀을 조립한다고 고생이 많았어."

"며느리도 좀 배워야 할 텐데."

"그래 오늘 같이 하기는 하였다."

생원이 할머니에게 간단히 인사를 하고 사랑으로 내려가고 석이도 고단한지 소여물을 주고 자기 방으로 간다. 어머니는 할머니 이부자리를 깔아드리고 건넛방으로 가고, 아낙은 설거지를 한 뒤 할머니께 잘 주무시라고 인사를 하고 아랫방으로 간다.

석이가 벌써 코를 골고 있어 살며시 옆에 누웠는가 싶은데 어느덧 이른 새벽이다. 생원은 장닭과 함께 예나 다름없이 기상을 하는데 장닭과 생원은 인자가 같은 것 같다. 생원은 쇠죽을 끓이려 여물을 쓸려고 한다. 작은 작두는 자루를 천장에 고무줄로 묶어두어 자동으로 올라가게 되어 있어 혼자서도 여물을 쓸 수 있다. 이때 석이가 부시시 눈을 부비며 잠에서 일어나 밖으로 나오며 생원이 여물 쓰는 것을 보자

"아버지, 제가 할게요."

"그래 여물은 내가 먹일 터이니 너는 작두를 밟아라."

큰 작두로 옮겨 석이와 함께 여물을 쓰니 훨씬 일이 빠르다. 그 사이 무쇠솥 물이 끓고 있어 생원이 짚과 여물을 넣으니

"아버지, 오늘 저는 나무를 해야겠어요."

"고모집에서 품앗이를 해달라고 할 텐데."

"아직 연락이 없어요."

"그럼 그렇게 하려무나."

"암골에 가면 삯다리가 많다는데."

"오늘 갈비를 좀 하려고요."

"그러면 덕골로 가야겠네."

암골은 골이 깊어 큰 나무가 많아 삯정이가 많지만 덕골은 나무들이 작아 가랑잎이 많다. 특히 소나무 가랑잎인 갈비가 많을 뿐 아니라 거리도 가까워 하루에 몇 짐을 할 수 있다.

겨울에 땔나무를 미리미리 많이 해두어야 설날부터 보름까지 잘 놀 수가 있어 아침을 급하게 먹고 석이는 덕골에 나무를 하러 간다. 생원은 왕골을 정리하고, 할머니는 삼실을 올리고, 어머니는 베틀에 앉으니 아낙도 어머니 옆에서 베틀의 각종 부속 장치를 익히고 있다.

12

늑대와의 사투

　석이가 갈비 한 짐을 부려놓고 암골산으로 가니 벌써 동네 친구들이 와서 나무를 하고 있는데 여기에는 고주배기, 삯정이가 많다.
　"어이, 나무들 많이도 했네."
　"우리는 아침부터 왔어."
　"자네 그 이야기 들었는가?"
　"무슨 이야기?"
　"행골 양반이 늑대를 잡았다네."
　"뭐라고, 그게 정말인가?"
　"그럼 정말이지. 지금 회관 앞에 늑대를 달아놨어."
　"아이고, 어떻게 잡았을까?"
　"갑자기 달려들기에 갈퀴 자루를 입에 들이밀었나봐."
　"나무를 지고 내려오는데 그놈이 달려들었다네."
　"갈퀴 자루 끝이 똥구멍으로 나왔다네."
　"그래서 죽었군."
　"그런데 행골 양반도 기절을 했대."
　"왜 안 그렇겠어? 얼마나 놀랐겠어?"
　"그래서 한참 후에 일어나 마을로 늑대를 지고 왔어."

"동네 사람들이 보고 늑대를 나무에 달아 놓았어."

"행골 양반은 그 길로 방에 누워 꼼짝을 않고 있다네."

"그 사람 대단하구만."

"어디서 그랬는가?"

"북골이라네."

석이도 북골에 가서 나무나 풀을 할 때 가끔 늑대가 나올까봐 걱정하였다. 보통 큰 소리로 소리치면 대개 뒤를 돌아보며 달아난다는데 그놈이 이제 사람에게 달려든다니 앞으로 조심하여야겠다고 생각하며 나무를 한다. 우선 삯다리를 좀 해서 밑자리를 깔고 그 위에 고주배기를 패서 얹으니 어느 정도 한 짐이 되어 지게에 지고 산을 내려온다. 헐레벌떡 집에 들어서자마자 큰 소리로

"늑대를 잡았대요."

"무슨 이야기냐?"

"글쎄 행골 양반이 늑대를 잡았대요."

"별일이네. 어디서?"

"북골에서요."

"사람이 다치지 않았는가?"

"다치지는 않고 혼이 빠졌나 봐요."

"왜 안 그렇겠어."

"어떻게 잡았는가?"

"달려들기에 까꾸리(갈퀴) 자루를 입에 들이밀었다네요."

"그래서?"

"그러니 자루 끝이 똥구멍으로 나와 죽었대요."

"아이고, 무서워라."

할머니와 어머니, 아낙이 그 소리에 놀라 어이가 없어 하는데 생원이 곤방대를 허리에 차고 궁금해서 견딜 수가 없는 모양인지 혼자 동네 회관으로 간다.

"어디 가세요?"

"어디 가기는? 행골 양반도 보고 회관에도 가봐야겠어."

"점심을 잡수시고 가야지요."

"갔다 와서 먹을 거여."

"그럼 아버지, 같이 가요."

석이도 나무를 내려놓고 생원을 따라나선다. 회관에 가는 도중에 동네 노인들과 청년들을 여럿 만나니 모두 생원을 보고 인사를 한다.

"회관에 가십니까?"

"그렇다네."

"행골 양반이 다 죽어간데요."

"왜 안 그렇겠나? 혼이 빠졌으니."

"석이, 자네도 조심하게나."

"어디서 늑대를 만났데?"

"북골 다섯 모랭이쯤 되나봐."

"하여튼 거기는 조심해야지."

북골은 열두 모랭이로 되어 있어 여럿이 모이지 않으면 다섯 모랭이 다음은 가지 않는 것이 좋다. 그런데 행골 양반이 간도 크지 다섯 모랭이 쪽을 혼자 갔다니 모두가 놀랜다. 석이는 한두 모랭이에서도 늑대를 볼까봐 조심을 하였는데 정말 가지 말아야지 생각한다.

회관에 들어서니 사람들이 많이도 모여 구경을 하고 있는데 나무에 매달아 놓았다는 것을 보니 크기가 대단하다. 몸 길이가 1미터 이상 되어 보이고, 무게는 40~50킬로 정도 되고, 키가 60센티 정도 되어 보이는데 색깔이 머리 부분은 검은색이 섞여 있고, 몸은 거의 회색빛이고, 검정색을 누비고 있는 수컷인데 나이가 약 3살 정도로 보이며 팔팔한 젊은 늑대다.

늑대는 보통 임신 기간이 2개월 정도 되고, 한 번에 5~10마리 새끼를 낳으며, 수명은 8~9년 정도로 알고 있다. 생원과 석이는 구경을 한 다음 행골 양반 댁으로 문병을 가니 행골 댁이 마중을 나오며 수심이 가득한 얼굴로

"생원님 오셨어요?"

"무척 놀랐겠습니다."

"아이고, 이런 일이 어디 있답니까?"

"행골 양반 용태는 어떻습니까?"

"혼이 빠져 인사불성입니다."

"큰일이군요. 어디에 있습니까?"

행골 댁이 생원이랑 석이를 안방으로 안내를 한다. 안방 안이 어두침침해 이불만 덩그렇게 펼쳐 있는데 자세히 살펴보니 한구석에 웅크리고 있는 행골 양반이 보이는데 정말 인사불성이다. 혼이 빠졌는지 사람도 알아보지 못한다. 자네 정신이 드는가 하고 말을 해도 아무 반응이 없다. 하루 사이 사람이 저렇게 변하여 얼이 빠져 있

을 수 있을까 생각하며 생원과 석이는 밖으로 나와 행골 댁에게 위로의 말씀을 몇 마디 하고 뒤돌아서 집으로 온다. 집에 오니 할머니, 어머니, 아낙이 몹시 궁금해한다.

"어떻게 된 거냐?"

"늑대가 제법 커요. 개보다 크더라고요."

"그걸 어떻게 잡을 수 있다냐?"

"그래서 행골 양반이 혼이 빠졌나 봐요."

"사람도 못 알아봐요."

"어떻게 하나? 그 사람 오래 살지 못하겠다."

어머니와 아낙은 궁금한 나머지 회관으로 가니 사람들이 웅성거리며 모여 있는데 늑대를 처음 본 아낙은 고개를 저으며 한숨을 쉰다. 저런 것이 덮친다면 어떻게 하지 생각만 해도 몸이 오싹하다. 어머니도 평생 늑대를 잡았다는 말은 처음이라며 눈앞에 있는 광경을 보며 저것이 늑대구나 하며 고개를 절레 흔든다. 어떻게 급박한 상황에서 까꾸리 자루를 입에 밀어 넣을 수 있었을까 생각하니 행골 양반이 대단해 보인다. 그러나 저러나 사람이 정신을 차려야 할 텐데 걱정이다.

한참 뒤 면사무소 직원이 수렵 관계자를 데리고 올라와서 늑대를 나무에서 내려놓고 여러 가지 조사를 하며 사진을 찍고, 가죽의 무늬, 색깔, 몸무게, 이빨, 키 등을 점검한 후 관계자들과 상의를 하더니 동네 어른들에게 말을 한다. 통째로 면으로 가져가기가 뭐한지 가죽을 어떻게 할 것이냐고 논의하는 것 같다. 동네 어른들이 그것은 이곳에 당분간 진열하여야겠다고 말하니 그러면 여기서 해부를 해서 소정의 검사를 한 후 가죽을 벗겨주겠으니 말려서 전시하라고 하며 면직원이 수렵 관계자에게 해체를 해달라고 한다.

수렵 관계자는 멧돼지를 다루듯 칼, 톱, 망치 등을 동원해 해체를 하는데 맨 먼저 앞다리와 뒷다리 발목 부분에 칼로 자르고, 머리 부분부터 가죽을 벗기니 앞다리를 거쳐 뒷다리 꼬리까지 벗겨졌다. 벗겨진 가죽은 안쪽을 닦고 나뭇가지에 걸어 말리도록 한다.

내장을 열어보니 무척 배가 고팠는지 찌꺼기로 보이는 토끼 발가락이 몇 점 보이고 털도 뭉쳐 있다. 아무래도 배가 고픈 차에 사람에게 달려든 모양인데 내장과 고기는 땅에 폐기하기로 한다. 어머니와 아낙이 그 상황을 대충 보고 집에 돌아오니 석이는 나무하러 가고, 생원은 소풀을 베러 나가고 없다. 할머니가 궁금해서 묻는다.

"어떻게 되었어?"

"면사무소에서 사람을 데리고 왔어요."

"그래 가지고 갔나?"

"아니요, 거기서 해체를 했어요."

"그럼 가죽은 어떻게?"

"나뭇가지에 걸어 말리고 있어요."

"그리고 살고기는 땅에 파묻었어요."

"뱃속에는 뭐가 들었는가?"

"토끼를 잡아먹었는지 토끼 뼈하고 털뭉치가 보였어요."

"그놈 무척 배가 고팠구만."

"그러니 사람에게 달려들었지요."

13

목화 수확 및 베짜기

 아낙과 어머니는 부엌에서 점심 준비를 하며 할머니를 위해 감자전을 부치고 조기도 굽는다. 요즈음 할머니가 삼실을 올린다고 너무 고생을 하신 것 같다. 어머니도 오늘부터 짬짬이 베틀에 앉을 생각인지 내일부터는 목화를 따야 한다고 한다.

 모두가 목화를 따고 나면 할머니는 미영을 잦을 것이고, 어머니는 삼베를 짜고, 아낙은 이를 배우려 열중할 것 같다. 생원과 석이는 소꼴도 베어 말려서 저장하고, 땔감도 쌓아야 하니 생원이 이르기를

 "나는 오늘 소꼴을 벨 터이니."

 "석이는 나무를 하고."

 "다른 사람들은 목화를 따면 되겠다."

 "아니다, 나도 목화 따러 갈 거야."

 할머니가 청을 한다.

 "큰일 나요. 집에서 쉬엄쉬엄 삼실이나 올리세요."

 "미영(목화) 따는 손이 모자랄 텐데."

 할머니가 목화를 따는 일이 어렵다는 것을 아는지라 걱정을 하시니 어머니가 누이를 시간이 되면 오라고 하라 하니 석이가 회관

으로 달려가서 누이에게 전화를 한다. 누이 집에서도 전화가 없으니 동네 이장을 통해 전언을 한다.

"할머니, 전화를 했어요."

"시간이 있으면 오겠지요."

"그럼 어머니랑 우선 가서 따야겠네요."

"밥은 어떻게 하시려고요?"

"새참은 감자나 몇 개 가지고 가고."

"점심때는 집에 와야지."

"갔다 왔다 시간 다 소비하고 일할 시간도 없네요."

"누이가 오면 점심을 차리라고 하지요."

할머니가 옆에서 듣고 점심은 내가 차려보겠다고 하며 누이가 오면 점심을 가지고 가도록 하지, 아니면 석이보고 나무하러 갈 때 가지고 가면 되지 않겠느냐 하신다. 어머니와 아낙이 목화밭에 가니 미영이 하얗게 눈밭을 이루고 있다. 얼마 전에 한 번 왔을 때는 다래 열매가 한창 열려 맛있게 따먹은 적이 있다.

"어머니, 지난번에 왔을 때 다래가 참 맛있었어요."

"그래 그때 좀 따다 할머니에게 드렸지."

"그때 너무 바빠 제대로 먹지도 못하였네."

"그래도 미영은 잘 되었어요."

"미영이 없었으면 옷을 어떻게 해 입을까?"

"문익점이라는 사람이 중국에서 가져왔다지요."

"그러게, 대단한 사람이야."

"붓 대롱에 씨앗을 숨겨 가지고 왔답니다."

"정말 훌륭한 사람이야."

목화는 4~5월에 씨앗을 심고, 7~8월이 되면 꽃이 피고, 그 꽃은 처음에는 아이보리 색깔 같으나 점점 붉어지면서 꽃이 지고, 그 다음 다래가 맺어지는데 어릴 때는 달큰하여 먹을 수 있어 군것질로 좋다. 맛은 풋내가 약간 나고, 식감이 섬유질이 느껴지지만 그 섬유질이 활짝 피면 몽실몽실하고 보송보송한 목화가 피는데 그것으로 솜도 만들고, 실을 뽑아 천을 만드니 이것을 무명천이라 한다.

무명천은 삼베옷보다 따뜻하여 겨울나기용 옷을 만들고, 솜은 이불을 만드는데 겨울철 이불로 좋다. 오래 덮으면 무거워 덮기 힘들 때는 솜틀집에서 솜을 틀어 폭삭하게 사용한다. 솜을 빼고 남은 씨앗은 기름을 짜는데 면실유라 하여 식용으로 사용한다.

어머니와 아낙은 목화솜을 하나하나 따서 앞치마 자루에 담는다. 보송보송한 그 느낌은 마치 뭉게뭉게 피어오르는 새털구름 같아 하늘 위에 구름 가듯 떠도는 기분인데 엄마의 품처럼 포근하다. 가끔 티끌이 꽃받침에서 떨어져 목화솜에 붙어 있을 때 그것을 때어내느라 신경이 쓰이기도 한다.

옥에도 티가 있듯이 뽀얀 솜에 티끌이 묻어 있으니 거부 반응이 나서 떼어내지 않을 수 없다. 몇 고랑을 따고 나니 허리도 아프고 현기증이 나는 것 같다.

"애야, 좀 쉬었다 하자."

"새참을 좀 드시지요."

"그래 그것 좋겠다."

"감자와 고구마를 가지고 왔어요."

"김치하고 곁들여 잡수시지요."

"할머니가 오셨으면 좋았을 것을."

"이제 연세도 연세고 몸이 좋지 않으니."

"지난번에 소 때문에 큰 타격을 입었어요."

"그러게 말이다."

"무슨 액운이란 말이냐?"

"애야, 목 막힐라. 물을 먹자."

"샘물이 좋아."

어머니는 바가지를 들고 쪽샘에 가서 물을 한 바가지 마시고, 또 한 바가지를 퍼서 며느리에게 준다. 청량한 맛이 도는 물맛이 몸을 시원하게 한다. 어머니는 새참도 잡수시고 물도 한 바가지 마시더니 몸이 나른한 모양인지 따뜻한 양지바른 쪽 바위 위에 누우신다.

"애야, 나 좀 쉬어야겠다."

"그러세요, 어머니."

"너도 잠시 쉬려무나."

아낙도 마지못한 척 어머니 곁에 앉는다. 9월이라 그것도 중순이니 하늘은 높고, 산하는 황금빛으로 펼쳐 있고, 바람은 살랑살랑거려 하얀 목화밭 위에 누우니 구름 위에 노니는 신선 같다. 어디로 흘러가는 것인지 몽롱한데 순간 상념에 젖어 드는데 친정집에 살고 있는 그 오빠는 어떻게 살고 있을까 궁금한데 수의사 얼굴이 중첩이 된다.

소망

목화밭에 누워보니
새털구름이 손에 잡힐 것 같다
뭉게뭉게 하강하는 그들
자리터 구름 위 느끼네
구름인 듯 천상에 오르다니
이 마음 티가 있어도
생각만이라도 노니고 싶다

 허물 많은 사랑이라 생각하니 세상은 하얗게 순결한데 나 혼자 불순한 것 같다. 두둥실 몸이 나른할 때 어머니가 일어나시면서
 "애야, 이제 정신 차려."
 "네."
 "시간이 제법 흘렀다."
 "그러네요."
 얼마 되지 않은 것 같은데 해가 중천에 가까워졌다. 부시시 무거운 엉덩이를 일으키며 목화를 따러 간다. 오전에 거의 해야 하는데 일부를 마쳤으니 부지런히 따야 한다. 석이가 오면 우선 한 짐 지어서 보낼 생각이다. 가끔 흘러가는 구름을 보며 허리를 펴니 저 멀리 누군가 오고 있다. 석이가 올 줄 알았는데 김 서방네가 오고 있다. 머리에 다라이 하나를 이고 온다.
 "김 서방네가 오네."

"시간이 되드냐?"

"바빠도 할 수 없지요. 만일 제쳐 놓고 왔지요."

"그래 고맙다."

"점심을 가지고 왔구나."

"중참도 같이 가지고 왔네."

"조금 더 하고 점심을 먹자."

어머니, 김 서방네, 아낙은 다 함께 고랑 따라 앞서거니 뒷서거니 목화를 따서 허리춤 주머니에 담는다. 김 서방네가 머리에 수건을 감으며 늑대 잡은 이야기를 들었다며 행골 양반 용태를 걱정한다.

"사람이 혼이 나갔어."

"어머니가 보셨어요?"

"아니, 나는 늑대만 보았지."

"행골 양반은 석이하고 아버지가 봤어."

"늑대를 어떻게 했어요?"

"가죽은 회관에서 말리고 살고기는 파묻었다네."

"행골 양반이 대단하구만."

"응급결에 갈퀴 자루로 입속을 넣었나봐."

"아유, 혼비백산하여 순간적으로 찔렀나 보다."

"다행히 그놈이 죽었어."

"까꾸리 자루 끝이 항문으로 나왔다네."

"얼마나 용을 썼으면 그럴까?"

"그래서 혼이 빠진 거야."

"아직도 누워 있는가요?"

"그럼, 인사불성이란다."

김 서방네는 이야기를 들으며 얼마나 큰놈인지, 어떻게 생겼는지 무척 궁금하여 회관으로 가서 보고 싶은 눈치다. 어머니가 김 서방네가 가지고 온 점심 다라이를 펼쳐본다.

"할머니가 점심을 챙겼는가?"

"아니요, 제가 챙겼어요."

"김 서방네가 언제 챙겼냐?"

"좀 일찍 왔어요."

"아버지랑 석이도 챙겨드렸어요."

"아이고, 큰일 했다."

"그럼 점심을 먹도록 하자."

다라이를 펼치니 점심 반상개가 보이는데 육첩 반상은 아니지만 그릇 몇 개가 보인다. 보리밥, 김치, 나물, 버섯무침, 된장국 등등이다.

"김 서방네가 푸짐하게 차려왔네."

"펼쳐 놓으니 진수성찬이구만."

"애야, 샘물을 한 바가지 떠가지고 오너라."

"네, 물그릇을 가지고 가야겠어요."

"그렇지, 보리밥을 말아 먹어야 하니까."

"올케, 나하고 같이 가세."

김 서방네가 아낙과 함께 샘으로 가니 샘이 막혀 청소를 하고 물이 가득 고이도록 한참 기다린다. 샘에 물이 졸졸 고이고, 맑은 물이 호박에 가득 차니 보기에도 먹음직하여 우선 한 바가지 퍼서 마시니 물맛이 정말 좋아 할머니가 생각난다. 목을 축인 후 물그릇 가득 담아 널바위로 오니 어머니가 바가지에 보리밥을 말아주어 모두가 같이 먹는다.

반찬은 다른 것보다 된장에 풋고추가 제격이다. 할머니 말과 같이 이 물은 아무리 먹어도 배탈이 안 난다고 어머니가 복창을 하는데 점심을 먹고 나니 몸이 또 나른해 모두 바위 위에서 잠시 눈을 붙이니 햇볕을 받은 따스한 바위가 몸을 놓지 않는다. 얼마 후 어머니가 먼저 일어나며

"얘들아, 그만 일어나거라."
"일을 해야지."
"오후에 전부 끝내야지."
"어머니, 천천히 해요."
"김 서방네는 느긋하구만."
"오늘 못하면 내일 하지요."
"무슨 소리? 삼베도 짜야 되고, 미영실도 올려야 하고 일이 좀 많냐?"
"알겠습니다."

옹달샘

솟구치는 물이
바닥 그릇 가득히
제 몫을 채우고 있다

오목하게 생겨도

쪽박으로 마시니 제격이라

쪽샘이라 부르고 싶네

한 조각 구름을 얹어 마시니

생명수 같아라

해묵은 응어리도

말없이 내려가네

　어머니와 누이, 아낙은 목화꽃 받침 껍질이 가시같이 여기저기 찔려 아프지만 묵묵히 남은 고랑의 목화를 모두 따서 앞치마 보자기에 담아 수집보에 넣는다. 해가 중천을 지나 서쪽으로 기우니 해거름이 든다. 어머니가 아무래도 셋이서 모두 가지고 가기가 힘이 들 것 같다고 생각한 나머지

　"아가, 너 먼저 점심 그릇 챙겨 집에 가서 석이를 오라고 해라."

　"네, 알겠습니다."

　"소질메에 싣고 가면 더 좋겠다."

　"그럴 필요 없을 것 같은데요."

　"좌우간 석이보고 알아서 하라고 해라."

　아낙은 점심 먹은 빈 그릇을 챙겨 다라이에 담고 집으로 가는데 아팠던 허리가 목화밭을 벗어나니 싹 가시어 기분이 훨훨 날아갈 것 같다. 어머니와 김 서방네는 막바지 뒤처리 작업을 한다.

　"어머니, 목화씨를 뽑자면 고생이겠어요."

"어떻게 하나? 해야지."

"어머니하고 올케가 해야겠네요."

"목화씨 빼는 씨아가 나무로 된 것이지요."

"그래 나무다."

"시간이 많이 걸리겠는데요."

"할 수 없지."

작업이 끝날 무렵 석이가 소를 몰고 왔다.

"거의 다 하셨네요."

"소질메에 다 싣겠지?"

"그럼 충분해요."

석이는 목화 봇짐을 소질메 양쪽 망태기에 차곡차곡 싣고 있는데 누룽이가 잠시도 가만히 있지 않고 풀을 뜯고 싶어 한다. 석이가 목화를 모두 싣고 난 뒤 어머니랑 누이와 함께 집으로 가는데 가는 길목마다 누룽이가 풀에 입질을 하여 좀 시간이 지체된다.

산모퉁이를 돌아갈 때 뒤돌아보니 할아버지 산소가 보여 성묘를 하고 갈 것을 하고 좀 아쉬워하며 어머니가

"김 서방네야, 너는 집에 그만 가봐라."

"네, 바쁜 일 있으면 또 불러요."

"알겠다, 너의 집일도 바쁜데 고맙다."

김 서방네는 갈림길에서 작별 인사를 하고 자기 집으로 간다. 집에 들어서니 할머니가 안청에서 내다보며 수고하였다며 반색을 하는데

"목화가 제법 되는구만."

"네, 생원이랑 석이가 겨울에 입을 핫바지 저고리는 충분해요."

"무슨 소리야? 여자들 치마 저고리도 해야지."

"그리고 이불솜도 갈아야 하는데."

"이불솜은 기계에 털어 다시 쓰면 돼요."

할머니와 어머니, 아낙은 삼베도 짜야 하고, 미영도 잦아야 하고, 베도 짜야 하니 여인들에게도 앞으로 할 일이 태산이다. 벌써 저녁 때가 되어 아낙은 부엌으로 가고, 어머니는 목화씨를 빼려 씨아를 찾아 마루에 설치하려 한다. 그 사이 석이는 꼴을 한 망태를 베어오고, 생원은 쇠죽을 끓이고 저녁식사 준비가 되어 모두 큰방으로 모인다. 식사를 하며 생원이 이제 목화도 거두었으니 마늘을 심어야겠고, 콩도 꺾고, 벼도 수확해야겠다고 말하니 어머니가 옆에서 그것은 남자들이 하고 우리는 우리 할 일을 하자고 한다.

"할머니는 삼베실을 마저 올리고."

"나는 우선 목화씨를 뽑아야겠어요."

"며느리는 옆에서 일을 도와줘야 하고."

"그리고 누런 콩잎을 좀 따줘요."

"어머니, 콩잎은 뭐하려고요?"

"얘야, 멸치젓갈에 담아두었다가 먹어야지."

생원과 석이는 우선 콩부터 꺾는다. 논두렁 위에 심은 것이라 양이 별로 많지 않지만 콩이 누렇게 익고, 콩잎도 노릇노릇해 보기도 좋아 가을 맛을 더하고 있다. 한편 안청에서는 할머니가 삼베실을 올리고 있고, 어머니와 아낙이 목화씨를 빼는데 매우 바쁘다.

"얘야, 목화씨를 금년에는 잘 관리해야겠다."

"어떻게 하는데요?"

"우선 비눗물에 털을 말끔히 씻자."

"2일간 물에 담그고."

"물에 떠 있는 씨앗은 죽은 것이니 골라내고."

"씨앗을 닦고 말려 당세기에 담아 건조한 곳에 보관하자."

어머니는 목화씨를 발라내는 것을 잠시 멈추고 할머니를 보니 할머니가 고단한지 한구석 옆으로 들어 누우신다.

"할머니, 이제 방에 가서 쉬세요."

"제가 실을 올리겠습니다."

"아이고, 허리가 아파 이제 더 못하겠다."

"어서, 방으로 들어가셔요."

할머니가 마지못해 큰방으로 들어가니 아낙이 재빨리 이부자리를 편다. 팔순이 넘은 노인이 자기 수의를 직접 하겠다고 하니 아무래도 무리인 것 같아 베를 짜는 것은 어머니가 해야 할 것 같다. 어머니가 실을 마저 올리고 있는 동안 아낙이 혼자 목화씨를 뽑는 데 시간이 걸렸으나 이제는 속도를 낸다. 석이가 콩을 모두 꺾어 지게에 지고 삽작문을 열고 들어온다.

"콩은 모두 꺾었느냐?"

"너의 아버지는 일찍 들어오셨네."

"네, 몸이 좋지 않은가 봐요."

"쇠죽을 끓여야 하는데."

"아버지는 어디 계시나?"

"사랑에서 주무셔요."

제1부. 농가 일상

"아버지도 이제 기력이 딸리시는 모양이네."

"할머니도 자리에 누우셨어요."

석이는 갓 베어온 콩을 덕석 위에 내려놓고 여물을 쓸고 쇠죽을 끓인 후 쇠죽을 함지박 가득 퍼서 소구유에 부으니 누룽이가 잘도 먹는다.

쇠죽을 끓일 때 잉걸불에 감자 몇 알을 묻어두었더니 감자가 까맣게 타 한 개를 가르니 속이 보송보송 잘 익었다. 몇 알을 안청 어머니에게 갖다 드리고 부엌에 앉아 먹으니 맛이 좋다.

아내가 저녁 준비가 되었다고 하여 큰방으로 가니 생원도 큰방으로 올라오고, 할머니도 자리에서 일어난다. 저녁상이 들어오니 모두 좌정하고 식사를 하던 중 생원이 말을 한다.

"오늘 모두 수고하였네."

"내일은 콩타작을 하고."

"마늘 심기는 추석 후에 하기로 한다."

어머니가 생원의 말에 이어

"할머니는 좀 쉬시고."

"나는 삼베를 짜고."

"며느리는 목화씨를 마저 뺀다."

모두 내일부터 할 일을 생각하며 각자 자기 방으로 돌아가는데 석이는 고단하여 곧장 곯아떨어져 아낙이 설거지를 마치고 들어와도 세상모르고 잠을 잔다. 아낙이 앞치마를 벽에 걸고 이불 속으로 들어가니 바쁜 하루가 막을 내린다.

생원이 장닭을 울게 하였는지, 장닭이 생원을 깨웠는지 모르겠으나 새벽은 해를 끌고 산등성을 기어오르니 하늘이 불그레 트이고 있다. 생원이 가마솥에 물을 붓고, 아궁이에 불을 지피는데 물이 끓기 전에 여물을 쓸어 가마솥에 가득 넣으며 감자도 콩도 섞어서 넣는다. 아궁이 잉걸불에 감자를 몇 알 넣었더니 쇠죽이 슬슬 끓어갈 때 냄새가 구수하게 나기에 감자가 익었는지 고챙이로 쑤셔본다. 익은 감자를 옆으로 끄집어내어 식기를 기다리는데 석이가 눈을 비비며 생원 옆으로 다가선다.

"쇠죽을 벌써 끓이셨네."

"그래 오늘 콩타작이나 하자."

"감자나 우선 먹어라."

석이는 감자 두 알을 까먹고 쇠죽을 퍼서 소구유에 넣는데 아낙이 부엌에서 나오며 입이나 좀 닦으라고 말하며 방긋이 웃으니 석이는 입가를 훔치며 아내가 얼굴을 봐주어서 기분이 좋다. 생원과 석이가 식전 일을 마치고 큰방으로 올라가 할머니를 뵈니 할머니도 일어나서 세수를 하고 좌정을 한다.

"오늘 몸이 좀 어떠세요?"

"삼베실은 다 올렸는데."

"또 뭐하시려고요?"

"목화실을 가락에 올려야지."

"그것은 다른 사람에게 맡기세요."

"애미가 해야 하는데 삼베를 짜야지."

"손부에게 맡기세요."

"손부는 목화씨를 뽑아야 하니."

제1부. 농가 일상

"세월이 좀 먹나요?"

"천천히 하세요."

그 사이 아침상이 들어오니 어머니가 부엌에서 방으로 들어오시며 상을 챙긴다.

"할머니는 오늘 조기하고 잡수시고."

"우리는 감자국하고 먹어요."

"다음 장날에는 추석이 다가오니 추석장을 보세요."

"그렇게 하지."

밥을 먹은 후 생원이 입을 다시며 마당으로 내려간다. 콩타작을 하려는 것이다.

"석아, 콩타작을 하자."

"도리깨질은 제가 할게요."

"아버지는 콩깍지나 거두세요."

아낙은 설거지를 마치고 앞치마에 손을 닦으며 안청으로 가니 안청에는 벌써 어머니가 기다리고 있다.

"얘야, 너는 오늘 목화씨를 마저 뽑아라."

"나는 삼베를 좀 짜야겠다."

"이제 너도 목화실을 가락에 올려라."

콩타작하는 도리깨질 소리가 리듬을 타고 요란하다. 석이가 도리깨질을 끝내고 콩을 모아 자루에 콩나물콩과 분리해 담아 고방에 두고, 생원은 콩깍지를 모아 소여물 무더기 옆에 재어둔다. 생원과 석이는 오후에 할 일을 말하며 생원은 꼴을 베고, 석이는 나무를 하기로 한다.

"석아, 마늘을 우선 좀 심어볼까?"

"그렇게 하지요."

"지난번에 고랑을 만들었지."

"대충 만들었어요."

"괭이로 손 좀 보면 되겠지요."

석이가 쇠죽을 한 대야 퍼서 소구유에 넣어준다. 기다렸다는 듯이 누룽이가 김을 풍기며 잘도 먹는다. 아침식사가 되었다는 소리에 식구들 모두 큰방으로 간다. 할머니에게 문안 인사를 하고 아침식사를 하는데 생원이 할 일을 말한다.

"나는 내일 추석장을 볼 것이다."

"그런데 뭐 살 것이 있느냐?"

"여보, 애기 구루모 한 통 사다 주구려."

"뭐하려고?"

"애기 손이 많이 거칠어졌어요."

"석이는 나무를 해야겠네."

누룽이는 요즈음 별 할 일이 없어 팔침재에 나가 망중한을 즐긴다. 팔침재에는 다른 소들도 많아 파리를 쫓으며 서로를 즐긴다. 누룽이도 9월이 되니 배가 눈에 띄게 부르다. 수의사에게 임신 상태를 점검해 보일까 싶다.

다음날 생원이 추석장을 보고 오겠다고 식구들에게 말을 하고 집을 나서니 식구들의 기대에 찬 인사가 등 뒤에 걸린다. 장터는 집에서 걸어서 2시간 거리인데 한 시간 정도는 산 고갯길을 걸어야 하고, 그다음은 버스를 탄다.

버스가 신장로 길을 지나갈 때마다 먼지가 뒤를 가리고 자갈도 튄다. 장에 도착하니 벌써 사람들이 웅성거려 명절 분위기가 물씬한데 어물전도 둘러보고, 곡물전도 둘러본다. 제수에 필요한 조기도 사고, 문어가리도 사고, 고등어도 몇 손 산 후 채소전을 지나니 옷난장이 있고, 한곁에 화장품도 팔고 있어 며느리 얼굴을 떠올리며 동동구루모를 사려 한다.

"아주머니, 구루모 한 통 주세요."

"뭐에 쓰시려구요?"

"며느리에게 줄려구요."

"그러면 이것이 좋아요."

아주머니가 상표가 붙어 있는 포장이 예쁜 크림 한 통을 건넨다. 생원은 아주머니가 권하는 대로 좀 비싼 것 같아도 좋아할 며느리 얼굴을 떠올리며 거금을 낸다. 화장품을 샀으니 이제는 고기간을 둘러보며 소고기는 쳐다보지도 못하고 돼지고기를 살핀다. 생각보다 값이 비싸 어느 정도 사야 할지 머뭇거리며 생각을 한 끝에 오늘 하루만 먹을 것도 아니고 해서 넉넉히 5근을 샀다. 얼마 후에는 추석이다.

"아주머니, 요즈음 날씨에 상하지 않을까요?"

"추석까지는 괜찮을 것입니다."

"염장을 해서 보관하면 되지요."

"삶아서 보관해도 되구요."

생원은 추석장을 대충 보았다. 드디어 추석이 다가와 모두가 입성(옷)부터 새것으로 갈아입고 아침에 차례를 지낸다. 차례 절차가

기제사와 다른 점은 낮에 지내고, 조상 모두를 모시고, 송편과 떡국으로 밥을 대신하고, 첨작을 하지 않고, 합문도 하지 않고, 축문도 읽지 않고, 촛불도 켜지 않는다.

할머니, 생원, 어머니, 석이, 아낙이 앉아 추석 음식을 먹으면서 생원이 오후에는 조상 산소에 벌초를 하자고 한다. 산에 나무가 무성해 여자들은 위험하므로 남자들만 가기로 한다. 어머니와 아낙은 음식을 조금씩 챙겨 작은집과 주위 친지들에게 나누어 주니 다른 집에서도 송편이랑 적을 가지고 와 서로 정을 나눈다.

생원은 석이와 함께 선산으로 가는데 손에는 약간의 음식과 낫이 들려 있다. 선산에 도착하자 증조할아버지 묘부터 차례로 성묘를 하는데 묘에는 잡초가 무성하고, 한쪽 구석에는 벌이 둥지를 틀고 있고, 뱀 구멍도 있으며, 뱀이 허물을 벗고 간 흔적도 남아 있다. 약간의 음식과 술을 묘 앞에 차리고 문안과 기복을 올리고 두 번 절을 한 뒤 고시래를 하고 간단히 음복을 한다. 아마 산신에게 드리는 것 같은데 실은 주위 동물이나 새들에게 나누는 것일 것이다.

송편

송편을 빚었다 초생달 닮도록
예쁘게 식구들 모두 함께
콩고물 만들어 사랑도 미움도
많은 이야기 모두 넣고 비볐다
두루판 위에 차곡차곡 놓으니

둥근 달 하나 되었다

가마솥 가득 쪄서 보니

터진 입 사이로 이야기 흐른다

모두 들었다 속이 후련하게

가슴속에 보름달이 뜬다

바쁜 가운데 풍성한 추석을 지내고 나니 할 일이 다가선다. 생원이 추석도 잘 쉬었으니

"오늘 우리는 마늘을 심는다."

"여보, 나도 같이 할 것이외다."

"삼베는 안 짜고?"

"삼베는 거의 다 짰어요."

어머니는 아낙을 도와 설거지를 하고, 새참은 추석 음식으로 싸고 있는 사이 생원은 석이와 함께 장비를 챙긴다. 어머니는 할머니로부터 고방 열쇠를 받아 씨마늘 한 마다리를 가지고 나오니 석이가 바지개에 괭이와 호미를 씨마늘과 같이 얹고 길을 나선다.

어머니는 새참 보자기를 들고 뒤따르는데 석이가 마늘밭에 가니 지난번 만들었던 고랑이 보기에도 별로 손 볼일이 없을 것 같다. 그래도 밭의 골과 골 사이를 호미로 20센티 간격이 되도록 괭이나 호미로 골을 더 낸다.

추석 때 먹은 음식인 송편이랑 지짐이랑 돼지고기가 푸짐한데 들녘에 와서 먹으니 풍경이 어울려 꿀맛이다. 배가 부르니 잠이 오

려고 한다. 생원이 일손을 다그치며 빨리 심자고 하니 어머니와 석이는 속도를 낸다. 해가 중천을 넘어 오후 늦게 마늘 심기가 끝났다.

"석아, 집에 가서 짚을 한 짐 지고 와야겠다."

"가만히 있거라. 나도 가야겠다."

"어머니, 이제 집으로 가세요."

"그래 그래야겠다."

어머니도 생원과 석이 뒤를 따라 집으로 가니 도중에 동네 사람들을 만나 추석을 잘 쉬었냐고 인사를 하는데 모두가 얼굴이 밝아 보여 한 해 중에 가장 기분이 좋은 날이라 하루하루가 추석만 같아라 싶다. 생원과 석이는 집에 가서 늦은 점심을 먹고 나선다.

모두 짚을 지게 한가득 지고 밭으로 가서 밭고랑마다 짚으로 덮는데 이것은 겨울에 얼지 않도록 하는 작업이다. 이것으로 마늘 농사가 끝나는 것이 아니며 내년 3월, 4월에는 물을 부지런히 주어 6월쯤 수확을 하려 한다. 생원이 허리를 펴며 이제 마늘은 되었고, 벼를 추수해야겠다고 말한다. 농사일은 정말 끝이 없이 시절을 좇아 일을 해야 한다.

누렇게 익은 벼이삭들이 너무나 보기가 좋다 보니 농부들의 마음이 이때만큼 푸근한 적이 없다. 며칠 후 바야흐로 10월 중순이다. 가을 햇볕에 벼가 무르익을 때까지 석이는 풀도 베고, 나무도 해야 하고, 버섯도 따려고 한다.

석이는 누룽이가 임신한 지 이제 6개월이 지났으므로 수의사를 한 번 더 불러볼까 싶다. 석이는 이장 댁으로 가서 전화를 건다.

"수의사님, 오래간만이요."

"나 석이요."

"웬일인가?"

"다름이 아니고 우리 집 누룽이 좀 봐줘요."

"임신한 지 6개월이 지났으니 어떤가 해서."

"알겠네."

옆에서 듣고 있던 이장이 말을 건넨다.

"무슨 일이 있는가?"

"아니, 한 번 보이려고."

"6개월이 지났으면 괜찮아."

"시금치라던지 철분이 많은 여물을 먹이게."

"알겠어요."

석이는 전화를 끊고 곧장 집으로 와 지게를 지고 산으로 간다. 산에 가면 언제나 기분이 좋다. 나무도 나무지만 버섯을 딸 생각에 마음이 들뜬다. 암골은 역시 버섯도 많고, 나무도 많을 뿐 아니라 참숯을 구운 곳이라 땔감나무가 많아 쉽게 땔나무를 구할 수 있어 버섯 따는 데 몰두할 수 있다.

얼마 가지 않아 능이버섯 구덩이를 찾아 한자리에서 많이도 땄다. 숯가마 뒤편에 잘린 나무토막들이 산재해 있는데 그 속에 틈틈이 버섯들이 군상을 이루고 있다. 능이버섯뿐만 아니라 표고버섯도 늘늘해 석이는 쉽게 나무도 하고, 버섯도 채취한다.

점심시간 때 집으로 와서 나무는 나무늘비에 재어 놓고, 버섯은 안청으로 가져가니 할머니, 어머니, 아낙이 감탄을 한다.

"애야, 오늘 낮에는 버섯을 해먹자."

"능이버섯은 정말 맛이 좋다."

"된장을 끓여 먹자."

"보리밥이라도 맛이 있다."

"그리고 내일은 올기쌀밥을 하자."

"익은 벼를 훑어 낱알을 쪄서 찧어 밥을 짓자."

"도구통에 찧으면 된다."

담장 위에는 호박이 달려 탐스럽게 가을을 노래하고, 텃밭에는 각가지 채소와 열매들이 싱그럽게 웃고 있는 가운데 모두가 점심을 먹고 있는데 집에 누군가 들어온다. 수의사다.

"수의사가 오는구만."

"점심은 먹었는가?"

"아니, 나중에 먹지요."

"무슨 소리? 점심을 먹자고."

"얘야, 점심 한 상 차려라."

아낙은 급히 부엌으로 가서 점심밥 한 상을 차려 나온다. 왠지 풋사랑 오빠가 온 것 같아 손이 떨리고 가슴이 두근거린다. 어떻게 저렇게 닮았을까. 주마등같이 스쳐 가는 그때 오빠와의 일이 눈에 선하다 보니 얼굴이 붉어 온다. 수의사도 왠지 아낙에게 눈길이 가니 이심전심일까 뭔가 느낌이 오간다.

"여보게, 차린 것은 없지만 잘 먹게나."

"어르신들, 잘 잡수셨나요?"

"우린 다들 먹었네."

수의사는 마침 시장한 터라 잘도 먹는다.

"잘 먹었습니다."

"추수는 안 하나요?"

"곧 하려고 하네."

"읍내에는 많이들 하더라고요."

"그래 우리도 내일 모레 할 거네."

"그럼 소를 좀 볼까요?"

"벌써 6개월이 지났나요?"

수의사는 소 열도 재어보고 자궁도 들여다본다. 눈망울이 좌우로 잘 움직이고, 코도 촉촉하고, 건조하거나 분비물이 없으니 양호하고, 음부에서도 이상한 냄새가 나지 않을 뿐 아니라 털도 윤기가 있어 좋아 보인다.

반추도 잘하고, 사료를 주니 즉시 잘 먹고, 체온도 호흡도 정상이고, 숨 쉴 때 냄새도 나지 않고, 맥박도 정상이란다. 또한 배뇨도 보니 색깔도 좋고, 냄새도 안 나고, 배변 또한 양도 알맞고, 색깔도 좋아 전반적으로 이상이 없음을 확인한다.

"누룽이는 건강합니다."

"아, 그런가?"

"걱정할 필요 없습니다."

"내년 초에 좋은 새끼를 볼 것입니다."

석이도 수고하였다고 인사를 건넨다. 수의사가 오늘 잘 먹고 간다고 아낙을 보며 인사를 하니 아낙이 부끄러운지 다소곳이 고개를 숙인다. 어른들에게도 인사를 하고 집을 나선다. 수의사가 들 앞을 돌아나가는 모습을 보고 생원이 말을 한다.

"우리도 추수를 해야겠다."

"모레 시작하도록 하자."

"우선 품앗이할 사람을 알아보아라."

"작은집, 고모집, 윗동네 아저씨랑 알아보자."

"작은집은 자기들 추수로 바쁘고."

"윗동네 아저씨에게 알아보지요."

"우리 세 사람에 더하여 5명은 알아보아야겠다."

"알겠습니다."

석이는 여기저기 알아본다.

14

가을걷이

생원과 모두 저녁을 맛있게 먹고 각자 내일을 위해 일찌감치 잠자리에 드니 누룽이도 내일 할 일을 아는지 배불리 먹고 잠자리에 드는 것 같다. 다음날 아침을 먹은 후 생원이 누룽이를 끌고 들로 나간다. 석이도 바지게에 새참까지 지고 연장을 챙겨 뒤따르니 어머니도 아낙도 모두 머리에 수건을 두르고 단단히 차비를 꾸려 동행한다.

미나리밭 논에 도착하니 품앗이꾼 세 사람이 벌써 와 있다. 벼를 베기 시작하기 전에 우선 간단히 막걸리 한 잔으로 목을 축인다. 생원과 석이, 어머니 모두 여섯 명이 한 줄로 서서 벼를 베기 시작하는데 장화를 신은 사람도 있고, 맨발로 베는 사람도 있다. 벼를 베어 옆에 누이면서 계속 베기도 하고, 단으로 묶으면서 베기도 한다. 석이가 어머니에게 일을 나누어 하자고 한다.

"어무이는 벼를 베지 말고 베어 놓은 것 단으로 묶어주세요."

"왜 베면서 묶지 그러냐?"

"베는 사람은 베고, 묶는 사람은 묶는 것이 빨라요."

"알겠다, 이제는 허리가 아프구나."

석이는 베기만 하고, 어머니는 뒤따라 묶기만 한다. 반나절쯤 되어 거의 베어가는데 아낙이 늦은 새참을 가지고 왔다. 찐 쌀밥이랑 보리밥이 섞여 있었지만 능이가 들어 있는 된장찌개에 곁들여 먹으니 꿀맛이다. 새참을 먹은 후 막걸리 한 잔을 하고 일을 재촉한다.

미나리밭이 끝나면 마늘밭으로, 그다음 감자밭으로 가야 한다. 단으로 묶은 벼는 논에 볏단을 우선 쌓아놓고 누렁이가 구루마를 끌고 오면 쌓은 볏단을 구루마에 싣고 집으로 옮길 생각이다. 미나리밭 벼를 모두 베기 전에 일단 옮기는 것이 좋겠다고 생각되어 우선 쌓아놓은 볏단을 소 구루마에 싣는다. 한 구루마를 싣고도 많이 남았다.

"아버지, 한 바리 우선 집에 싣고 가시지요."

"알았다. 모두 베고 나면 마늘밭으로 가거라."

"알겠습니다."

"아버지 혼자서 모두 옮겨야겠네요."

"아니다, 남은 것은 논에 그대로 두자."

석이와 일꾼들이 마늘밭에 도착하니 아낙이 점심밥을 챙겨 기다리고 있는데 반찬으로는 메뚜기볶음이 보였고, 국은 미꾸라지국이다. 석이가 아낙을 보면서 빙긋이 웃는다.

"메뚜기볶음이네."

"네, 앞논에서 잡았어요."

"미꾸라지는?"

"미꾸라지도 같이 잡았어요."

"누가 잡았어?"

"할머니랑 제가 잡았어요?"

"할머니 다치면 어떡하려고?"
"하도 답답하다고 해서."
"그래도 조심해야 돼."

어머니가 말을 듣고 보니 기특하기도 하고, 한편 무모하기도 하지만 옆에서 한 번 더 주의를 준다. 아무튼 모두가 맛있게 먹었다. 마늘논 벼 베기는 오후에 충분히 끝낼 수 있을 것 같다. 막걸리 한 잔을 각자 걸치고 벼를 베니 흥에 겨워 한 가락 뽑는데 선창에 따라 모두가 후창을 한다.

어러 한 단을 묶었네
에 에이에 거듭 미처 또 한 단 묶었네
너 어으어 한 단 묶었네
에 다 어으어 나두 한 단 묶었네
에 에어으어 묶었네
얼른 나도 묶었네

생원이 그 사이 한 구루마 볏단을 집 마당에 부려놓고 마늘밭으로 왔다. 어머니가 서둘러 마중을 한다.
"점심을 잡수셨어요?"
"어이, 집에서 먹었어."
"며느리가 챙겨두었두만."
"메뚜기볶음도 먹고 미꾸라지국도 먹었어."
"나도 나락을 베야겠어."

"아무래도 품앗이꾼이 있을 때 같이 해야지."

생원도 팔을 걷어붙이고 나락을 베는데 막걸리 한 잔 생각이 난다 싶을 때 며느리가 중참을 가지고 왔다. 어쩐 일인지 돼지고기 안주가 눈에 띄어 고기를 본 김에 모두 막걸리 한 잔을 걸친다. 이 사람 저 사람 노랫가락이 흘러나온다.

비어라 비어 비어라 올려 비어라
쓰러진 볏대 아래위로 감 잡아 베어라
삼동 허리를 굽실굽실 베어라
베어라 베어라 아래위로 잡아 베어라
아구야 아구야
잘두 하네 잘두 하네
술 내어오소 술 내어오소
한 손으로 술병 들고 한 손으로 안주 들고
들어간다 들어간다 군낫질로 들어간다

노래를 부르면서 벼를 베니 속도가 빠르다. 저녁나절이 되어 마늘논을 모두 베고 나니 생원이 이제 그만하고 오늘은 집에 가고 내일 오란다. 내일은 감자밭으로 나오라고 한다. 생원과 석이는 미나리밭에 재워둔 볏단을 옮기려 어둠살이 들기 전에 누룽이를 끌고 미나리밭으로 간다. 구루마에 볏단을 가득 싣고 집으로 와 마당 한 켠에 재어두고 나니 생원은 욕심이 생겨 한 바리 더 하자고 한다. 석이도 그렇게 하는 것이 좋다고 생각하여 한 구루마를 더 실었다. 이제 미나리논에는 볏단이 얼마 남지 않았다. 무리해서라도 전부 옮길까 하였으나 어둠이 짙어 그만두기로 한다.

　마당에는 노적가리가 점점 크게 쌓이고 보니 밥을 먹지 않아도 배가 부르다. 금년에는 농사가 잘 되어 장내쌀을 갚고도 한 해 잘 버틸 것 같다. 저녁밥을 먹고 모두 고단하여 일찍 잠자리에 들었는가 싶은데 언제 생원이 일어나 쇠죽을 끓이고 마당을 쓸고 있다. 이는 마당을 잘 쓸어야 덕석을 깔고 탈곡을 깨끗하게 할 수 있기 때문이다. 석이가 부시시 일어나 아낙네 꽁무니를 따라 밖으로 나온다. 아래채에 가서 쇠죽을 함지박에 담아 소구유에 갔다 부어주니 누룽이가 김이 나는 쇠죽을 맛있게 먹는다. 석이는 누룽이를 보면서 머리를 쓰다듬어 주며

　"오늘 너는 부지런히 옮겨야 한다."

　"미나리논에 있는 것도 옮기고."

　"마늘밭에 있는 것도 옮겨야 한다."

　"많이 먹어라."

　아침이 되었다는 소리에 모두 큰방으로 올라가 할머니에게 인사를 하고 밥상머리에 앉는데 생원이 오늘 할 일을 말한다.

　"오늘은 감자밭으로 간다."

　"오늘 모두 마치겠지."

　"금년은 수확이 좋아 약 30석은 될 것 같다."

　"그 정도면 풍족하게 먹고 남을 것 같다."

　"우리 식구 해봐야 다섯이 아닌가?"

　"할머니만 건강하시면 걱정이 없는데."

아침밥을 먹은 후 감자밭으로 직행을 하니 감자밭에는 벌써 품앗이꾼들이 나와 있어 아침 일찍 나온 그들이 몹시 반갑다. 서둘러 벼를 베기 시작하는데 한참 베고 볏단을 묶고 보니 해가 중천에 있는데 아낙이 새참을 머리에 이고 온다. 어머니가 새참을 풀어보니 찐 쌀밥이랑 감자국에 능이가 들어 있다.

"웬 찐 쌀밥이냐?"

"먹다가 남은 쌀이 있어 할머니가 챙겨줬어요."

"그래 좋다. 풍년이니 잘 먹자."

"저는 온 김에 메뚜기 좀 잡아갈게요."

"그리고 고동도 좀 잡아야겠어요."

"고동은 저기 개울가에 많이 있다."

"점심에는 메뚜기하고 고동된장을 해야겠어요."

새참을 먹은 후 벼를 어느 정도 베었나 싶은데 어느새 아낙이 집에 가서 점심밥을 챙겨온다. 돼지고기도 있고, 된장에 고동도 들어있어 맛있게 모두 점심을 먹은 후 막걸리 한 잔도 걸쳤다. 풍년이고 하니 모두가 마음이 여유로워 볏단을 묶으면서 한 가락 뽑는다.

묶누나 또 생기네 또 묶어보세

더해라 간자비 들어간다

엉덩이만 눌러주게 또 한 번 묶어보세

묶고 나니 또 생겼네 묶고 나니 또 생겼네

한 아름 듬뿍 안았구려 엎어놓고 배 맞았네

한 아름 듬뿍 안았구려 묶고 나니 또 생겼네

제1부. 농가 일상

베고 묶고 하는 사이 해는 서산을 기웃거리고 작업이 끝이 날 때 생원은 미나리밭이랑 마늘밭에서 볏단을 모두 옮기고 감자밭으로 간다.

"식사는 잘하셨어요?"

"나는 집에 들러 잘 먹었어."

"누룽이 배가 고프겠는데요?"

"내가 때맞추어 잘 먹였어."

"이제 감자밭에서 볏단만 옮기면 되네."

"부지런히 옮겨야지."

누룽이가 풀을 좀 뜯나 싶을 때 볏단을 구루마에 가득 실어 생원은 누룽이를 달래다시피 하여 또 볏단을 옮긴다. 벼를 모두 베자 어머니가 품앗이꾼에게 막걸리 한 잔을 하라고 권하며 모두들 수고하였다고 말을 한다. 석이가 어머니를 도와 볏단을 한 곳으로 모으고 있는데 생원이 누룽이를 몰고 와 마지막으로 옮긴다. 생원도, 어머니도, 석이도 모두 누룽이 뒤를 따라 집으로 가니 마당에는 노적가리가 원통 돔을 이루어 쌓여 있다.

석이는 마당에 덕석 몇 장을 깔고 그 위에 탈곡기를 설치한 후 저녁을 먹고 난 뒤 탈곡을 할 작정이다. 자정까지 하더라도 또 내일 하루 종일 해야 할 것 같다. 생원과 석이는 나란히 서서 탈곡기를 밟는다.

어머니는 볏단을 옆으로 나르고, 생원과 석이는 탈곡기를 밟으며 볏단을 먹인다. 벼이삭 낱알들이 덕석 위로 떨어지니 어머니는 볏단을 나르면서 가래로 낱알을 긁어 한쪽으로 밀쳐둔다. 아낙도 설거지를 끝낸 후 마당으로 나온다.

"저는 뭘 할까요?"

"너는 볏단을 가지고 오너라."

"나는 가래로 밀고 낱알을 가마니섬에 넣겠다."

아낙은 볏단을 날라 앗어주고, 생원과 석이는 탈곡기를 밟으며 어머니는 갈퀴로 지푸라기를 걷어내며 나락을 가래로 긁어 가마니섬에 담는다. 일은 고되나 나락이 쌓이는 것을 보니 절로 노래가 나온다.

논에서 익은 알이
오늘 따라 고운 것이
낫질하여 베어다가
탈곡을 하고 보니
우리 모두 흘린 땀일세
어이 어이

가마니 섬이 한섬 두섬 늘어나니 지치는 줄도 모르고 타작을 한다. 할머니도 잠자리에 드시지 않고 마당을 나와 밤찬으로 고구마랑, 감자랑, 나막김치를 안청에 내어주시면서 먹고 하라고 한다.

할머니도 늘어나는 나락섬에 기분이 좋으신 모양인지 한 해 다들 고생하였다고 연신 푸념 삼아 뇌아리신다.

생원과 석이는 잠시 탈곡을 멈추고 밤찬을 먹은 후 쉬지도 않고 볏섬을 곡간으로 옮겨 넣는다. 곡간 바닥이 나락으로 차곡차곡 쌓여간다. 밤이 늦어서야 타작일을 끝내고 생원과 석이는 몸을 탁탁 털고 몸을 씻은 후 잠자리에 든다. 타작하는 하루는 가슴이 뿌듯해 피곤해서 잠을 잔 것 같지도 않는데 새벽이 열려 장닭과 더불어 모두들 일찍 일어난다.

아낙은 부엌으로, 생원과 석이는 마당에서 탈곡을 계속하니 요란한 기계 소리는 아침 밥상 앞에서 잠시 멈추었다가 점심시간을 지나 서산에 해가 걸릴 때쯤 멈추었다.

곡간은 낟알로 목에까지 찼다. 내일부터는 낟알들을 끄집어내어 햇볕에 말리며, 말린 나락은 마을 물레방앗간이나 면사무소 근처 정미소에서 도정을 하고, 미처 도정을 할 수 없을 때는 집에서 절구통에 찧어 그때 그때 먹기로 한다. 매 끼니마다 찧어서 밥을 해먹는 것이 고달프나 쌀밥을 먹을 수 있다는 것이 얼마나 행복한지 모른다. 쌀을 잘 일어 밥을 하지만 가끔 밥에 돌이 씹히기도 하나 아무도 불평하는 일이 없다. 아낙은 쌀을 씻을 때마다 행복하다.

보리밥이 질릴 때가 되면 된장국에 호박잎이 제격이라 해도 보리밥은 먹고 싶지 않다. 금년은 나락이 30석이나 되니 무슨 걱정이랴. 생원은 벼를 타작하고 나니 별로 할 일이 없어 부지런히 나락을 햇볕에 말리고 필요시마다 도정을 한다. 겸하여 겨울을 대비해 건초를 장만하고, 석이는 덕석을 펴고 나락을 말리며 가래로 저어주는데 어머니가 마당에 나오면서

"석아, 그 일은 내가 할게."

"어머니, 그럼 저는 나무를 할게요."

"월동용 나무가 많이 필요하다."

나무 넓이가 길다랗게 뻗어 있어야 마음이 놓이므로 솔잎 갈비는 서른 무더기는 돼야 하고, 장작은 집 울타리 한쪽을 가득 채워야 안심이 된다. 그 정도로 준비를 해야 설날부터 보름까지 놀 수가 있기 때문이다.

어머니는 오래간만에 베틀에 앉으며 이제는 짬을 내어 베틀에 앉을 수가 있구나 한다. 가을걷이하는 동안에는 아낙도 정신이 없었지만 이제는 틈틈이 물레에 앉아 미영실을 가락에 올려 어머니가 설빔 옷을 무명천으로 새로 지을 수 있도록 실꾸러미를 만들고, 할머니는 집안 식구들이 입을 삼베옷을 위하여 삼실을 손수 올리며 실타래를 만들어 마당에서 풀칠하고 불에 말리니 어머니는 삼베를 짠다. 그러니 수의 걱정은 안 해도 될 것 같다.

어머니는 이제 틈틈이 베틀에 앉아 베를 짤 뿐 아니라 나락을 안마당이나 바깥 길에도 덕석을 깔아 볕에 말리기 때문에 바쁘다. 때때로 가래로 긁어 골고루 말려 말린 나락은 모두 두지에 넣어 필요시 도정을 하는데 11월이 되니 월동 준비와 베 짜는 일로 바쁘다. 월동 준비라 해봐야 김장과 메주 담그는 일이지만 연중 대사다.

"애야, 오늘은 김장을 하자."

"텃밭에서 배추를 뽑아야겠다."

"석아, 배추를 좀 뽑아다오."

"네, 어머니."

"그리고 뿌리를 잘라주라."

석이는 배추를 텃밭에서 뽑으니 200포기 남짓한데 배추가 잘 자라 통통하다. 어머니가 아낙과 함께 배추 겉잎을 다듬고 물에 씻은 후 어느 정도 물기를 빼고 반토막으로 잘라 소금을 뿌린 후 배추를 저린다.

"애야, 양념을 만들어야겠다."

"찹쌀풀을 끓여라."

"무, 대파, 홍고추, 생강을 준비하고 배를 갈자."

"젓갈을 붓고 같이 섞자."

"속채를 쓸자."

어머니는 속채를 양념에 담가 버무리고 아낙과 함께 저린 배추를 배춧잎 한 잎 한 잎 사이 양념을 바르며, 바른 후 단지에 담가 고방에 보관하는데 이로써 김장은 일단 마무리를 하고 내일은 메주를 담그기로 한다.

이른 새 아침이다. 어머니는 대두콩을 한 포대 꺼내어 오며

"애야, 콩을 씻자."

"거품이 나도록 씻고 물에 뜨는 것은 상한 것이니 걷어내어라."

"그리고 한나절 불려라."

"그다음 콩을 삶자."

"삶을 때는 처음에는 센불로 삶는다."

"콩을 소쿠리에 건져 물기를 빼고."

"그다음 절구에 찧는다."

"찧은 콩을 보자기에 담자."

"그리고 됫박에 넣고 발로 밟고."

"각진 메주는 짚으로 엮어두자."

"약간 말리면 벽에 걸어 말려야 한다."

어머니는 메주가 뜬 후에 간장을 뽑고 된장을 담을 작정이다. 이제 김장도 하였고, 메주도 만들었으니 한 해 대사는 모두 끝나는 셈이다. 홀가분한 마음으로 동지에 팥죽을 먹고 나면 설이다. 남은 두 달 동안 어머니는 또 바쁘다. 베를 짜서 설날 식구들이 입을 옷을 장만하여야 하고, 텃밭에 있는 각종 과일나무에서 과일을 따야 한다. 나무 한 짐을 하고 오는 석이에게 텃밭에 있는 과일을 따야겠다 하니

"알겠어요."

"아버지, 이제 꼴은 그만 베고 과일을 따요."

"그래 그러자구나."

텃밭에는 과일나무가 많은데 가을걷이가 바빠 미처 손을 대지 못해 사과랑, 배랑, 감이랑, 밤이 먹음직하게 달려 있다. 사과나무는 키가 낮아 모두 딸 수가 있으나 감나무는 키가 커서 사람이 올라가 장대로 따야 하는데 잘 부러지기 때문에 조심하여야 한다.

대보름 때 남은 찰밥을 뿌리에 먹였더니 많이도 달려 정신없이 따는데 쉽게 딸 수 없는 것은 장대 끝에 조리개를 만들어 잔가지를 꺾는다. 더 곤란한 것은 밤송이 터는 일인데 저절로 벌어져 땅에 떨어지기를 바라지만 벌레가 잘 먹어 어차피 털어야 하니 밤나무 밑에 깔개를 깔고 장대로 터는데 따다가 털다가 힘든 것은 그대로 둔다.

까치밥

빨간 감 하나 가지 끝 바람 편에 중얼거립니다
나는 한 알의 알맹이 빈 하늘에 남겨진 일용할 양식
말씀에 따라 더없이 보람을 느낍니다
흐뭇하게 쳐다보는 눈길 온몸 가득 느껴도
피붙이들이 모두 제 갈 길 찾아간 마당에
외로움은 감출 수 없습니다
배려라는 말이 얼마나 훈훈한지 익히 알고 있으나
외롭게 매달려 있는 헌신은 속내가 묘합니다
까치는 반겨야 하는 님입니까
감수해야 하는 적이옵니까

과일은 모두 따서 바구니에 담아 고방으로 옮겨놓으면 이제부터 할머니가 고방 열쇠를 가지고 관리를 한다. 과일 따는 것도 쉬운 일이 아니라 하루가 걸렸으나 오래간만에 사과도 먹고, 감도 먹고, 밤도 많이 먹었다. 그러다 보니 점심도, 새참도 걸러 저녁때가 되어 모두 풍성한 가을을 만끽하며 밥상 앞에 앉으니 하얀 쌀밥과 추어탕이 놓여 있어 맛있게 먹으니 어머니가 이제는 큰일은 없다고 말씀한다.

　동지가 다음달이니 팥죽이나 끓여 먹고 설을 맞이하면 되겠다 하니 생원이 말을 이어 여인들은 베를 짜고, 우리는 나무하고 건초를 만들어야겠다 하며 사랑으로 내려가니 석이도 아랫방으로 내려

간다. 할머니가 자리에 드시면서 푸념적으로 말을 한다.

"애미야, 가을걷이도 끝났으니."

"우리 햅쌀로 떡이나 해먹자."

"그러지요, 금년은 풍년이니까요."

"고방 나락이 얼마나 되나?"

"한 삼십 석은 될 것 같아요."

"우리 먹고도 남겠다."

"쌀 좀 팔아 사고 싶은 것도 사자."

"할머니, 필요하신 것 있으세요?"

"나야 뭐 있냐?"

"너희들 필요한 것 사라."

"고마워요. 이제 그만 주무세요."

어머니와 아낙은 할머니께 인사를 하고 각자 자기 방으로 간다.

15

설맞이

    설이 열흘 후로 다가와 무엇보다 바쁜 것이 설빔이다. 어머니는 생원, 석이, 할머니, 며느리 모두 다섯 식구의 바지저고리, 치마저고리를 장만해야 하므로 그동안 짜놓은 무명으로 옷을 지어야 하니 바쁘다.

"애야, 옷본을 찾아보자."

"어디다 두었지?"

"그래 할머니 장롱에 있어."

"애야, 옷본대로 재단을 하자."

"할머니 옷부터 하지."

"할머니, 새 옷 만드니 좋으세요?"

"새 옷 할 것 뭐 있냐? 추우니 바지에 솜이나 새로 갈지."

"그것도 해야지요."

"바지저고리에도 솜을 넣는 것도 같이 해야지요."

    어머니와 아낙은 옷본대로 천을 자르고 손바느질을 하며 며칠 남지 않은 설을 두고 밤을 새우고 있다. 마음은 다급한데 장만해야 할 음식도 많아 떡국, 시루떡, 인절미, 빈대떡, 식혜, 수정과, 술 등만 아니라 소고기, 조기, 문어가리와 각종 나물과 더불어 사과, 배, 감,

밤 등을 준비해야 한다.

낮에는 음식 준비에 바쁘고, 밤에는 설빔 옷을 짓느라 잠을 설치니 여인들에게는 명절이 고되기만 하다. 어머니가 생원에게 세찬으로 필요한 물건을 말한다.

"장날 세찬용품을 사야겠어요."
"소고기, 조기, 문어가리 등등."
"알았어, 장날이 언제지?"
"모레나 글피쯤 되겠구만."
"걱정하지 말아요."
"석이는 방아를 좀 찧어야겠어."
"알겠어요."
"얘야, 내일 쌀을 담가라."
"많이 담가라."
"떡국을 많이 끓여야 이집 저집 나누어 먹지."
"모레 방아를 찧자."
"찹쌀도 준비해라."
"인절미도 만들어야지."
"떡메는 석이가 쳐야겠다."
"인절미는 지금 하면 너무 이르지 않아요?"
"그럼 이르지."
"설 이틀 전에 하면 된다."
"떡국떡은 일찍 빻아 가루를 만들자."
"가래떡 만들고 쓸고 하려면 일찍 하는 것이 좋다."

장날 생원이 장에 가서 세찬에 쓸 각가지 재물을 산다. 장에서 사돈을 만나 정종 한 병을 사서 드렸더니 사돈도 돼지고기 몇 근을 사서 챙겨주어 할머니는 곡간에 이것들을 소중히 보관해 둔다.

온 동네가 설 준비로 부산한 가운데 설이 나흘 후로 다가왔다. 어머니는 물에 담근 쌀을 디딜방앗간에 가지고 가 쌀을 호박에 넣고, 아낙은 방아를 딛어가며 찧은 쌀가루를 채로 쳐 고운 가루를 모은다.

"애야, 쌀가루에 물을 부어 반죽을 만들자."
"솥에 불을 지펴라."
"채를 받치고 밥부제를 깔아라."
"그 위에 쌀가루를 넣고 찌자."
"솥에서 김이 어느 정도 나면 끄집어내자."
"이제 떡을 동그랗게 길게 만들자."
"한 발 길이로 만들어 소쿠리에 담자."
"떡이 좀 굳으면 칼로 쓸어두자."
"쓴 떡국을 바구니에 담아라."
"그래야 그때 그때 끓이기 쉽다."

아낙은 어머니가 시키는 대로 장만하여 모두들에게 가래떡을 먹으라고 내어놓는다. 가래떡에 참기름을 발라 먹는 따끈한 떡가래 맛은 일품이다. 할머니는 떡이 잘 되었다고 칭찬을 하니 점심을 먹은 후 어머니는 가래떡을 쓸자고 한다. 아낙은 어머니 따라 떡국을 끓일 수 있도록 잘게 떡국떡으로 쓸어 큰 소쿠리에 담아두니 나머지는 할머니가 곡간에 보관한다. 설 이후에 간식으로 먹기 위해서 인데 잉걸불에 구워 먹으면 요기도 되고 간식으로 맛이 있다. 하루하루 다가서는 설이 조바심을 느끼게 한다. 설빔 옷은 모두 장만하였으나 음식 준비에 머리가 아프다.

"석아, 오늘은 인절미를 만들어야겠다."

"떡메를 찾아 씻어라."

"얘야, 찹쌀을 씻어 솥에 안쳐라."

"삼베 밥부제를 깔고 찹쌀을 쪄야 한다."

"얘야, 돌절구통을 깨끗이 씻어라."

어머니는 찹쌀밥이 약간 꾸덕꾸덕할 때 솥에서 끄집어내어 돌절구통에 찰밥을 넣고 석이를 부른다. 찹쌀 밥알이 잘 이겨져 어느 정도 뭉치가 되면 떡판 위에 놓고 덩이떡이 될 때까지 석이에게 떡메질을 하도록 한다.

밥알이 너무 이겨지면 떡을 씹는 맛이 없으므로 어머니는 떡덩이를 손으로 만져보고 촉감을 느끼며 씹는 맛이 사라지지 않도록 조절한다.

"얘야, 떡이 잘 찧어졌다."

"떡덩이를 가래떡 모양으로 굵게 만들어라."

"그것을 토막토막 쓸어 콩고물에 묻히자."

"어머니, 콩고물이 어디 있어요?"

"할머니께 물어보아라."

"할머니, 콩고물 내어주세요."

"얼마 안 되지 싶은데."

제1부. 농가 일상

"애야, 모자라면 팥을 삶아라."

"찹쌀떡을 두루판에 펴서 가래떡같이 굵게 만들어라."

"그리고 칼로 한 주먹씩 쓸어라."

"그리고 콩고물을 무쳐."

"팥고물도 무치고."

드디어 인절미가 되었다. 어머니는 할머니에게 인절미를 맛보시라고 건네니 할머니는 밥알이 씹히는 식감도 있고, 맛도 있다고 한다. 우리 하나씩 먹어보자며 석이에게도, 며느리에게도 주며, 사랑에 있는 생원에게도 한 접시 갖다 드린다.

어머니는 이제 떡국떡도, 인절미도 준비되었으니 시루떡을 쪄야겠다고 한다. 시루를 곡간에서 찾아 가지고 나오며 시루에 떡살을 깔고, 팥을 깔고 층층이 떡살을 가득히 채운다. 김이 새지 않도록 시루와 솥 사이를 가루 반죽으로 봉합을 한 후 찌니 얼마 후 떡시루에서 김이 나자 어머니는 떡을 젓가락으로 찔러본다.

떡이 잘 익었는지 확인한 후 시루를 들어내고 떡을 소쿠리에 비우며 칼로 여러 덩이를 만들어 소쿠리에 보관한다. 오늘은 작은 설이라 막바지로 전을 부치고, 소고기국도 끓이고, 돼지고기도 삶으며, 각종 나물도 무치고, 과일도 준비하고, 조기도 굽는다. 식혜도 담그고, 수정과도 준비한다. 생원이 사랑에서 생율을 깎으니 이로써 세찬 준비가 모두 완료된 것이다.

어머니와 아낙은 몸이 지칠 대로 지쳐 오늘은 작은 설이라 모두 각가지 음식을 조금씩 맛을 보는 것으로 저녁을 대신한다. 생원이 사랑으로 나가면서 모두 꿈을 잘 꾸라고 하니 할머니가 오늘 저녁은 일찍 자면 눈썹이 하얗게 센다고 한다. 이런저런 이야기 끝에 모두 잠자리에 들었는데 이른 새벽 장닭은 생원을 깨우고 새해 아침은 동이 트기 시작한다.

모두 세수를 깨끗이 하고 설빔으로 옷을 갈아입고 안청에서 차례를 지내기로 하니 아낙은 음식을 부엌에서 옮겨오고, 어머니는 차례상을 차린다.

우선 차례상 위에 병풍을 치고, 신위로 고조부는 왼쪽, 고조모는 오른쪽에, 증조부는 왼쪽, 증조모는 오른쪽에 쓰고, 할아버지는 중앙에 쓴 지방을 각각 병풍에 붙이되 순서에 따라 붙인다. 그 밑에 수저를 놓는 시접과 퇴주잔 그릇을 놓는다. 그다음 열에는 오른쪽에는 밥을 놓고, 왼쪽에는 국을 놓으며 생선적, 고기육적과 두부, 채소류는 그다음 열에 놓는다. 그다음 열에는 탕국을 놓고, 그다음 열에는 포와 나물을 놓고 맨 나중 열에는 각종 과일 놓는다. 차례상이 차려진 후 남자는 앞에 앉고, 여자는 뒤에 앉는다. 할머니는 옆에서 물끄러미 보고 있다.

모두가 한 해를 돌이켜보며 조상에게 감사를 드리고, 아울러 새해 건강과 복을 기원한다. 절은 술을 올리고 세 번을 올리며 매번 술은 퇴주잔에 붓는다. 조상들이 식사를 하는 시간을 두고 잠시 후 음복을 하며 차례를 끝내는데 그 후 세배를 올린다.

"할머니, 앉으세요."

"세배를 받으셔야지요."

"할머니, 새해 건강하세요."

"너희들도 복 많이 받아라."

"그럼 신수를 좀 봐야겠다."

"애비도 애미도 보자."

"석이도 손부도 보자."

올해는 손자도 점지해 줄 것 같다고 말하며 속바지 주머니를 뒤져 꼬깃꼬깃 접혀 있는 세뱃돈을 꺼내어 석이와 며느리에게 세뱃돈을 준다. 지난 한 해 고생하였다고 하며, 새해 복을 많이 받으라고 덕담을 하며, 석이가 아들을 보도록 해달라고 한다. 세배를 끝낸 후 모두 아침밥으로 떡국을 조금씩 먹은 후 석이는 세배하러 이곳저곳 다니기로 한다.

"세배를 갔다 오겠습니다."

"어디로 가나?"

"친척집도 가고 동네 어른도 뵈어야지요."

할머니가 바깥을 보더니 벌써 누가 오는구만 하는데 작은집 형님이 세배를 하러 왔다. 할머니가 차례를 일찍 지낸 모양이군 말하며 세배를 받는다. 덕담을 나누는 사이 다른 사람들이 줄줄이 온다. 동네에서 나이가 제일 많으니 제일 먼저 인사를 받는데 할머니는 오는 사람마다 솔점을 쳐주며 덕담을 더하니 모두가 올해는 풍년이라 마음에 여유가 있어 즐겁다.

석이는 작은집, 고모집 등 동네 어른들에게 두루두루 세배를 하며 올해는 좋은 소식 있기 바란다는 덕담을 받는데 아낙네들은 석이 설빔을 보고 보기가 좋다고 칭찬을 한다.

한편 생원은 회관에 나들이를 가고, 어머니는 이집 저집 마실도 간다. 아낙은 친정에 가고 싶은 생각이 간절하여 어머니께 조심스럽게 눈치를 보며 여쭈어본다. 어머니도 자긴들 왜 모르겠는가, 안쓰럽게 생각하여 허락을 한다.

"얘야, 짬이 있으니 친정에 한 번 다녀오너라."

"어머니, 고마워요."

"그래 사돈에게 새해 인사도 전해라."

"어머니가 고생이 될 터인데요."

"괜찮다, 사나흘이야 걱정 없다."

"갈 때 석이도 같이 가도록 해라."

"어머니, 고맙습니다."

아낙은 너무나 좋아 어쩔 줄을 몰라 석이에게 말을 전하고 이것저것 준비를 한다. 얼마 만인가? 시집와서 몇 번 가기는 하였으나 설렌다. 몇 년 동안 못 갔기 때문에 아버지, 어머니는 어떻게 변하였을지, 친척들은 다들 여전한지, 동무들도 친정에 왔는지, 만나고 싶은 사람들의 얼굴 끝에는 오빠가 있다. 오빠는 어떻게 변하였을까? 아직도 누에를 치고 있는 것일까?

석이가 동행하니 언감생심 만날 수는 없다. 아낙이 석이와 함께 친정으로 길을 나서니 가슴이 벅차다. 할머니, 생원, 어머니께 잘 다녀오겠다고 인사를 하고 삽작문을 나서는데 옆에 석이가 있으니 어깨가 펴진다. 동네 어귀를 돌아서자 동네 사람들을 만나니 인사가 바쁘다.

"각시하고 어디를 가시나?"

"처가에 좀 다녀오려구요."

"아이 좋겠다."

"장모 사랑 많이 받고 오게나."

"감사합니다."

석이 내외가 동구 밖을 나서니 설빔을 차려입은 부부가 돋보여 길이 훤하다. 고개를 넘어 큰길로 나서니 처갓집 동네가 보인다. 동네 어귀를 흐르는 개천이 물을 가득 머금고 흐르니 아름다운 풍경이다. 원래 부촌이라 기와집이 나란히 어깨를 하고 있는 처갓집 대문에 들어선다. 장모가 마당에서 일을 하시다가 반가이 맞아준다.

"너희들이 오다니?"

"여보, 아이들이 왔어요."

"아유, 어려운 걸음 하였구나."

"시어머니가 가라고 했어요."

"아이고, 고마워라."

"세배 받으세요."

"그래 할머니와 사돈 내외분 모두 강령하시냐?"

"네, 할머니가 좀."

"어디가 편찮으신데?"

"지난번에 그 일로."

"아직 완쾌되지 못하셨구나."

아낙은 석이를 데리고 처녀 때 사용하던 방으로 가니 낯설기도 하고 친숙하기도 한데 기분이 묘하다. 간편복으로 갈아입고 밖으로 나와 집 도량을 둘러보니 텃밭 건너편에 있는 오빠 집 아래채로 눈길이 간다. 저 담을 그때 왜 그렇게 넘었을까, 저 담만 안 넘었다면 나도 얼마나 떳떳할까. 옆에 있는 석이를 보고 미안한 감을 감출 수 없다.

한편 고개를 선뜻 돌리지 못하는 까닭은 첫사랑이기 때문인 것 같다. 아직도 미련을 버리지 못해 오빠 모습을 한 번 볼 수 있을까 두리번거리는 자기 자신을 느낀다. 첫사랑의 야릇한 추억과 죄책감이 후회의 목덜미를 흔들고 있다. 석이를 쳐다보며 앞마당으로 재빨리 걸음을 옮긴다. 생각할수록 뻔뻔하다고 생각되지만 순정을 지키지 못한 후회보다 그리움을 떨치지 못하고 있는 마음이 앞선다. 석이와 함께 동네 친척집에 세배를 하러 이곳저곳 가며 처녀 때 뛰어놀던 돌다리도 두들겨 보고, 물을 길어 먹던 샘도 보고, 동네를 가로지르는 개천도 보고, 산 밑 저수지 둑도 걸어보니 산천은 옛 그대로인데 친구들이 없다. 모두 시집을 간 모양이다. 친구들 집을 두리번거리다 삽작문을 열고 인기척을 하니 친구 어머니가 보여 반갑게 인사를 나눈다.

"그간 안녕하셨어요?"

"새해 복 많이 받으세요."

"아이고, 오래간만이네."

"신랑이 좋으니 화색이 도는구만."

"숙자는 안 왔어요?"

"바쁜 모양인지 연락이 없네."

"품 안의 자식이라더니 떠나고 나면 그만이야."

"곧 소식이 오겠지요."

"들어와 뭐 좀 먹고 가거라."

"아니요, 배가 불러서."

아낙은 석이를 인사시키고 덕담을 나눈 후 집으로 돌아오니 아버지가 석이를 보고 심심할 것 같은데 나하고 천엽이나 하러 가세 한다. 어머니가 오늘은 그만 쉬도록 하고 내일 가라고 하니 아낙과 석이는 처녀 때 사용하던 방으로 가 쉬기로 하는데 편안한 옷으로 갈아입고 쉬고 있자니 무료하다. 한숨 자기로 하는데 어머니가 들어온다.

"여보게, 피곤하지?"

"이것 좀 들게나."

"고맙습니다."

"엄마, 점심은?"

"지금 닭을 삶고 있어."

"사위 왔다고 씨암닭을 잡았구만."

어머니가 가지고 온 수정과와 식혜를 아낙이 석이에게 권하니 식혜를 한 모금 마시며 점심을 맛있게 먹겠다며 밀쳐두니 어머니가 석이가 피곤한 것 같아 자리를 뜬다. 석이가 밀려오는 잠을 자려 하니 아낙은 그 사이 큰방으로 건너가 아버지, 어머니와 정담을 나눈다.

"그래 농사는 잘 되었나?"

"네, 미나리, 왕골, 마늘, 감자 등등 많이 했어요."

"벼농사는?"

"30석은 한 것 같아요."

"많이 했구만."

"시집살이 고되지?"

"그래요, 아무것도 할 줄 모르니."

"그래도 시어머니가 잘 보살펴 주었어요."

"길삼도 하고, 베 짜는 것도 배웠어요."

"친정에서 뭐 배웠냐고 하시더군요."

"봐라, 그때 좀 배웠으면 부모 욕은 안 먹이지."

"김장도 하고 메주도."

"그래 잘했다. 여자라면 당연히 해야지."

"그런데 소식은 없느냐?"

"……."

"참 큰일이다. 남의 집 손을 끊으면 어쩌냐?"

"……."

아낙은 그 말만 나오면 죄책감이 밀려온다. 불장난을 해서 죗값으로 유산이 되는 것 같아 밖으로 나오며 마루에서 텃밭 쪽으로 시선을 옮긴다. 저 담만 넘지 않았더라면 하는 후회가 들지만 모두가 지난 일, 자기의 잘못을 느낀다. 그 당시 오빠가 그렇게도 좋았는지 모든 것이 자초한 일로써 처녀가 외간 남자, 그것도 유부남과 밀실에 있었으니 당연하지 않은가 생각하면서도 갑자기 그의 손이 가슴에 파고드는 것 같아 그리워진다.

동네를 돌면서도 그의 집 앞을 외면하면서 지나치는데 그것은 보고 싶다는 반증이며, 내숭을 떨고 있다는 것을 자인하는 것이 된다. 당장이라도 그와 밀실에서 만나면 그 손을 뿌리칠 수 없을 것 같으니 스스로 생각해도 자신이 알 수 없는 존재라는 생각이 든다.

하루하루 친정에 머무는 것이 불편하게 느껴져 며칠 후에 다가서는 대보름을 핑계로 속히 시가로 돌아가고 싶어진다. 동네 친구 하나가 친정에 왔다고 하기에 보고 싶어서 친구를 만나러 가기로 한다. 석이를 혼자 두고 가는 것이 미안하기도 하다. 잠시 다녀오겠다고 말한 후 친구 집으로 마실을 가니 친구가 반가이 맞아준다. 부모님께 세배를 드리고 단둘이 앉았다.

"애, 어디서 살고 있냐?"

"서울에 있어."

"야, 좋겠다."

"남편은 뭐하는데?"

"모 회사 판매 대리점을 하고 있어."

"종목이 뭔데?"

"미용 재료야."

동동구루모나 사주면 바르는 처지에 미용이라는 말이 어색해 서울에 사는 친구는 자기와 거리가 너무 크다는 것을 깨닫는다.

"너는 어디서 사는데?"

"나는 시골이야."

"농사짓고 살아."

"야, 힘들겠다."

"시할머니, 시아버지, 시어머니 층층시하다."

"아이고, 시집살이 많이 하는군."

이야기할수록 쪽팔리는 자신의 처지를 생각하니 더 이상 수다를 떨고 싶지 않아 아낙은 만나서 반갑다고 말하고 자리를 일어선다. 서글퍼지는 자신을 이끌고 허둥지둥 친정에 돌아오니 석이가 자고 있다. 친정에 와서 겨우 하루도 지나지 않았는데 좀이 쑤시기도 하고, 혹시 오빠라도 만나면 어떻게 하나 생각하니 불안하기도 하여 내일 하루는 더 쉬고 모레는 가야겠다고 생각한다.

오래간만에 친정어머니가 해주는 밥을 먹으니 편안하기 말할 수 없다. 이런저런 생각을 하는 사이 밤이 늦어 자리에 드는데 처녀 때 기거하던 자기 방에서 석이와 함께 잠을 자니 기분이 묘하다. 남들과 같이 대처에 가서 살면 어떨까 생각하니 갑자기 석이가 좀 모자라 보여 싫어진다. 곰같이 농사만 지을 줄만 아는 사람이라고 생각하니 답답해 보여 갑자기 자기 자신이 불쌍해진다.

모든 것이 자기 운명이거니 생각하며 잠이 들었는데 창밖이 훤해 눈을 뜨고 보니 해가 중천에 올라 있다. 벌써 석이는 세수를 하고, 어른들에게 아침 문안 인사를 하고 동네 이곳저곳을 한 바퀴를 돈다. 처가 동네라 낯설지만 둘러보는 재미가 있다. 장모님이 부엌을 들락거리다 석이를 보고

"자네, 어디를 갔다 오나?"

"동네 한 바퀴 돌았어요."

"야는 아직도 안 일어났나?"

"친정에 오더니 늘어졌구만."

"그냥 두세요."

"오래간만에 마음 편하게 자도록."

장모는 미안한 듯 건넛방으로 가서 아낙을 깨우니 부시시 기지개를 켜고 일어나는 아낙이 석이 보기에도 미안하다.

"애야, 뭐하노?"

"너 서방은 벌써 일어났다."

"빨리 세수하고 아침 먹어야지."

"아버지도 일어나신 지 오래다."

"아무리 친정이지만 그러면 안 되지."

아낙이 옷을 갈아입고 세수를 하여도 모처럼 늦잠을 잔 탓인지 온몸이 무겁다. 긴장이 풀린 탓이리라 생각하며 오늘은 몸단장을 하고 선산에 있는 산소에 가기로 하고, 아침을 먹은 후 아버지, 석이와 함께 나서기로 한다.

나무가 우거져 간신히 찾은 산소 앞에 음식을 놓고 절을 두 번 하며 마음속으로 제가 지은 죄가 많으나 용서하시고 시집의 대를 잇는 자식을 점지해 달라고 빌었다. 지금 심정이 지푸라기라도 잡고 싶은 마음이라 아버지와 함께 산을 내려오며 석이를 보니 미안할 따름이다.

집에 오니 어머니가 좀 쉬라며 수정과와 과일을 내어주는데 석이는 좀 피곤한지 잠시 아랫목에 누워 쉰다. 어느덧 저녁때가 되어 저녁밥을 먹고 돌아서니 밖에 눈발이 흩날리고 있다. 내일 시댁으로 가야 하는데 눈이 많이 오면 큰일인데 걱정이 앞서지만 오는 눈을 어이하랴. 일찌감치 잠을 청한다. 갈 길이 걱정이 되어 잠을 설친 나머지 일찍 눈을 뜬다. 문을 열고 밖을 보니 다행히 눈이 그치어 석이가 마당에 쌓인 눈을 치우고 있다.

"처가에 와서 눈을 쓸고 있네?"

"올해는 눈이 별로 안 왔어."

"그러네요, 눈이 좀 와야 풍년이 든다는데요."

"그러게."

"자네, 추운데 들어가게. 갈 채비를 해야지."

"아침 먹고 바로 떠날 것입니다."

"눈길을 조심하게나."

아낙이 아침 준비가 되었다 하여 석이도, 장인도 큰방으로 가 푸짐한 아침식사를 하고 나니 석이가 아낙에게 재촉을 한다. 길을 떠날 채비를 서둘러 달라는 것이다. 장모가 부엌에 들어가는 아낙을 보고 내가 설거지를 할 터이니 빨리 채비를 하라고 하니 아낙은 못 이기는 척하고 꽃단장을 한다. 꽃단장을 하고 나니 자기가 보기에도 예쁘다고 생각되어 옆집 오빠에게 보이지 못하고 가는 것이 아쉬워진다. 차라리 안 보는 것이 좋다고 생각하면서도 미련은 있다. 친정에 오는 길은 가까워 보여도 시집에 돌아가는 길은 멀어 보인다.

눈길을 조심해서 가라는 엄마의 말을 뒤로하고 서둘러 나선다. 엄마가 챙겨주는 보따리를 머리에 이고 못 잊어 두리번거리는 아낙의 마음을 개천을 건널 때 석이는 위로를 하며 내년 추석에 또 오자고 한다. 아낙은 착잡한 마음을 안고 시댁으로 발을 옮기니 무거운 발걸음을 흐르는 물에 씻어버리고 석이를 따라간다. 산길을 오르락내리락하며 걸으니 눈길이라 미끄러워 점심때가 되어 시댁에 들어선다. 석이와 아낙은 큰방에 들러 할머니께 인사를 한다.

"잘 다녀왔습니다."

"사돈어른들 모두 편안하시더냐?"

"네."

할머니께 인사를 마친 후 아버지, 어머니가 계시는 작은방에 들러 인사를 한다.

"잘 다녀왔느냐?"

"네."

"사돈 내외분들 안녕하시더냐?"

"네."

"좀 더 있다가 오지 그랬어?"

"보름도 다가오고 해서 빨리 왔어요."

"사돈집에서도 농사를 잘 지었다 하더냐?"

"네, 올해는 거기도 풍년이었다네요."

"다행이다."

"이제 그만 쉬어라."

석이와 아낙은 건넛방에 가서 옷을 갈아입는다. 아낙은 점심때가 되어 부엌으로 가니 어머니가 들어오신다. 어머니는 한사코 방에 가서 쉬라고 하나 아낙은 어머니와 함께 점심을 준비한다. 며칠 없었다고 부엌이 낯설어 보인다. 하얀 쌀밥에 친정에서 가지고 온 생선이랑 지짐이를 곁들이고, 북어국을 끓였더니 귀한 북어를 가지고 왔다고 고마워하신다.

할머니가 오래간만에 북어국을 드신다며 잘 잡수시는데 가만히 보니 할머니가 더욱 노쇠해지신 것 같다. 생원도 북어국에 식사를 잘하였는지 좋아하신다. 친정에 갈 때 잘 챙겨주지도 못하였는데 떡이랑, 지짐이랑, 생선이랑 많이도 가져왔다며 어머니가 고마워하시니 아낙은 마음이 뿌듯하다.

오후에 낮잠을 좀 자려고 방에 들어가니 석이가 벌써 드러누워 있다. 보름까지는 어차피 놀기로 하였으니 석이 옆에 누워 한숨 자고 나니 바깥에는 다시 눈이 솔솔 내리고 있다. 석이가 일어나더니 사랑채 부엌으로 가서 쇠죽을 끓인다. 그동안 베어 놓은 건초 한 아름을 누룽이에게 넣어주며 살펴보니 누룽이 배가 많이도 부르다. 산달이 2월이니 출산을 대비해 눈여겨봐야겠다고 생각하며 쇠죽을 한 다라이 퍼서 소구유에 넣어주니 누룽이가 잘도 먹는다.

마당에 눈이 제법 쌓여 대빗자루로 마당을 쓸어 담장 밑으로 밀어둔다. 저녁을 먹은 후 일찍 잠자리에 들어 아침 일찍 일어나니 눈이 많이도 쌓였다. 생원이 눈을 쓸고 있는데 석이도 잠에서 깨어 눈 쓰는 작업을 도와준다.

"올해는 눈이 별로 안 내리네."

"아버지, 내년에 흉년이 오는 것 아닌가요?"

"뭐 그렇기야 하겠어."

"좀 있으면 눈이 많이 올 것이야."

"보름이 며칠 후 끝이 나는데 일을 해야지요."

"그렇지."

석이가 보름이 끝날 때까지는 이집 저집 사랑방을 누비며 친구들과 어울려 화투도 하고, 윷놀이도 하며, 또래들과 농사일도, 정보도 나눈다.

설을 쉬고 대보름까지 모든 일 뒤로 미루고 무위도식을 하며 반달을 놀고 나니 그동안 나무 넓이가 많이도 줄어 가까운 산에 가서 청솔을 한 짐 더 해야겠다고 생각하고 집을 나선다. 청솔가지 위에도 아직 잔설이 남아 있어 지게 작대기로 툭툭 털고 낫으로 가지를 베어 몇 짝을 만들었는데 이것도 며칠만 재워두면 바짝 말라 땔감으로 좋다.

집에 돌아오니 저녁나절이 되어 생원이 쇠죽을 끓이려 하기에 석이가 작두를 밟고, 생원이 짚을 먹여 여물을 한 아름 가마솥에 넣고 푹푹 끓이면서 누렁이를 보니 배가 만삭이라 오늘 내일 출산할 기미가 보여 진통을 하게 되면 수의사를 불러야겠다고 생각한 나머지 미리 연락을 한다.

16

누룽이 출산

    수의사가 알겠다고 응답을 한다. 수의사는 누룽이보다 아낙이 보고 싶어 선뜻 응한 것 같다. 석이가 나무 한 짐을 하고 집에 들어서니 분위기가 이상하다. 누룽이가 진통을 하고 있는 것 같다. 석이는 수의사에게 즉시 연락을 취하니 잠시 후 수의사가 도착을 한다.

    누룽이가 진통을 하며 소 마구간 안을 돌아다니며 막바지 고통을 참고 있는데 잠시 후 뒤에서 양수가 터지는지 분비물이 나오고 있다. 그로부터 이십 분이 경과하였는데도 송아지 모습이 보이지 않아 수의사가 분만 촉진 주사를 소 어깨 부분에 놓는다. 2주 정도 조산을 한다고 생각하였는데 역시 분만이 어렵다.

    수의사가 장갑을 끼고 직장 안으로 손을 넣어본 후 뭔가 잡히는지 로프줄을 넣어 묶는 것 같다. 알고 보니 뒷다리를 묶어 잡아 당기는데 힘이 들어 석이도 합세하니 드디어 뒷다리가 나오고, 잠시 후 몸통이 빠져나온다.

    송아지는 숫송아지다. 누룽이가 잠시 주저앉았다가 일어나 송아지 온몸을 핥으며 송아지가 덮고 나온 보자기를 혓바닥으로 깨끗이 핥는데 하나하나 뒤처리하는 과정을 보니 신기하다. 애정이 듬뿍 담긴 눈으로 송아지와 교감을 나누며 분비물을 전부 닦아내는 것을 보니 짐승도 이렇듯 모성애가 있구나 하며 놀라운 일이라고 생각한다.

　이십 분도 안 되어 송아지가 일어난다. 수의사가 또 주사 한 방을 어미소에게 놓는다. 혹시 분만 과정에서 상처가 있을지도 몰라 처치하는 것이라는데 잠시 후 송아지가 어미소 젖을 찾아 젖을 빨아 먹는다. 이 과정을 멀리서 보고 있던 아낙의 마음이 수의사에 대한 흠모하는 마음으로 가슴속에 자리 잡는다. 아낙은 미리 점심식사 준비를 하는데 수의사 점심도 함께 차린다.

　늦은 점심이지만 모두 맛있게 점심식사를 하고 나니 수의사도 아낙에게 식사를 잘하였다고 감사를 표하는데 오가는 눈빛이 남다르다. 석이도 느낌을 감지할 수 있었으나 자신의 의처증으로 생각하여 주변에서 의식할까 표정을 재빨리 감춘다. 설마 아낙이 눈이 맞았다고 생각하고 싶지 않다. 분만을 잘 처리해 주어 고맙다고 석이가 거듭 이야기를 하며 로프줄 덕분이라며 치켜올린다. 수의사는 종종 그런 일이 있다고 말을 한다.

　아낙이 부엌으로 설거지를 하러 들어가니 수의사가 다른 약속이 있다고 자리를 뜨며 아낙에게 물 한 그릇을 청한다. 물사발을 건네주는 아낙의 눈길이 부드럽다. 수의사가 모두에게 인사를 하며 장비를 챙겨 삽작문을 나서니 아낙도 넋을 잃고 멍하니 쳐다보다 석이의 눈길을 느끼고 부엌으로 들어간다.

　석이가 소 마구간으로 가서 소를 들여다보니 송아지 모습이 무척 사랑스럽다. 젖을 주는 어미, 젖을 빠는 송아지, 그 모습이 따스하고 아름답다. 한 생명의 탄생이 이렇듯 경이로울 수가 있을까 생각하며 여물을 한 아름 넣어주고, 송아지가 추울 것 같아 멍석을 어미소와 송아지 몸에 덮어주니 한결 따스해 보인다.

  송아지도 놓고 하였으니 이제 일상으로 돌아가 나무를 하러 앞산으로 가니 나무를 벤 그루터기가 많아 둥구리를 한다. 집에는 화목이 많이 줄어 부지런히 나무를 해야 하기에 둥구리를 담장 밑에 가지런히 재어둔다.

  저녁을 먹으라는 아낙의 소리에 큰방에 가니 모두 모여 있다. 할머니가 기력이 쇠잔해 아랫목에 누워 있는데 보기에도 얼마 사시질 못할 것만 같다. 저녁을 먹은 후 생원과 석이는 사랑으로 내려가 돗자리를 짜려 노끈을 꼬며 덕석을 짠다. 잠시 후 어머니가 들어오니 노끈을 꼬던 생원이 돗자리를 짜는 베틀에 앉는다. 어머니가 화살대로 왕골을 먹여 씨줄 사이를 찌르고, 생원이 바디를 치니 바디 소리에 돗자리가 짜인다.

  잠시 후 어머니가 간식으로 시루떡과 동김치를 들고 들어오니 일을 멈춘다. 속이 시원해지는 동김치는 언제 먹어도 가슴이 탁 트여 얼마나 시원한지 정말 미묘한 맛이다. 시루떡과도 궁합이 잘 맞지만 사실 홍시가 더 잘 맞는다. 그러나 할머니가 주무셔서 고방문을 열 수가 없다. 간식을 먹은 후 바디 소리가 이어지는데 하루 한 닢은 짜야 하므로 소리가 요란하다.

  석이는 멍석을 누룽이 것하고 송아지 것도 같이 짜야 하며, 소 발도 추위를 타므로 소 신발도 삼아야 한다. 송아지가 춥지 않도록 마구간에 새 짚을 푹신하게 깔아주고, 새끼도 꼬다 보니 자정이 되어서야 잠자리에 든다. 아낙도 그때까지 물레를 돌리며 미영(목화)실을 올리다가 석이가 들어오니 자리를 깔고 잠자리에 드니 예쁜 송아지를 본 나머지 아이를 절실히 갖고 싶어 석이 가슴에 파고든다. 석이도 싫지 않아 한 아름 가득 안으며 제발 아들 하나만이라도 점지해 달라고 마음속으로 기원을 한다. 어머니도 부엌에서 정안수를 떠놓고 기원을 하는 것을 보았다.

자고 나니 장닭이 울고 생원 기침 소리가 들리니 아낙이 부시시 일어나 부엌으로 나간다. 석이도 송아지가 궁금해 일찍 일어나 소 마구간에 가니 누룽이와 송아지가 나란히 누워 있다.

송아지가 아직도 자는지 눈을 감은 모습이 귀엽다. 다른 짐승 새끼도 귀엽지만 송아지는 비할 때 없이 사랑스럽다. 송아지 새끼를 바라보며 뿌듯함을 느끼며 오늘 따라 아낙을 위해 물을 길어주고 싶어 물지게를 지고 샘터로 가서 양동이 두 개에 물을 담아 집에 오는데 얼음이 얼어 미끄러워 균형을 잡기가 어렵다. 생각해 보니 매일 물동이를 이고 물을 길어오는 아낙이 측은해 보여 자기가 매일 아침에 물을 길어줘야겠다고 마음을 먹는다. 집에 오니 생원이 쇠죽을 끓이고 있다.

"아버지, 여물이 있던가요?"

"아니다, 내가 혼자 짚을 쓸었다."

"조금 기다리시지 그랬어요?"

"작은 작두로 혼자 쓸어도 잘 되는 것 같다."

"그래도 힘드시지요?"

"별소리, 한두 번 하냐?"

"그런데, 금년에는 아무래도 새집을 지어야겠다."

"할머니도 편찮으신데 훗날 하지요."

"짓는다기보다 준비를 하자는 것이지."

"오늘부터 좋은 나무를 골라봐야겠다."

"대들보랑, 기둥이랑, 서까래에 쓸 나무를 찾아보자."

"알겠습니다."

"보리밭을 밟아야 할 텐데요?"

"그렇지."

"그러면 나무 고르는 것은 다음에 할까?"

아침 준비가 되었다는 소리에 모두 큰방으로 모여 할머니를 보니 할머니가 날로 더 쇠약해지고 기력이 없어 자리에서 일어나시지 못하니 할머니를 부추겨 앉힌다. 걱정스러운 마음으로 모두 식사를 한 후 생원이 오늘 할 일을 말한다.

"오늘은 보리밭을 밟기로 하자."

그러고 보니 벌써 2월 말이라고 하며 어머니가 일어선다. 모두 일복으로 차림을 하고 마늘밭으로 가니 보리싹이 푸릇푸릇 보여 골마다 한 사람씩 차지하고 볼록볼록 올라온 보리싹 뿌리 부분을 밟는다. 바람이 들어가지 않도록 밟자니 얼마 밟지 않았는데도 오전이 다 갔다.

점심때가 되어 집이 가까워 집에서 점심을 먹는다. 어머니는 다리가 아프다면서 집에서 쉬겠다고 방으로 들어가는데 생원도 돗자리를 짤 노끈을 꼬려고 사랑으로 들어간다. 석이는 암골에 나무를 하러 가고, 아낙은 베틀에 앉아 베를 짜는 방법을 배우는데 어머니는 하나하나 열심히 가르친다. 처음 베를 짜보는 아낙은 무척 어려워하며 허리가 아픈 모양이다. 베틀 끌 신을 끌고 꾸리에서 실을 뽑아 북을 찌르고 바디를 치는데 서툴다. 하루아침에 되는 일이 아니니 연습을 많이 해야 되고, 여자가 길쌈을 하고 베를 짠다면 완전한 주부가 되는 것이라는 것을 터득한다.

다음날 아침부터 식사를 마치고 모두 보리를 밟는데 석이가 성큼성큼 밟고 있으니 월동 전에는 보리가 웃자라도록 성큼성큼 밟으나 웃자라고 나면 보리가 추위를 견디지 못하기 때문에 상처를 주며 단단히 밟아야 한다고 말한다.

더구나 이번에는 눈이 왔으니 수분 공급이 잘 된다고 생각하지만 봄이 되면 눈이 녹아 흙과 틈이 생기게 되어 추위가 닥치면 얼게 되고, 녹으면 틈새 사이로 따뜻한 공기가 유입되어 토양 내 수분이 증발되어 봄철 가뭄 현상이 생기게 된다고 한다. 이때 잘 밟아줘야 흙 속에 수분이 존재하게 되어 뿌리가 흙에 잘 고정하게 되어 생육을 잘하게 되고, 따라서 그 뿌리로 인하여 흙도 유실을 막을 수 있다고 말한다. 마늘밭 보리를 밟고 나니 어둠이 내려 집에 오니 저녁 밥상이 차려져 있다. 큰방에 올라가니 할머니가 힘이 드시는지 누워 계신다.

17

할머니 치료

"석아, 아무래도 의원을 불러야겠다."
"돌팔이 한의사 말입니까?"
"그래 내일 읍내에 가기로 하고 우선 불러 진맥이라도 하자."
"네, 알겠습니다."
석이가 저녁을 먹자 옆 동네로 간다. 돌팔이 한의사를 대동하고 집에 오니 모두 기다리고 있다. 한의사가 왼손에 있는 동맥에 진맥을 한다.
"좀 어떻습니까?"
"맥이 많이 약합니다."
"왜 그런가요?"
"아무래도 노환인 것 같아요."
"게다가 낙상한 것이 문제인 것 같네요."
"그럼 약을 한 질 잡수시게 하지요."
"그럼 그렇게 해요."
한의사는 설진과 복진도 겸하여 하더니 고개를 끄덕이며 자리에서 일어난다. 석이보고 내일 오후에 집에 와서 한약을 가지고 가란다.

다음날 아침을 먹고 생원과 석이는 솔잎 갈비를 하러 간다. 석이는 산 중턱에서 갈비를 긁어 아래로 내리고, 생원은 긁어내린 갈비를 쳐서 몇 장을 만든다. 두 사람 분의 무더기가 만들어졌을 때 석이가 밑으로 내려온다.

"석아, 내가 보니 대들보가 될 만한 재목이 보인다."

"어디서요?"

"골짜기 가운데."

"그건 좀 휘었어요."

"산 마루턱에 가면 좋은 나무가 있어요."

"아 그래, 그러면 나중에 한 번 보자."

생원과 석이가 각각 갈비 한 짐씩 지게에 지고 집으로 온다. 석이는 점심을 먹고 난 후 윗동네 돌팔이 한의사에게 간다. 한의사가 한약 한 질을 준비해 놓았다. 감초하고 생강을 한 쪽씩 넣어 처음은 약불로, 그다음 중불로 천천히 달여 드시라고 한다. 부리나케 석이는 한약을 가지고 집으로 와 어머니께 드린다.

"이것을 잘 끓여야 한데요."

"생강 한쪽과 감초 한쪽을 넣으래요."

"그리고 처음에는 약불로, 나중에는 중불에 천천히 푹 끓이래요."

"알겠다."

어머니는 부엌에서 일을 하고 있는 며느리를 부른다.

"애야, 약탕기를 가져오너라."

"네, 여기 있어요."

"약탕기를 깨끗이 씻어라."

"그리고 물을 부어라."

"어느 정도 부을까요?"

"7부 정도 부어라."

"약 한 첩을 넣어라."

"불을 약불 정도로 우선 다려라."

"반 시간 정도 후에는 중불로 줄여라."

"알겠습니다."

어느 정도 시간이 흐른 후에 아낙이 어머니께 아뢴다.

"반 시간이 되었는데요."

"그러면 중불로 푹 끓여라."

"물이 반 정도 되면 내려라."

"삼베보를 가지고 오너라."

"깨끗이 씻어라."

"큰 대접을 밑에 받치고."

"삼베보를 그 위에 놓고 약을 부어라."

"너는 한쪽 끝에, 나는 다른 쪽에 쥐고 짜자."

약을 짜니 반 사발 정도 나온다. 어머니는 약사발을 마루에 두고 약간 식히며 아낙에게 약 찌꺼기를 한쪽 바구니에 담아두라고 하고, 나중에 재탕을 하라고 한다. 어머니는 약이 미지근할 때 할머니에게 드린다.

"할머니, 좀 일어나셔야겠어요."

"약을 드셔야지요."

"약까지 먹어야 하나?"

"아무래도 안 되겠어요."

"내일은 읍내 병원에 가봐야겠어요."

"아이고, 그만둬라."

"돈도 없는데."

"애비가 알아서 할 것입니다."

어머니는 약사발을 들고 할머니께 먹이니 할머니가 무척 쓴 표정을 하기에 아낙이 사탕 한 알을 입에 넣어준다. 어느덧 해는 기울어 저녁을 먹고 모두들 잠자리로 돌아간다. 동이 트기가 무섭게 생원은 쇠죽을 끓이고, 석이는 물을 길어오고 마당을 쓴다. 날씨가 좋아 그동안 내렸던 눈이 모두 녹은 것 같다. 그러나 앞산 마루턱에는 잔설이 고즈넉하여 바라보니 아름답다.

아침을 먹은 후 어머니가 아무래도 할머니를 병원에 모시고 가봐야 되는 것 아니냐고 하니 생원이 할머니를 모시고 읍내로 가려고 한다. 걸어서 신작로까지 갈 수가 없다. 하는 수 없이 소구루마에 할머니를 태우고 읍내로 가기로 한다.

어머니는 할머니가 추우실 것 같아 옷을 여러 벌 입히고, 이불로 할머니를 두루 싼다. 생원이 구루마에 타고 할머니를 부축하는데 송아지가 따라 나서려고 뒤쫓아와 마구간에 매어둔다. 떨어진 송아지 울음 소리가 메아리치니 생원이 석이에게 넌지시 말을 한다.

"석아, 송아지를 팔도록 하자."

"좀 더 키워 팔지요?"

"할머니도 아프시고 하니 준비도 좀 해야 하지 않겠느냐?"

"알겠습니다."

"다음 장날에 팔도록 하지요."

울퉁불퉁한 산길을 갈 때는 고통스러워하는 할머니를 모시고 가까스로 병원에 도착하니 할머니는 거의 지친 상태다. 사무실에 등록을 하고 한참 기다린 후에 진료를 받는데 의사가 이것저것 물으면서 문진을 하고, 청진기로 진찰을 하고, 피검사를 의뢰한다.

한참 기다린 후 결과를 말하기를 혈압도 높고, 간 수치도 높고, 소화 기능도 좋지 않다 하며 모두 노환의 증상이라면서 엑스레이 사진을 찍자고 한다. 얼마 후 나온 엑스레이 결과는 폐는 이상이 없는데 허리가 협착이 심하다고 한다. 별다른 치료는 필요하지 않다며 맛있는 음식이나 잡수시고 요양이나 시키라고 하며 필요하면 허리 보조대를 하라고 한다.

진료를 마치고 집에 오는 길에 허리 보조대를 하나 사서 복대를 하니 한결 움직이기가 좋다고 한다. 늦은 점심으로 국밥이라도 사서 드릴까 했는데 할머니가 앉아 있기가 힘이 든다 해서 빵을 사드리니 간신히 잡수신다. 갈 때와 달리 올 때는 생원의 부축을 받으며 구루마 위에서 거의 누워서 집에 돌아오니 할머니는 녹초가 된 몸으로 자리에 누우시는데 반가워 날뛰는 것은 송아지뿐이다. 어머니와 아낙이 할머니를 조심스럽게 들여다보며

"할머니, 괜찮으세요?"

"아이고, 나 죽겠다. 늘치가 나 죽겠다."

"병원에서 뭐라고 하던가요?"

"나는 몰라."

제1부. 농가 일상

석이가 노환이라고 말한다.

"그 말이야 나도 하겠다."

"사진도 찍고 피검사도 했어요."

"허리뼈가 많이 짜부라졌대요."

"그래서 복대를 하래요."

"피검사 결과는 간이고, 모든 장기 기능이 나쁘다네요."

"그야 나이가 많으니 그렇지."

"한약이나 잡수시고 기력을 보완하는 수밖에 없네."

어머니는 재탕 한 사발을 가지고 오며 할머니께 먹이시니 할머니가 간신히 잡수시고 잠에 빠진다. 어머니는 점심을 제대로 못 드신 생원과 아들을 위해 김치 국시기를 끓이니 국시기를 먹은 생원과 석이는 간만에 잘 먹었다며 피곤한 나머지 자기 방으로 가 잠을 잔다. 할머니가 편찮으시니 집안 분위기가 가라앉아 적막하다. 근심에 쌓인 생원은 석이를 부른다.

"내일은 상골에 가자."

"석아, 아무래도 안 되겠다."

"상골에 가서 묫자리를 정하자."

"그렇게 하지요."

"가는 김에 갈비도 한 짐 하구요."

묫자리는 평소 몇 군데를 봐놓았으나 아직 결정을 못 하였다. 한 자리는 평평해서 좋으나 약간 음지고, 한 자리는 햇볕이 들어와 좋으나 경사가 지며, 그리고 한 자리는 모두 좋은데 사토라서 훼손이 빨리 될 것 같다. 좌청룡 우백호를 따질 필요도 없이 결정하고 싶다.

다음날 생원과 석이는 송골로 가서 전에 봐놓은 세 자리를 다시 보니 아무래도 경사가 지더라도 햇볕이 잘 드는 곳이 좋을 것 같다. 그곳으로 확정한 후 온 김에 집을 지을 재목도 본다. 석이가 봐놓은 산마루턱에 가보니 역시 양지쪽에서 잘 자란 아름드리나무가 있다. 굴곡이 없고 쪽 바르게 큰 노송나무라 대들보로 손색이 없다고 생각하고 낙점을 한다. 그 외 서까래할 나무를 몇 개 보고, 대부분 서까래는 기존 집의 것을 골라 쓰기로 한다. 대충 재목 될 나무를 보고 갈비를 한 짐 하는데 석이가 중턱에서 긁어내리고 생원은 장을 친다.

18

할머니 사망

　생원과 석이가 갈비 한 짐씩 하고 집에 오니 분위기가 썰렁하여 큰방으로 가니 어머니와 아낙이 고개를 숙이고 훌쩍이고 있어 할머니 임종이 임박하였음을 직감하고 의식을 잃어가는 할머니를 끌어안고 "어머니" 하고 부르짖는다. 할머니는 눈을 감았다 떴다 반복하는데 석이가 한의사를 불러올까 물어보는데 이미 늦었다는 생원의 말이 무겁다.
　다음날 할머니는 온 식구들이 보는 앞에서 생원의 가슴에 안겨 숨을 거두었다. 노쇠하여 기력이 없는 데다 읍내까지 갔다 왔으니 그것이 무리였다. 최선을 다한다는 생각으로 병원에 갔는데 역효과가 난 것이다. 어차피 돌아가실 분이지만 좀 더 사실 수 있었는데 후회가 된다. 81년이라는 이승의 생을 마감하니 때는 2월 말이다. 영등할머니 치마를 잡고 하늘로 올라가셨다.
　생원이 속광, 즉 코에 솜을 대고 숨이 있는가를 확인하니 절명한 것이 확인되어 온 식구들이 곡을 한다. 생원이 석이를 보고 초혼을 하라고 하니 석이는 할머니의 흰 저고리를 들고 지붕으로 올라가 왼손으로 옷을 흔든다. 할머니의 이름을 부르며 울면서 하늘에 고한다. 한 번 떠난 영혼이 돌아올 수야 있겠냐마는 동네 사람들이 외침을 듣고 짐작을 한다.

'석이 할머니가 돌아가셨구나.'

동네 사람들이 한 사람 두 사람 석이 집으로 속속 찾아와 마당에서 서성거린다.

"왜 돌아가셨대?"

"노환이지 뭐."

"아니야, 지난번 낙상 후유증이야."

"자리에 누워 계신 지 좀 되었어."

"며칠 전에 읍내 병원에 갔다 왔다며?"

"오히려 오가는 길에 여독이 겹친 거야."

"그렇다고 안 갈 수도 없지 않아?"

"그건 그래."

사람들이 마당에 불을 피운다. 추워서 불을 피우기보다 의례적으로 불을 피우고, 새벽이면 불을 끈다. 초혼이 끝나니 생원은 시신을 시상에 옮긴 후 작은집 형님, 아저씨들 중에서 호상, 축관, 회계를 담당할 사서 등의 담당자를 정한다. 생원은 입관할 관을 준비하고, 사서를 맡은 아저씨는 부고를 쓰고, 친지들에게 부고장을 보낸다.

부고

부고 한 장 바람 편에 날아든다
가랑비가 창문에 빗살치니

빗방울이 길게 눈물을 흘린다
생로병사 그 여정 짧고 길 뿐인데
슬픔에 목을 매는 사람들
여백도 보이지 않는
삶이란 의문에
서산을 날으는 기러기 눈을 끈다

    어머니는 소반에 밥 세 접시, 동전 세 닙, 짚신 3켤레를 담아 대문간에 사자밥으로 차려둔다. 의식에 따라 장례가 치러진다. 시신을 반함한 후 소렴, 대렴을 거쳐 성복을 하여 문상을 받고 치장을 한 후 상여를 준비하고, 신주를 만들어 설치하고, 천구를 한 후 발인을 하여 하관을 하는데 생원은 호상들과 함께 산신제와 개토제를 지낸 다음 관에 채워 넣은 옷 등을 빼내고 부드러운 흙으로 채운다. 그 위에 오른쪽 위쪽에는 雲 자와 아래쪽에는 亞 자를 넣은 후 명정을 덮는다.
    상두꾼들이 일곱 번 흙을 넣고 생원과 큰아들, 석이가 흙을 세 번 관 상중하에 뿌린다. 모두 흙을 채우고 봉분을 만든 후 평토제를 지내고 하산을 한다.

하관

인연들이 끈을 놓는다
흙이 벌린 손을 보고 있다

1미터 넓이, 길이 2미터 흙의 손

인연이라며 받아주는 순간

말없이 받아주는 흙에 고한다

당신을 밟고 다녔던 이력입니다

마지막 모태임을 압니다

흙으로 가는 이 순간

묵언으로 뒤돌아서는

우리들의 절연입니다

⑲
삼 년 만의 외출

생원은 빈소를 차리고 삼우제를 지낸 후 탈상을 하는데 마음에 슬픔이 가시지 않아 삼 년이라는 긴 세월을 빈실에서 할머니를 추모한 후 바람도 쐴 겸 대처로 공직을 맡고 있는 큰아들을 보러 길을 나서는데 가는 길에 여기저기 친지집도 들러 문상에 대한 감사 인사도 하면서 간다.

생원은 망설이기를 큰아들 직장으로 갈까, 아니면 집으로 바로 갈까 생각한 끝에 직장으로 가기로 마음을 먹는다. 재최복을 입고 3년상을 치른 양반의 모습으로 자기의 효성을 보이고 싶은 생각에 직장으로 가니 직원들이 아연질색을 하고 문전에서 박대를 한다. 생원은 큰아들의 성함을 대며 연락을 해주기 청하니 잠시 후 큰아들이 허겁지겁 맞이하며 의복 차림에 난감해한다.

"아버지, 우짠 일이세요?"

"3년상도 치르고 해서 바람도 쐴 겸 왔다."

"그러면, 연락을 하고 오시지요?"

"집으로 갑시다."

집으로 가는 길에 사람들이 쳐다보며, 아이들도 원숭이를 보듯 따라다니며 조롱을 한다. 큰아들이 생원을 모시고 집으로 들어가니 형수가 반가움보다 질색을 하며 옷부터 갈아입힌다. 골목에는 구경꾼이 따르고, 아이들은 신기한 듯 집 안을 들여다본다.

"아버님, 왜 상복을 입고 오셨어요?"

"야야, 상주가 상복을 입어야지."

"탈상을 벌써 했지 않나요?"

"그러나, 나는 3년을 모신다."

생원은 무언중에 자식들이 본을 받기 바라는 마음이지만 세상은 그렇게 돌아가지 않는다. 그로 인해 이웃들과 직장 직원들에게 웃음거리가 되는 형국이다. 큰며느리는 장례에 참여하지 못해 죄송하다는 말을 하고, 생원을 집 안 욕실에서 목욕을 시키고, 옷을 갈아입히고 식사를 챙겨드린다.

방은 건넛방에서 기거토록 하고, 여독을 풀도록 쉬시도록 한 다음 장례 때 참석을 못한 미안한 감이 더해져 시장에 가서 장을 많이 본다. 생원이 좋아하는 고등어, 갈치 등과 과일을 산다. 오후 다섯 시가 되어 큰아들이 퇴근을 하니 며느리는 큰아들에게 앞으로 생원이 밖에 나갈 때는 평복으로 갈아입고 출입하도록 조치하라고 잔소리를 한다. 정답은 없는 것! 로마에 가면 로마법을 따라야 한다는 그것이 보편적 진리다. 생원은 그것이 효도라고 생각하지만 도시에 나오면 원숭이 취급을 받고 있으니 핫바지 저고리에 조끼를 입은 모습으로 변신을 하고 보니 훨씬 날렵하고 간편한 모습이다.

생원은 식사를 한 후 이곳저곳을 기웃거리며 산책을 하고 집에 와서 잠을 청한다. 라디오는 들어도 귀에 잘 들어오지 않으니 가끔 명심보감이나 사자소학을 읽고 소일하기로 한다. 일주일을 지낸 후 갑자기 갑갑한지 시골집으로 간다고 하여 마침 주말이라 큰아들은 생원을 모시고 주위 절에 구경을 간다. 생원이 줌치에서 꼬깃꼬깃 챙겨둔 돈을 끄집어내어 시주를 한다. 절에 간 사이 큰며느리는 시골에 가지고 갈 물건으로 마른 생선도 사고 간조기, 간고등어도 사고 미역, 다시마 등등 해물들도 챙긴다.

다음날 큰아들은 생원을 모시고 버스역까지 가서 표를 사서 드리고, 용돈도 드리며, 잘 가시라고 배웅을 한다. 생원이 아직도 정정하니 별로 이별의 애틋함이 보이지 않는 가운데 버스는 먼지를 일으키며 시야를 벗어나고 있다.

자갈을 튀기며 신작로를 달려 생원은 큰아들 집에서 일주일도 못 있고 집으로 돌아온다. 도시에서는 친구도 없고, 할 일도 없고, 누룽이도 없으니 심심하기 짝이 없었다. 소 마구간 앞을 지나며 누룽이 머리를 쓰다듬어 준 후 큰며느리가 사준 옷이랑, 어물이랑, 과자랑, 과일을 펼쳐 보인다. 맛있게 잡수라고 말할 할머니도 없으니 마음이 썰렁하다.

"다들 어떻게 지내요?"

"잘 지내고 있어."

"재최복 차림 때문에 놀랐지요?"

"아이들이 졸졸 따라다녀서 귀찮았지."

"그것 보세요, 아들 창피나 시키고."

"창피는 무슨 창피, 당연히 입어야지."

"세상이 그렇지 않아요."

"아들 직장에는 안 갔겠지요?"

"왜 안 가? 갔지."

"아이고, 아들 창피나 시키고."

"뭐, 아들 체면도 생각해야지."

석이가 보이지 않아 생원이 행방을 물으니 나무하러 산에 갔단다.

20

집 재건축

생원은 고단한 몸을 이끌고 사랑으로 가서 한숨 잠을 잔다. 저녁 나절이 되어 석이가 나무를 한 짐 하고 집으로 들어와 생원이 온 것을 알고 사랑으로 내려가 잘 다녀오셨냐고 인사를 하니 생원은 석이를 보자마자

"탈상도 끝났으니 집을 짓도록 하자."

"재목만 물색하지요."

"농사철이니 농사 준비를 하도록 해야지요."

"그래 그렇게 하자."

"거름을 논밭으로 쳐내어야겠다."

"그리고 보리 깜부기도 뽑아야겠고."

"모든 밭에 김도 매고 웃거름도 줘야겠네."

"텃밭에는 거름뿐만 아니라 씨앗도 챙겨야지."

"어머니, 씨앗은 무슨 씨앗을?"

"봄배추, 봄무 그런 것이지."

생원과 석이는 보리밭에 가서 깜부기도 뽑고, 김도 매고, 웃거름 주는 일로 며칠을 보내고 나니 별로 할 일도 없고 해서 집 지을 재목을 준비하기로 한다.

"석아, 오늘은 산에 가서 재목을 좀 준비하자."

"네, 알았습니다."

"누룽이를 끌고 갈까요?"

"그래야지. 나무를 베고 싣고 오게."

생원과 석이는 구루마를 끌고 산으로 간다. 산에는 산기슭을 따라 제법 널찍한 농로가 있어 산 밑에 구루마를 세워놓고 누룽이를 풀어준다. 삼월이 되어가니 산에도 들에도 제법 푸르고 붉다. 석이는 대들보로 사용할 나무를 보니 겉모습이 붉고 수려해 좋은 재목이라고 생각하고 가지를 치고 윗부분을 삼칸집 대들보 길이에 맞게 자르고, 용마루에 쓸 나무도 좋은 소나무로 잘라 굴러 내렸다. 오늘은 이 정도 작업만 하고 집으로 옮기기로 한다.

소 구루마를 산 밑에 바짝 붙이고 대들보와 용마루 재목을 간신히 실은 후 집으로 오는데 농로가 곳곳이 함몰되어 바퀴가 빠져 험난하다. 누룽이가 힘들다고 생각한 나머지 생원과 석이는 집에까지 구루마 뒤를 밀어주어 텃밭 한쪽에 재목을 내려놓는다. 금년에는 채소를 일부밖에 심을 수 없다고 생각하면서 일단 집을 지을 자재 거치장으로 텃밭을 사용하기로 한다.

다음날부터 나무껍질을 벗기고 손질을 한 후 재목을 말린다. 새 집을 짓고자 하는 것은 지금 집이 오막살이 초옥이라 기와도 올리고 작은방에 앞 마루가 없어 비나 눈이 오면 불을 때기가 힘들어 마루 밑으로 아궁이를 만들어 불을 쉽게 땔 수 있도록 하려 하는 것이다.

그동안 기거는 어머니는 사랑에서 하고, 석이 부부만 전과 같이 아래채 방에 그대로 살고, 가구들은 전부 고방으로 옮기기로 하는데 집을 허물어 나오는 재목들과 주춧돌, 기둥은 그대로 쓰기로 하고, 집 구조만 바꾸는 것으로 뼈대는 재활용하려는 것이다.

"어버지, 기왕 짓는 김에 방도 키우고, 부엌도 좀 신식으로 개조를 하지요?"

"무슨 소리? 그럴 필요 없다."

"지금까지 이 방 위에 이 규모로 살아보니 큰 액운이 없고 잘 살았다."

"조금이라도 벗어나면 안 된다."

"그러면 무엇하러 집을 짓나요?"

"구둘도 새로 놓고, 앞 마루도 놓고, 작은방 아궁이도 불편해서 짓는 것이지."

"또 초가에 기와를 올리자니 그렇지."

생원과 석이는 우선 지붕에서 짚으로 엮은 용마름을 먼저 내린다. 그다음 이엉을 한 겹씩 내린 후 처마 마름을 내리고, 이엉을 마저 걷어낸다.

다음날 지붕 서까래 위에 물을 막는 짚, 청솔가지 등 군새를 내리고, 흙을 받치고 있는 싸리나무, 대나무 등으로 만든 산자를 뜯어 내린다. 그다음 이엉을 엮은 마름 새끼나 지붕 전체를 가로 세로로 엮은 고사 새끼 등을 전부 낫으로 짤라 내리니 지붕이 뜯기고 집이 휑해진다. 어머니와 아낙은 조석뿐만 아니라 새참을 하느라 바쁘고, 때맞추어 물건을 정리하고 챙겨주자니 더더욱 바쁘다. 그 사이 기와가 도착하여 텃밭에 재어둔다.

다음날 집 마당에 흩어져 있는 짚들과 새끼들, 나뭇가지들을 텃밭으로 옮기며 벽체를 헐기 시작한다. 벽체는 황토흙과 짚을 쓸어 벽돌을 만든 것이라 쉽게 흘린다. 석이가 목갱이와 괭이로 툭툭 치니 주저앉자 대들보와 용마루가 드러나 이들을 뜯어 내린다. 그다음 그들을 받치고 있던 보아지를 뽑고 나니 어머니가 점심을 먹고 하라고 한다.

서둘러 점심을 먹은 후 서까래를 받쳐주는 종도리도 내리고, 지붕 높낮이를 유지하는 마루 대공도 들어내고, 마루 대공을 꽉 잡아두는 뜬보도, 도리도 뽑고, 지붕 양쪽 면에 있는 박공도 해체해 내린다.

그다음 주두를 뽑고 이들을 서로 잡아주는 창방을 뽑은 후 서까래를 모두 들어낸다. 서까래는 일부를 제외하고는 그대로 사용해도 괜찮을 것 같다. 지붕의 무게를 분산하는 긴 장여를 뽑고 나니 집의 마지막 골격인 기둥이 드러나는데 어머니가 저녁식사를 하라 한다. 아낙이 안쓰러운지 옷에 묻은 먼지를 털어주는데 생원이 저녁밥을 먹으면서 수고하였다고 말을 하며 내일은 구들장을 뜯자고 한다.

고단한 밤이 흘렀다. 생원이 새벽같이 부산을 떨며 마당을 정리하고, 재활용 재목을 정리하며, 용마루, 대들보, 종도리들을 옮기는데 석이도 함께 거든다. 아침을 먹은 후 생원이 구들장을 한장 한장 들어내며 이것도 재활용할 작정이라며 텃밭 한쪽에 재어둔다.

구들 통로인 고래가 중간중간 막혀 있는 것을 보니 방이 골고루 따스하지 않은 사유를 알았다. 보아지, 창방, 주두, 뜬보, 도리, 박공을 잘 챙겨두고 기둥을 들어내니 주춧돌만 보이는데 생원은 절대 주춧돌을 옮기지 말라며 그 자리에 그대로 집을 안치기로 한다. 구석에 있는 기둥은 구멍이 2개이고, 가운데 있는 하방은 구멍이 3개다. 생원은 구멍 하나하나를 다시 정교하게 손질하고, 기초 지반을 점검한 결과 잘 다져져 있고, 주춧돌도 상한 것이 없어 원위치 그대로 기둥을 다시 세우므로 재건축을 시작한다.

문제는 지붕이다. 대나무로 산자를 깔고 적심과 느리개를 설치하고, 그 위에 보토 작업을 한 후 기와를 얹으려고 하니 기와 굽는 아저씨가 반대를 한다. 그러면 기와가 무거워 못 견딘다고 하여 할 수 없이 판자를 깔고 가로, 세로 각목을 대고 기와를 깔기로 하는데 읍내에서 판자와 각목을 싣고 오는데 며칠을 기다린다.

수고가 많은 것은 석이와 누룽이다. 생원은 추가되는 돈 걱정에 머리가 아프나 할 수 없는 일이다. 지붕을 개판하고 가로, 세로 각목을 대는 일에만 또 며칠이 지난다.

드디어 기와를 올리는데 기와 아저씨가 기와를 쌓기로 한다. 기와 아저씨는 지붕 위에서 기와를 받고, 생원과 석이는 지붕 아래서 기와를 올리니 사다리가 휘청거려 올리는 작업이 쉽지 않다. 아저씨는 암기와를 먼저 나란히 깔고, 숫기와를 까는데 그 사이 황토흙으로 채우며, 지붕은 빗물 처리가 우선이라 한다. 이곳은 강우량이 적기 때문에 물이 흐르는 각도를 작게 하여 물이 완만하게 흐르게 한다고 한다.

구들을 놓기 시작하는데 연기가 잘 통과하도록 고래를 뚫고 나니 아궁이와 고래, 굴뚝이 서로 잘 연결되어 연소가 잘 된다. 온돌이 전체적으로 따뜻하도록 설치되었다고 생각하고 생원은 재활용으로 뜯어낸 구들장을 하나하나 놓는다. 한편 석이는 벽체를 만들 황토흙을 구하러 간다.

"아버지, 황토흙은 어디가 좋을까요?"

"저수지 위편이 좋겠다."

"구루마도 들어가기 좋고."

"서너 구루마 정도면 될까요?"

"아니다, 많이 든다."

"대여섯 구루마 정도는 싣고 와야 한다."

석이는 누룽이를 쓰다듬으며 오늘 좀 더 고생해야 한다고 타이른다. 문밖을 나와 저수지 쪽으로 올라가니 송아지가 뛰어다니며 자유를 만끽하는 듯 분방하다. 구루마를 저수지 옆에 세워놓고 누룽이를 풀어주니 누룽이와 송아지가 어울려 봄날 돋아난 새 풀을 즐겁게 뜯는다.

석이는 삽으로 황토흙을 퍼서 구루마에 싣는데 붉은 황토흙 냄새가 구수하다. 한 구루마 가득 싣고 집에 돌아와 텃밭 한구석에 막상 내려놓고 보니 정말 얼마 되지를 않는다. 날이 어두워 모두 일손을 놓고 저녁을 먹는다.

다음날 아침부터 석이는 황토흙을 파서 나르며 계속해서 몇 구루마를 더 싣고 온다. 점심을 먹은 후 석이는 짚을 쓸고, 생원은 황토흙을 채로 쳐서 미세하게 만든다. 생원은 흙벽돌 틀을 만들고, 황토흙을 넣고 발로 디뎌 벽돌을 만들어 음지에서 서서히 말린다. 석이가 함께 작업을 하는데도 며칠이 걸릴 것 같다.

"석아, 엄마보고 감자풀을 좀 끓이라고 해라."

"황토 반죽을 만들어야 하니 한 다라이는 끓여야 할 것이다."

"황토에 세면을 좀 섞으면 되지 않겠어요?"

"좀 섞으면 되는데 그래도 감자풀을 넣어야 접착이 잘 된다."

"네, 알겠습니다."

석이가 아낙에게 감자풀을 한 다라이 끓이라고 말한다. 아낙이 감자풀을 어머니와 함께 끓여 가지고 오니 생원은 벽돌을 쌓고 황토 반죽을 칠한다. 그다음 창문틀을 끼우고, 또 벽돌을 쌓고 황토 반죽을 붓는다. 벽을 쌓고 창호를 넣으니 어느 정도 윤곽이 잡혀 앞 마루를 깔고 툇마루를 깔려는데 나무판자가 턱없이 모자라 석이보고 제재소에 판자 배달을 독촉하라고 한다. 사실 며칠 전에 주문을 하였으나 아직 조달이 안 되고 있어 독촉하는 것이다. 우선 일부라도 보내라고 아우성을 치는데 판자가 오기 전에 황토 반죽을 몇 번 덧칠하여 비가 새지 않도록 한다.

그리고 방바닥도 다진 후 황토 반죽을 칠하여야 하는데 미장은 기술을 요하므로 기와 아저씨에게 부탁한다. 큰방, 작은방을 마치고 나니 하루가 지났다.

드디어 판자가 도착하여 마루를 깐다. 마루 밑에는 어느 정도 공간을 확보하여 신발, 공기구 등 잡동사니를 넣을 수 있는 수납공간을 만들기 위해 양쪽과 중간에 받침목을 설치한다. 작은방에는 불을 땔 수 있는 아궁이를 만들 수 있도록 받침목을 높이 세우고 땅을 파서 아궁이를 설치한다.

천정과 벽을 깨끗하게 회색으로 미장을 하고, 장판을 바르고 마루를 깔고 광을 내니 이제 번듯한 새집이 되었다. 며칠 동안 집 전체를 건조한 후 고방에 있는 짐을 옮긴다. 어머니는 대청마루가 제일 좋다며 쌀두지부터 들여놓는데 한쪽에는 다듬질돌을 놓고 한쪽에는 베틀을 놓는다.

다행히 대청마루 밑에도 구들을 놓고 미장을 해서 춥지를 않아 좋다고 하고, 대청마루 여닫이문도 단단할 뿐 아니라 자물통이 묵직해 마음에 든다고 한다. 여닫는 창호문은 모두 한지로 발라 방이 밝고 우아하다.

어머니는 큰방에 작은 농 두 짝을 웃목에 들여놓고, 방 위쪽에는 수납공간을 만들어 잡동사니를 넣는다. 건넛방에 거처하던 아낙은 작은방으로 짐을 모두 옮기니 신혼방같이 아늑하다. 작은방 앞에는 높은 마루가 있고, 그 밑에는 아궁이가 있어 불을 마음대로 땔 수가 있어 추위는 이제 잊어도 될 것 같다. 종전에 사용하던 아랫방은 이제 창고로 쓰기로 한다.

그동안 집을 짓느라 거들어주고, 조석도 정성껏 차려주던 어머니도 아낙도 많이 지쳐 있다. 집 짓는 일이 정말 쉬운 일이 아니라며 남정네들보다 도와주는 여인네들이 더 힘이 든다며 고생은 하였지만 멋진 새집을 보니 행복하단다. 이제 이 집에서 오래 행복하게 살자고 마음을 다진다.

다른 사람들보다 집을 짓는 데 오래 걸리다 보니 벌써 삼월이 지나고 보니 행복에 겨운 것도 며칠이다. 그동안 못한 농사일을 서둘러 하지 않을 수 없어 생원이 일머리를 굴린다.

"오늘 이야기 좀 하자."

"할머니가 돌아가시니 목화니 길삼이니 그만두고 싶다."

"그럼 무엇하려구요?"

"글쎄, 생각해 보자."

아무도 반대를 하지 않으니 생원이 원하는 대로 따라갈 뿐이다. 그러면 금년 농사는 왕골이라 해봐야 얼마 되지도 않으니 벼농사 이외 감자하고 미나리밖에 없는 것이다. 부업으로 송아지를 입식 사육을 시도해 볼까 한다.

암송아지를 사서 원하는 가정에 맡기면 그 집에서는 소를 먹이게 되고, 송아지를 놓게 되면 송아지는 우리 몫이 되고, 숫송아지가 나면 팔면 되고, 암송아지는 또 다른 가정에 또 위탁 사육을 시키면 여러 마리 송아지를 얻게 되는 것이니 괜찮을 것 같다. 생원의 말에 아무도 이의를 달지 않는다.

새로 집도 지었으니 적당히 농사를 지으면서 송아지 숫자 불어나는 재미로 살면 되겠다고 생원이 생각하는데 사람 사는 일이 뜻대로 되는 것은 않는 것 같다.

21

어머니 사망

갑자기 어머니가 돌아가신 것이다. 밤새 안녕이라고 하더니 잠을 주무시던 어머니가 갑자기 돌아가신다. 사랑에서 아버지와 주무시던 어머니가 가슴이 아프다면서 숨을 거두셨다. 집을 짓느라 과로하였을 뿐 아니라 신경을 많이 쓰신 탓인 것 같다. 원래 집을 짓고 나면 사람이 죽는다고 하더니 빈말이 아니다. 집 짓는 일이 그만큼 힘이 든다는 반증이 아니겠는가.

생원은 넋이 나간 사람같이 사랑에서 서성거리기만 한다. 석이가 돌팔이 한의사를 부르고 동네방네 부고를 알린다. 지붕 위에는 흰옷이 날리고 혼백을 부른다. 달려온 한의사는 고개를 떨구고 이미 늦었다고 한다.

아낙은 무엇을 어떻게 해야 하나 망설이고 있다가 정신을 가다듬고 지난 일을 생각한다. 할머니 돌아가셨을 때 어머니가 하였던 일을 상기하며 부엌일을 챙긴다. 불과 4년 전의 일인데 일이 두서가 없다. 그때는 어머니가 시키는 대로 하기만 하였는데 이제 스스로 알아서 해야 한다.

사람들이 어느새 모여서 마당에 불을 피우고 웅성거리는 가운데 누군가 부엌일을 도우고 있다. 작은집 아지매하고 고모님 댁 아지매가 오셨기에 슬퍼서 눈물이 나기도 하고, 고마워서 눈물이 난다. 동네 사람들이 멀쩡한 사람이 어떻게 돌아가셨대 하며 주위를 돌아본다. 바쁜 와중에 작은집 아지매가 물어도 아낙이 얼버무리며

"저도 모르겠어요."

"사랑에서 주무시다가 갑자기."

"근래 아프셨는가?"

"아니요, 갑자기 가슴이 아프다며 숨을 거두었어요."

"심장마비네."

"집을 짓는다고 과로하더니."

"아참, 신경통 알약을 먹었답니다."

"맞아, 그것 조심해야 하는데."

"그 환약이 독하다고 하던데."

대청마루에서는 어른들이 부고를 쓰고 호상, 축관을 담당할 사람을 정하고 있다. 생원은 사랑에서 넋을 잃은 사람같이 자리하고, 석이가 동분서주하고 있다. 아낙은 작은어머니가 시키는 대로 대문에 사자밥을 차려둔다. 석이는 할머니 장례 때와 같이 반함을 하고 소렴, 대렴을 치룬 후 상여를 준비하고 발인을 한다. 하관을 할 때는 억장이 무너지는 것 같았다. 할머니 때와 같이 삼우제를 지내고 바로 탈상을 한다.

귀토(歸土)

애써 하늘을 바라보며

나 흙으로 돌아가지 않으리라

아쉬워 서성거리지 않도록

하늘에 기도만 할 뿐

쌓아올린 미련에 겨워

머뭇거리지 않으리라

몸을 비워도 가벼운 마음

촛불도 제 몸 태웠던 그 시절이

빛이었음을 알 듯

흙으로 돌아가는 순간

하늘을 생각하지 않으리라

하늘에 연연하는 모습으로

흙으로 돌아가지 않으리라

깍지손 느슨할 때

비탈진 지붕이 바람을 쓸어내리고 있다

그들은 깍지손을 끼고 가지런하다

느슨할 때 별들이 새고 달이 새고 하늘과 우리는 직선거리

깍지를 끼고 있을 때는 손은 후회가 없다

어머니는 검지를 잡고 있었지

잡는 쪽은 내가 아니었다

느슨할 때는 지붕 위에서 옷을 날리고 있었어

수직으로 다가서는 하늘을 안았지
너무 기울었던 지난날이었어

생원은 석이가 하는 탈상까지의 과정을 지켜만 본다. 그 후 어딘가 정처 없이 떠나고 싶어 한다. 한편 농사일이 걱정이 되지 않는 것도 아니니 우선 벼농사 파종은 하고 가야겠다고 생각한다. 자기가 떠나고 나면 석이 혼자서 하기가 걱정이 된다.

생원은 석이와 함께 모판을 만들고, 파종을 하며 몇 달 뒤에는 모를 심을 수 있도록 육모가 되겠지 미루어 생각한다. 생원은 멍하니 하늘을 쳐다보며 석이에게 말을 한다.

"석아, 미안하다."
"아무래도 타처에 좀 다녀와야겠다."
"마음을 다스릴 수가 없구나."

22

생원의 유랑

"모판도 만들어 두었으니 농사는 너가 알아서 지어라."
"아버지, 집에서 마음을 좀 추스르시지요?"
"아니다, 아무래도 바람을 좀 쐬고 와야겠다."

다음날 이른 아침 생원은 외출복을 갈아입고 외출을 한다. 집에 있으면 허전하기 때문에 무작정 타처로 길을 나서는 것이다. 유원지나 공원 정자에서 대금이나 불고, 시조도 읊고, 글을 쓰고 싶다. 주위에 사람들이 모이면 글을 써서 한 장씩 주고 사례를 하면 그 돈으로 기식을 한다. 생원은 한 걸음 더 용기를 내어 관청으로 찾아간다. 관청에 가서 무조건 군수나 읍장을 면회하자고 하니 비서실에서는 면회를 거절하기 십상인데 고집을 하는 노인을 그냥 보낼 수 없어 용돈을 집어주는데 생원은 이를 거절하며 그 대신 글을 한 장 써서 군수에게 전하라 한다. 비서실에서는 더 많은 돈을 주며 돌아가시라고 간청하니 생원은 못 이기는 척하며 사례금으로 그 돈을 스스럼없이 챙긴다.

생원은 그렇게 소일하며 유랑을 한다. 어머니도 가고 마누라도 가니 세상사 이래 살던 저래 살던 무슨 상관이냐 하는 듯 인생이란 뜬구름 같은 것, 모든 것이 허전할 뿐이라고 생각한다. 앞으로 막내

아들과 며느리 그늘 밑에 살 것 생각하니 집에 들어갈 생각이 없다.

한편 석이와 아낙은 호젓함을 느낀다. 단둘이 오래간만에 오붓함을 느끼며 자유로움에 젖어 있는데 북적거리던 식구들이 보이지 않으니 적막강산 같아 무엇을 해야 할지 손에 잡히지를 않는다.

오월이 가기 전에 왕골 모종을 심어야 하는데 생원이 없으니 방치하다시피 하며 마늘을 심는다. 생원이 돌아온다 하여도 돗자리를 같이 짤 사람이 없으니 어차피 짤 수가 없다. 사람 한 사람이 가고 없으니 가정살이도 질서가 바뀌어 길쌈도 할 수 없고, 돗자리도 짤 수가 없다. 이제 미나리나 가꾸고, 감자나 심고, 보리나 재배하며 벼농사나 지어야겠다고 생각한다.

송아지 입식은 생원이 알아서 하겠지 하고 신경을 쓰고 싶지 않으나 누룽이만큼은 잘 키워야겠다고 한다. 누룽이가 요즈음 또 상내를 내니 새끼를 놓을 기회가 온 것이다. 팔침재에 한동안 풀어두었더니 좋은 신랑을 만난 것 같다. 수의사를 불러 누룽이 몸 상태를 한 번 진단하고 싶다. 벌써 들에는 보리가 영글어 가니 머지않아 보리 수확을 해야 할 형편이다.

석이는 누렇게 익어가는 들판을 바라보며 목화밭으로 가는데 단감나무 묘목이 어느 정도 자랐는지 보려 한다. 재식을 한 지 2년이 넘고 보니 목화밭은 단감나무밭으로 모습이 변해가고 있다. 할머니 얼굴이 스쳐 간다. 목화를 그토록 사랑하셨던 할머니 모습이 생각나 한구석을 차지하고 있는 널따란 바위에도 앉아보고, 쪽샘에도 가보니 그들은 변함 없이 그 자리에 있었다. 변한 것은 사라진 목화밭과 할머니다.

　서둘러 단감밭에 퇴비도 뿌리고 가지치기를 해야겠다고 생각하며 집으로 돌아오는 길에 이장 집에 가서 수의사를 불렀다. 지금은 바쁘니 며칠 후 한 번 들리겠다고 한다. 석이는 집에 오자 누룽이를 앞세워 퇴비를 실어내고 구루마가 갈 수 있는 데까지 퇴비를 목화밭 입구까지 옮긴 후 밭 입구에서 바지게에 옮겨지고 밭에 나누어 무더기를 쌓는다. 소 구루마에 실어 옮겨도 하루에 몇 회밖에 할 수가 없고, 새참도 점심도 전부 집에 가서 오가며 먹으니 일이 더디다. 아낙도 집 살림을 혼자 알아서 처리해야 하니 석이를 도와줄 수가 없고, 채소도 가꾸어야 하니 여념이 없다.

　석이는 단감밭에 퇴비를 옮기고 살포하자니 며칠이 걸릴 것 같은데 전지를 또 해야 하니 걱정이다. 퇴비 살포를 마친 후 아침 일찍 전지를 하러 집을 나서니 벌써 감꽃이 나무에서 피고 있다. 적당한 간격을 두고 가지를 짜르고 감꽃을 속아내려 한다. 감이 크게 자라기 위해서는 불가피한 작업인데 가지를 자를 때마다 석이의 마음도 아프다. 가지도 감꽃도 그대로 두면 좋을 것 같은데 좋은 과실을 얻기 위해서는 구조조정을 해야 하기 때문이다.

제2부

사랑과 허물

# 01

사랑의 유혹

석이가 전지를 하고 있는 사이 수의사가 집에 들렀다. 아낙이 반색을 하며 마중을 하는데 순간적으로 가슴이 방망이질을 하는데 볼수록 지난날 오빠와 너무나 닮았다고 생각하는 순간 수의사와 무의식적으로 눈이 마주친다. 눈의 말과 입의 말이 언제나 다르다.

석이가 누룽이를 한 번 봐달라고 해서 시간을 내었습니다 하니 아낙은 소마구 쪽으로 그를 안내하며 임신이 궁금하다고 한다.

수의사는 누룽이 분변을 세 방울 정도 채취한 후 키트 같은 것으로 판독하는데 확신이 안 가는 눈치다. 며칠 후 다시 한번 보자고 하는데 아낙은 마치 자기가 임신 테스트를 받는 느낌이다.

수의사가 테스트를 끝낸 후 물 한 그릇을 청한다. 아낙이 부엌으로 가서 물을 한 사발 담아 나오는데 수의사가 부엌문에 서 있다. 흠칫하면서 물그릇을 건네는데 물그릇을 받아든 그가 다른 손으로 아낙의 손을 쓰다듬는다. 아낙은 순간 얼굴이 붉어지고 가슴이 두근거리는데 다른 사람이 혹시 보지를 않나 싶어 재빨리 손을 뿌리친다. 그러나 싫지는 않다. 손 하나에 온몸이 나른해지는 느낌이다. 수의사가 뒷모습을 보이면서 야릇한 미소를 띄우며 나간다. 다음에 또 들리겠다는 말을 남겨놓는데 그 말이 몹시 기다려진다.

제2부. 사랑과 허물

석이는 열심히 단감나무 가지를 자르고 있다. 수의사가 자기의 꽃을 꺾으려 하는 것을 짐작도 못하고 그는 감꽃을 솎으면서 아낙을 생각하고 있다. 해가 서산으로 기울어 집으로 걸음을 재촉하는데 도착하니 아낙이 부엌에서 나오며 반색을 한다. 오늘 고생이 많았네요 하며 감꽃은 잘 솎았냐고 묻는다. 아낙은 저녁식사를 준비하고 있는 것 같은데 다른 때보다 상냥하다고 생각하지만 별로 이상하게 여기지 않는다.

"오늘 수의사가 다녀갔어요."

"뭐라고 해?"

"임신인지 아닌지 확실하지 않다고 하네요."

"그래서?"

"다음에 또 오겠다고 하네요."

"다음에 오면 예방주사도 물어봐."

"네."

석이는 세수를 하고 저녁상을 받으니 아낙도 겸상을 한다. 북적대던 지난날이 그립기도 하지만 지금 호젓한 생활도 싫지는 않다. 저녁을 먹은 후 오늘 따라 마실을 가고 싶기에 아낙은 아저씨 댁으로, 석이는 친구 원이 집으로 간다. 친구 원이가 농을 건다.

"요즈음 단둘이 있으니 좋겠다."

"좋기는, 심심해."

"수의사가 너의 집에 가던데?"

"응, 누룽이가 임신한 것 같아 봐달라고 했어."

"그래."

아낙도 아저씨 댁에 가니 아지매가 반긴다.
"어서 오게."
"웬일인가?"
"심심해서요."
"왜 서방님하고 둘이서 깨가 쏟아질 텐데?"
"그렇지도 않아요."
"석이 서방님은 바쁜가?"
"감나무 전지를 한다고 바빠요."
"감꽃도 솎아줘야 하는데."
"그것도 하고 있어요."

석이는 감나무 전지도 끝내고, 감꽃도 모두 솎았다. 이제 할 일은 미나리를 마저 베어 팔아야 하는 일이다. 아침에 일어나자 아낙에게 내일 장에 가야겠다고 한다.
"미나리를 베어 팔아야지."
"그러네요."
"새참이나 점심은 집에 와서 먹겠어."
"알겠어요."

석이는 누룽이를 몰고 구루마를 끌고 미나리밭에 가니 미나리가 잘 자라 검푸르다. 미나리를 베어 구루마에 싣고 집에 오니 점심이 차려져 있어 새참을 먹지 않은 터라 몹시 시장하여 허겁지겁 점심을 먹은 후 아낙과 같이 미나리 손질을 한다.
"당신 내일 뭐를 사줄까?"
"괜찮아요."

"그래도 이야기해봐."

"신발이나 한 켤레 사줘요."

"무슨 신발?"

"고무신 말고 납작한 구두."

"그것 비쌀 텐데."

"비닐구두는 싸요."

석이는 미나리 단을 잘 묶어 장으로 간다. 장에는 역시 사람들이 무척 북적거린다. 누렁이 잔등에서 미나리를 내려 전을 펼치고 누렁이를 매어둔 뒤 많은 사람들 중에 혹시 아는 사람이 있나 두리번거리며 미나리전을 펼치자 사람들이 모여 부리나케 팔린다. 누군가 소리를 지르기에 보니까 누이다.

"오늘은 너가 왔구나?"

"그래요."

"아버지는 어디 가셨어?"

"대처에 유람 떠나셨어."

"마음이 불안정하시군."

"그런 것 같아. 한 바퀴 바람 쐬고 오면 진정되시겠지."

"팔고 나면 점심이나 먹자."

"국밥집으로 갈게."

석이와 누이는 오랜만에 국밥집에 앉았다.

"올해 농사는 어떻게 하냐?"

"목화, 왕골, 삼은 모두 그만두기로 하였어."

"그렇지, 할머니도 어머니도 안 계시니."

"단감나무가 좀 머리가 아파."

"별로 소득도 없는데 괜히 시작했어."

"그럼 어떻게 하나? 기왕 시작한 것인데."

"봐서 사과나무로 바꿀까 생각해."

"그것 보통 일이 아닌데."

"내년에는 미나리도 그만둘까 싶어."

할머니가 돌아가시고 어머니마저 안 계시니 아버지도 마음을 붙이지 못하고 유람하고 있으니 아버지가 주도한 미나리 재배도 그만두고 싶다. 이제 아낙하고 둘이서 보리나 재배하고, 감자나 심고, 벼농사나 짓고, 둘이서 먹을 채소나 마늘만 심으려 한다. 단감나무도 금년의 결과를 봐서 정리하고, 송아지 입식도 중단하고 싶다.

석이는 누이와 헤어진 후 집에 오니 아낙이 마중을 하는데 아낙을 보는 순간 석이 안색이 변한다. 아낙에게 약속한 신발 사오는 것을 잊어버린 것이다. 누이하고 오랜만에 이런저런 이야기를 하다 보니 잊어버린 것이다. 석이가 난감해하는 것을 보고

"당신, 내 신발 안 샀어요?"

"아 아, 정말 미안해."

"누이하고 이러저런 이야기하다 보니 잊어버렸어."

"당신이 무심한 탓이지요."

아낙은 화가 난 듯 돌아서서 부엌으로 들어가니 순간 수의사의 손길이 좀 더 살가운 듯 그가 다정하게 느껴진다. 석이는 미안한 나머지 감자밭으로 가서 순도 자르고, 꽃도 따주는데 순은 한두 개만 남겨둔다. 감자가 튼실하게 달리도록 하는 것이다.

얼마 후에는 꽃이 필 것이고, 그때는 꽃대도 잘라주어야 하는데 일할 손은 적고, 할 일은 많다고 생각하며 순을 따는데 해가 저물고 있다. 집에 돌아와 저녁을 먹은 후 아낙과 마주 앉으니 아낙이 시선을 피하는 것 같다. 신발을 사오지 않아 섭섭함이 가시지 않아서 그런가 미루어 생각하지만 종전과 다르다는 생각이 든다. 가끔 멍을 때리는 모습도 그렇고, 뭔가 딴생각을 하는 것 같다.

다음날 석이가 아침 일찍 감자밭으로 간다. 꽃대를 자른다고 하니 아낙도 따라나선다. 둘이서 꽃대를 자르니 새참을 해줄 사람도 없고, 점심을 차려줄 사람도 없어 둘이서 집으로 돌아와 늦은 점심을 먹는다.

점심을 먹은 후 중참을 싸서 감자밭으로 가서 두 사람이 꽃대를 자르니 진도가 역시 빠르다. 감자밭에서 작업을 모두 끝내고 내일은 집 앞 논과 보리밭을 손보기로 하는데 텃밭 주위를 살피니 희안시스도, 튤립도, 채송화도, 작약도 만발해 있고, 돌담 밑에는 봉선화가 나란히 피어 있어 보기가 좋다. 하지만 그 많은 식구는 다들 어디로 가고 텅 빈 장고방에는 단지들이 햇볕에 졸고 있어 한적하기 짝이 없다.

보리밭 잡초를 뽑아야겠다고 생각하며 아낙과 둘이서 점심을 챙겨 보리밭에 간다. 고랑마다 잡초를 매고 깜부기도, 진딧물도 뽑아내며 논두렁에 앉아 점심을 먹는데 오가는 사람들이 말을 건넨다.

"생원이 보이지를 않네?"

"네, 아버지는 여기저기 유람을 다닙니다."

"마음이 허탈해서 다니는구만."

"역시 집에 마님이 없으니 마음이 허한 모양이지."

"그런가 봐요."

"아무튼 두 사람이 농사짓기 힘들겠네."

잡초를 매고, 깜부기를 뽑고, 진딧물을 제거하고 나니 저녁노을이 진다. 집에 들어서니 누렁이가 멀뚱거리며 쳐다보니 석이는 재빨리 눈치를 채고 쇠죽을 끓인다. 짚과 풀을 작두로 쓸고 솥에 넣어 쇠죽을 끓여주니 누렁이가 잘도 먹는다. 누렁이를 보니 확실히 임신한 것 같은 느낌이 들어 내일은 수의사에게 연락을 해보기로 한다.

벌써 6월이 접어들고 있으니 보리가 익고, 감자가 막바지로 영글어 간다. 보리를 베고 감자를 캐고 나면 본격적으로 벼농사를 하여야 하므로 석이는 모를 심기 위하여 논밭을 쓰레질하기로 한다. 미나리밭부터 갈아엎고, 쓰레질을 하고, 미나리도 더 이상 재배하지 않기로 하며, 보리밭이나 감자밭에도 수확을 한 후 전부 갈아엎어 벼를 심을 작정이다.

드디어 6월 중순으로 접어들어 햇볕이 따끈해 보리를 수확해야 겠다고 생각하며 석이와 아낙이 보리를 베기로 하는데 집 앞 논이기 때문에 별로 오래 걸리지 않는 것 같다. 새참도, 점심도 집에서 해결하며 하루가 저무니 거의 보리 수확을 마쳤다. 수확한 보리는 집 마당에서 타작을 해서 우선 가마니에 담아 두쥐에 보관한다. 내일부터는 감자를 캐기로 한다. 일손이 모자라니 아침 일찍 아낙도

팔을 걷어 올리고 앞장을 서려 하는데 석이가

"감자는 나 혼자 캐도 되는데."

"아니요, 나도 같이 해서 빨리 끝내야지요."

"수의사가 올지도 모르지."

"한 번 더 오기로 했는데."

02

사랑의 도전

아낙은 자기도 모르게 못 이기는 척하며 주저앉는다. 예감이라는 것이 있기는 있는 모양인지 점심을 준비하고 있는데 수의사가 들이닥친다. 수의사를 보는 순간 속과 다른 자신의 모습을 느끼며 겉으로는 태연한 척 인사를 한다. 수의사가 누렁이 앞으로 다가가더니 배를 보고 짐작이나 되는 듯 고개를 끄덕이며 누렁이와 인사를 나눈다.

누렁이를 한 번 쓰다듬고 밖으로 몰아내어 고삐를 소 마구간에 단단히 맨다. 전과 다름없이 엉덩이에서 분비물을 채취하여 키트에 담아 이리저리 들여다보며 바로 빙긋이 미소를 지으며 아낙을 쳐다본다. 아낙은 한 걸음 멀리 서서 지켜보고 있다.

"임신이 확실합니다."

"또 좋은 송아지를 보겠네요."

"감사합니다."

"석이는 오늘도 안 보이네요."

"감자밭에 갔습니다."

"물 한 그릇 부탁합니다."

아낙은 경계를 하면서도 마지못한 듯 부엌으로 들어간다. 물그릇을 들고 돌아서는데 벌써 그가 부엌 안에 들어와 있다. 순간 놀라 물그릇을 땅에 떨어트린다. 그릇 깨어지는 파열 소리와 함께 그의 손이 허리를 감아 들어온다. 가슴이 팔딱거리며 몸에 힘이 쑥 빠진다. 연체동물 같은 자신을 그는 바짝 끌어안으니 입술을 더듬고 있다. 무저항인지, 체념인지 그가 하는 대로 몸이 맡겨진다.

반항하지도 못하고 그를 원하는 듯 내숭을 떠는 자신을 자각하는 순간 아낙은 손을 뿌리치며 쪽문을 열고 후다닥 안방으로 몸을 숨긴 후 문고리를 안으로 잠근다. 수의사는 깨어진 물그릇을 주섬주섬 담더니 부엌을 빠져나와 살그머니 대문 밖으로 나간다. 남몰래 무엇인가 훔쳐먹고 입을 닦으며 설금설금 나가는 도둑고양이 행색이다. 그가 사라진 후에도 밀려오는 전율에 아낙은 몸을 한동안 가누지 못한다. 그의 입술 그의 손길이 온몸을 엄습하는데 황홀하기도 하고, 소름이 돋기도 한데 부도덕한 이런 행위가 나의 몸에 희열을 낳는다 생각하니 어리둥절하다. 석이가 점심을 먹으러 집에 오니 아낙은 죄지은 느낌이 들어 아양을 떨 듯 반색을 한다.

"어서 점심 잡수세요."

"국이 맛이 있네."

"오랜만에 토란국을 끓여봤어요."

"토란대가 더 맛이 좋아."

"아참, 수의사가 다녀갔어요."

"임신이래요."

"백신 맞추러 또 온대요."

"그래."

"금번에 맞추지 왜 또 오나?"

"모르겠어요."

석이도 수의사가 자주 들랑거리는 것이 마음이 쓰이는 모양인지 설마 그런 일이야 있으랴 하지만 남녀 간의 일이란 누구도 장담을 할 수 없는 일이라 하필 자기가 없을 때 오는 것이 탐탁하지 않다. 점심식사를 마치니 아낙이 자기도 함께 감자밭에 가고 싶다 한다.

"당신 혼자 힘이 드시지요?"

"저도 같이 가겠어요."

"집에 할 일이 많을 텐데."

"텃밭에 뭐 좀 심을까 했지만 내일 하지요."

"뭣을 심으려고?"

"상추, 부추, 쑥갓은 같은 것."

"울타리 부근에 옥수수, 강낭콩도."

"감자 수확이 급하니 같이 해야지요."

내숭을 떠는 자신이 스스로 생각해도 가증스럽다. 혹시 수의사가 오지 않을까 기대하였던 자신이 아니었던가. 자신이 생각해도 여자는 묘하다고 생각한다.

석이를 따라 감자밭으로 간다. 이미 절반 정도는 감자를 캐놓았기에 이랑 사이로 흩어져 있는 감자를 바구니에 담아 가마니 속에 채우며, 큰 것은 큰 것대로, 작은 것은 작은 것대로 분류를 한다. 감자를 캐고 보니 두 가마니는 족히 되어 반 가마니씩 옮기기 좋게 석이는 감자 가마니를 구루마에 싣고 집으로 향하니 노을이 등 뒤에서 노닐고 있다.

석이와 아낙이 구루마를 타고 같이 가니 정말 행복한 듯 보이지만 덜컹거리는 소달구지 위에서 엉뚱한 생각에 잠긴 아낙은 동상이몽인 것 같다. 수의사와 있었던 일이 덜컹거릴 때마다 생각 밖으로 튀어나온다. 석이와 자기 사이에 나만의 비밀이 있다는 것이 야릇한데 다음에는 어떤 일이 벌어질까 자기 자신을 가늠할 수가 없다. 금단의 사과가 그렇게도 맛이 좋을 줄을 몰랐다. 처녀 때 풋사과를 먹었던 그때와는 또 다른 감정이다. 철조망 넘어 감시의 눈초리를 느끼며 참외 쓰리를 하는 재미라 할까. 소달구지가 조용하다 싶을 때 집 삽작문 앞에 이르렀다. 석이와 함께 감자 가마니를 내려 광으로 옮긴다. 이제 광 열쇠는 아낙이 차지하고 있다. 세대교체가 아닌 실권 이양이 이렇게 쉽게 이루어지다니! 할머니의 승인을 받아 열어보던 광이 아니었던가. 광에 가득한 감자를 보니 부자가 된 느낌이다.

석이가 쇠죽을 끓이고 도량(마당)을 치우는 사이 아낙은 부엌일로 바쁜데 부엌에서 있었던 일이 자꾸 상기된다. 그의 혀가 아직도 자기 입속을 누비고 있는 느낌이다. 만약 그때 쪽문으로 자기가 도망가지 않았다면 무슨 일이 생겼을까 생각하니 모든 것이 부지불식간에 일어나는 것 같다.

6월은 정말 바쁘다. 감자를 캐서 보관은 하였으나 보리 수확을 해야 하는데 보리를 베는 것은 석이와 아낙이 하기에 버겁다. 품앗이를 들이기로 한다. 작은집과 아저씨 댁의 도움을 받아 하루 만에 모두 끝내고 타작을 한 후 보리를 곡간에 넣고 다음날 석이는 작은

집과 아저씨 댁 보리 수확에 품앗이 갚음을 한다. 이로써 보리 수확을 끝내고 석이는 감나무밭으로 간다.

"여보, 감나무밭에는 왜 가요?"

"약을 좀 쳐야 해서."

"지난번에도 치지 않았나요?"

"그때는 기계유를 쳤지."

"그 뒤에도 친 것 같은데?"

"그것은 석회유황 합제였어."

"이번에는 또 무엇인가요?"

"응, 이번에는 살균제와 살충제야."

"저도 갈게요."

"아니야, 몸에 좋지 않아."

"무슨 약을 그렇게 많이 쳐요?"

"할 수 없지."

"그것이 보통 일인가요?"

03

사랑과 허물

    석이는 약제와 분무기를 지고 감나무밭으로 간다. 아낙은 속으로 수의사가 누룽이 백신을 맞추러 올 것 같은 예감이 들어 자리를 피하고 싶어 석이를 따라나서야겠다고 생각하는데 마음 한구석에서는 그를 기다리고 있다. 석이의 만류를 못 이기는 척 받아들이는 자신이 가증스럽기도 하지만 자기 색시가 무슨 짓을 하고 있는지도 모르는 석이의 뒷모습을 보니 양심의 가책을 느낀다.
    들판 사이를 사라지는 석이를 바라보는 척하지만 실은 수의사가 오지 않나 두리번거리는데 모순된 자신을 비웃듯이 예상한 대로 수의사가 나타났다. 용케도 석이가 없는 틈을 그는 잘도 알고 찾아온다. 말 한마디 없이 누룽이 옆으로 가더니 머리를 쓰다듬고 엉덩이를 툭툭 친다. 그리고는 목 주위에 주사를 놓는 것같이 보이는데 아낙은 그를 대하기 민망하여 큰방으로 몸을 숨긴다. 천연스럽게 그를 마주할 수가 없는 것이다.
    그는 백신 주사를 놓은 다음 마치 자기 집이나 되는 것같이 부엌으로 들어가서 자기 손으로 물을 한 잔 마시더니 두리번거리며 큰방에 아낙이 있는 낌새를 차리고 쪽문을 연다. 아낙은 쪽문을 잠그지 않았다. 문을 잠그지 않았다는 것은 무엇을 의미하는 것인지 수의사는 짐작한다. 아낙은 몸을 큰방으로 숨겼으나 왜 쪽문을 걸어 두지 않았는지 자기도 알 수가 없다. 수의사는 구석에 앉아 있는 아낙을 보더니 빙긋이 웃는다. 늑대가 사냥감을 찾은 그런 기분인 것 같다.

수의사가 신발도 벗지 않고 큰방으로 들어가 아낙을 끌어안는다. 반항하기보다 오히려 상대방에 응하는 듯 아낙은 몽롱해 오는 자기 자신을 의식하며 지난날 오빠의 숨소리를 느낀다. 온몸이 그득함과 더불어 황홀한 시간이 흐르고, 그의 육중한 체중이 가벼워졌다고 생각할 때쯤 벌써 그는 쪽문으로 사라지고 있었다. 아낙은 몸을 가눌 수 없어 그대로 누워 천정을 바라보며 지금 나에게 무슨 일이 일어난 것인지 도무지 알 수가 없는데 겁탈을 당한 것인가, 아니면 화간을 한 것인지 자신도 분명하지 않는데 저항을 할 의사가 없었으니 분명 화간이라고 스스로 자인한다.

한참 시간이 흐른 후에 생각을 가다듬고 뒷문을 열어보니 울 밑에선 봉선화가 빙긋이 비웃고 있다. 석이에게 죄를 지은 것 같기도 하지만 자신만의 보물을 찾은 것 같기도 하다. 자리를 툭툭 털고 일어나 부엌으로 가 석이 점심을 챙겨 감나무밭으로 가려는 것이다. 석이 얼굴을 대할 것을 생각하니 아랫도리가 떨린다.

생원이 집을 나간 지도 벌써 몇 개월이 지났다. 들리는 소문에 의하면 어느 공원 정자에서 글을 가르치기도 하고, 사람들과 담소를 나누기도 하고, 피리를 불기도 하고, 시조도 읊기도 한단다. 시조도 곧장 읊어 시조 경연에도 나가 입상을 하였다고도 한다. 읍에 다녀

온 아저씨가 생원을 만나 보았다. 아낙이 감나무밭에 가는 길에 그 아저씨를 만났다.

"아버님을 보셨다구요?"

"그럼 읍사무소 앞에서 만났어."

"행색이 어떻던가요?"

"그렇게 남루해 보이지 않았어."

"집 나가신 지 오래되셨는데."

"나름대로 잘 보내시는 같아."

"언제쯤 오신대요?"

"뭐 좀 더 있다가 집에 간대요."

"뭘 하신대요?"

"숲 공원에서 글도 가르치고, 시조도 읊으며 소일한대요."

그 후에도 생원은 돌아오지 않았다. 소문에 의하면 지리산으로 들어갔다는 말이 들린다. 아낙은 점심 바구니를 이고 석이 앞에 다가서는데 뭔가 좀 어색하다. 못 만날 사람을 대한 듯하다. 그 밭에 그 산 언저리 그 감나무밭인데 자기만 딴사람이 된 것 같다. 석이도 어색한 그녀의 모습에 의아해한다.

"당신 무슨 일이 있어?"

"아니요, 오는 길에 아저씨를 만났어요."

"그래서?"

"아버님에 대한 소식을 들었어요."

"그래, 뭘 하신대?"

"읍내 공원에서 글도 읽고, 시조도 읊고 하신대요."

"행색은 어떻는지?"

"괜찮다고 하네요."

석이는 아낙이 가지고 온 점심을 먹는데 약 냄새가 몸에 배인 탓인지 밥맛이 없다. 허기진 배를 채우자니 꾸역꾸역 점심을 먹고 나니 아낙이 그릇을 챙겨 집으로 돌아가려 한다.

"오후에는 보리방아를 좀 찧어야겠어요."

"혼자서 어떻게 하려고 하나?"

"괜찮아요. 물레방아인데요."

"많이 하지 말아요."

"며칠 먹을 것만 할 거예요."

04

불륜의 단초

아낙은 집으로 와서 보리 두 말을 이고 물방앗간으로 간다. 물방 앗간에 막 들어서려는데 수의사를 만났다. 그는 아직 동네 다른 집 소를 봐준 후 집으로 돌아가는 길이다. 아낙이 물방앗간으로 들어 가자 수의사도 뒤따라 들어간다. 아낙은 누가 볼 것만 같아 수의 사를 밖으로 떠밀었다. 문간에서 옥신각신 약간의 밀침이 있었다. 수의사도 오전에 있었던 일을 생각하며 싱긋이 웃으며 밖으로 나 간다.

밤말은 쥐가 듣고, 낮말은 새가 듣는 법이다. 이 장면을 동네 아 주머니 한 분이 멀리서 보았다. 석이 친구 원이 아낙이다. 원이 아낙 도 물방앗간에 방아를 찧으러 오던 길이다. 물방앗간에 들어서자마 자 이상한 눈으로 석이 아낙을 바라본다.

"수의사가 웬일이래?"

"아, 오전에 백신을 놓은 것 때문에."

"그것이 어떻다고?"

"몰라, 아무 이상이 없었냐고 물어서."

고개를 갸우뚱하면서 원이 아낙도 그 이상 묻지 않는다. 오늘은 물이 많아 방아가 잘도 찍힐 것 같다는 말을 하며 딴전을 부린다. 여인들이 느끼는 직감이 있는 것이다. 그 정도 말을 하려고 방앗간에 뒤따라온단 말인가. 원이 아낙이 중얼거리며 집에 돌아오자마자 남편에게 말을 한다. 도무지 입이 간지러워서 상상력을 외면할 수가 없다.

"글쎄 오늘 이상한 것을 봤어."

"뭔데?"

원이 아낙이 한참 꾸물대더니 먼 산을 보며 하늘이 오늘 따라 화창하네. 말 잘못 말했다가 마른하늘에서 벼락이 내리는 것 아닌가 싶다.

"당신은 말을 하다가 말아?"

"아니야."

"괜찮아, 말해봐."

"그럼 당신만 알아."

"알겠어."

"절대 비밀이야."

"별걱정을 다 하네."

"다른 게 아니고 보리방아 찧으러 물레방앗간에 갔었는데."

"거기서 건평 댁을 만났어."

"건평 댁이 누구야?"

"누구는 누구야? 석이 아낙이지."

"그것이 어때서?"

"그런데 거기에 수의사가 있었어."

"왜 그렇지?"

"누룽이 백신 맞은 것 때문에 물어볼 것이 있어서라는데."
"문간에서 서로 밀치고 있었어."
"그 이상하군. 요즘 수의사 소문이 안 좋아."
석이가 감나무밭에서 일을 끝내고 집에 오는 길에 원이를 만나니 원이가 석이에게 뭔가 할 말이 있는 듯하다.
"뭐하고 오는 길이야?"
"감나무밭에 약 좀 뿌렸어."
"감나무 농사가 잘 되고 있는가?"
"아니야, 일이 많아."
"과실이라는 것이 다 그렇지."
"수확이 별로 같아."
"그것 큰일이군."
"수종을 바꾸어야겠어."
"뭐로 바꾸려고?"
"사과나무가 좋을 것 같아."
"그런데 요즘 이상한 소문이 떠돌아."
"왜, 무엇인데?"
"수의사 말이야."
"그래, 여자를 보고 다닌다네."
"오늘 물방앗간에서 서성거리더라는 거야."
석이는 직감적으로 아낙이 물방앗간에 보리방아를 찧으러 간다는 말이 생각난다. 혹시 수의사가 자기 아낙을 보고 다니는 것은 아닌가 순간 머리를 스친다. 석이는 원이로부터 그 말을 들으면서도 그냥 흘려듣는 듯 집으로 들어간다. 집에 들어서니 아낙이 부엌에서 그를 맞이하기에 바로 무언가 물어볼까 하다 세수를 하고 눈치를 살피니 별로 이상한 점을 느낄 수가 없다. 그러나 남의 말 하듯 아낙에게 주의를 환기시킨다.

"여보, 이상한 소문이 도네."

"무슨 소리인데요?"

"글쎄 수의사가 좀 이상하대."

"왜요?"

"여자들을 보고 다닌다네."

"오늘 당신 물방앗간에 갔어?"

"간다고 했잖아요?"

"거기서 누구를 만났어?"

"원이 댁을 만났지요."

"다른 사람도 있었다며?"

"글쎄 수의사가 뒤쫓아왔어요."

"왜 그러냐고 했더니?"

"누룽이가 어떻냐고 물었어요."

"왜 하고 물으니?"

"백신 맞고 괜찮으냐고 하기에."

"별일 없다고 하였지요."

"그래."

석이 아낙은 가슴이 두근거린다. 아무래도 원이 아낙이 고자질을 해서 석이 귀에 들어갔다고 생각하니 원이 아낙 눈에 이상하게 느껴졌을 것이라는 짐작이 안 갈 수가 없다. 물방앗간 안으로 들어오려는 남정네를 순간적으로 밀어내었기 때문이니 그 장면을 스스로 재연을 해보아도 이상하다. 무관한 남자를 몸으로 민다는 자체가 서로 허물없는 사이라는 의미가 되는 것이다. 원이 아낙이 어떤 상상을 하였을 것이라는 것은 뻔하다. 자기에게 추근거리는 것을 자기가 뿌리친 몸부림으로 해두자고 생각을 정리하고 저녁을 먹은 후 오랜만에 석이와 함께 마실을 나간다. 원이도 원이 아낙도 뜻밖인 듯 맞이한다. 자연히 낮에 있었던 물방앗간에 대하여 석이가 말을 꺼낸다.

"수의사가 질이 안 좋은 것 같아."

이때다 하고 원이 아낙이 석이 아낙에게 묻는다.

"실은 오늘 건평 댁이 밀어내는 것 같은데?"

"이제 말이지, 갑자기 방앗간 안으로 누가 뒤따라 들어오더라고."

"그래서?"

"가만히 보니 수의사야."

"웬일이지?"

"누가 보면 이상하게 생각할 것 같아 나가라고 했지."

"그래서?"

"그래도 머뭇거리며 안 나가는 거야."

"순간 추근거린다고 생각하고 밀어내었지."

"잘했군."

"그 사람 조심해야겠어."

"그럼 조심해야지. 안 그래도 소문이 좋지 않아."

"지 버릇 개 못 주는군."

석이 아낙은 자기의 결백을 주장하는 듯 입에 거품을 물고 비난을 한다. 석이도 아낙의 말을 들으며 아낙이 허튼 짓을 할 사람이 아니라고 생각하며, 더구나 한눈을 팔거나 남정네들의 수작에 놀아날 사람이 아니라고 생각한다. 남자들은 여자가 얼마나 교활한지 잘 모른다.

어떤 사람이 싫다고 험담을 할 때는 그 사람에 관심이 있다는 뜻인데 그것을 모른다. 어느 날 비난을 멈추었을 때는 그들 사이에 무슨 일이 생겼다는 것이다. 잊은 듯이 아무 말이 없을 때는 상당한 밀월이 이루어졌다는 것이다. 남자들은 결정적인 증거가 나타날 때 비로소 짐작을 한다. 그녀가 그때 왜 비난을 하였는지 깨닫게 된다.

석이는 아낙이 지조가 있는 여자로 생각되어 마음 가볍게 원이 집을 나온다. 아낙은 일단 위기를 넘겼다는 안도감으로 석이의 뒤를 따르며 말없이 집에 들어선다. 석이는 내일부터는 모내기를 하여야겠다고 마음을 먹으며 자리에 눕는데 아낙이 마음이 상하지 않았나 싶어 위로를 할 마음으로 그녀를 끌어안아 보는데 그녀의 몸이 무겁다. 부드럽지 않은 그녀의 몸을 석이는 별로 이상하게 생각하지 않고 기분이 좋지 않아서 그런가 보다 생각한다. 수의사와 진한 사랑을 한 그녀는 몸이 잘 응하지 않아 몸과 마음이 따로 노는 것 같다. 무거운 밤을 보내고 나니 희멀건한 아침이 찾아왔다. 생원이 가고 나니 장닭도 자취를 감추었다.

석이는 모를 심기 위해 논에 쓰레질을 하는 데 이삼 일이 걸렸다.

뒤늦게 품앗이꾼들에게 모심기를 청하니 일정이 맞지 않아 아낙하고 둘이서 모심기를 한다. 육모는 생원이 모판을 만들고, 파종을 하고 갔기 때문에 그들이 할 일은 모내기뿐이다.

두 사람이 앞 논에만 모심기를 하는 데도 하루가 걸렸다. 이튿날 품앗이꾼들이 합세할 수 있어 미나리밭과 감자밭에 모심기를 끝내니 벼농사는 어느 정도 진행되었으나 감나무가 골칫거리라고 생각하며 수종을 바꾸어야겠다고 거듭 마음을 먹는다. 누룽이도 임신을 하였으니 별일이 없으면 이른 봄에는 송아지를 볼 것 같다. 만사가 순조롭게 되어간다고 생각하는데 마음 한구석에 아낙과의 사이가 매끄럽지 않아 신경이 쓰이는데 그것은 밤과 낮이 예전과 다르기 때문이다.

설마 하면서도 아낙의 행동을 눈여겨보게 되는데 어쩐지 뭔가 이상한 생각이 들면서 밤이 어색하다. 석이는 벼논에 물을 대고 감나무밭으로 간다. 감나무가 약을 친 효과가 있어 각종 병충해가 눈에 띄게 없어지면서 감이 탐스럽게 잘 익어간다. 햇볕을 반사하는 감들의 얼굴이 반질거리니 가을에 출하를 어떻게 해야 할지 고민을 한다. 시장에서 소매로 팔 수는 없으니 다른 재배자들도 어떻게 판매하는지 알아보려 한다.

05

의처증

    마을 구판장보다 읍 구판장이 나을 것 같다고 생각하며 집으로 돌아오는데 물레방앗간을 지날 무렵 생각이 난다. 수의사와 아낙 사이에 아무런 일이 없었을까. 어떻게 남의 부인을 뒤따라 안으로 들어갈 수 있을까. 무관하다면 남정네를 어떻게 밀쳐낼 수 있을까. 몸싸움을 한다고 생각하면 보통 사이가 아니지 않는가. 별별 생각을 다 하면서 집에 들어오자 주위를 두리번거린다. 주위를 살피는 자신을 보고 스스로도 의처증이 아닌가 자문하며 부엌에도 가보고, 큰방에도 가보고, 누군가 다녀간 흔적이 있는지 살핀다.

    누룽이를 보고 너는 알고 있지 하면서 눈망울을 응시하는데 누룽이가 알면서 시치미를 떼는 것 같다. 모든 것이 너 때문이라고 석이는 생각을 가다듬으니 누룽이는 워낭을 흔들면서 부인하고 있다. 백신 때문에, 또 임신 경과를 보기 위해 수의사가 또 올 것이다. 그때는 좀 유심히 살펴봐야겠다고 마음먹는다. 누룽이에게도 다짐을 한다. 수의사의 행동을 잘 보고 자기에게 귀뜸하라는 듯 어루만지는데 아낙이 물동이를 이고 집에 들어온다.

    "언제 왔어요?"

    "방금 왔어."

아낙은 석이의 눈초리가 예사롭지 않다고 의식하면서 전과 다를 수밖에 없겠지 하면서 태연한 척하지만 자초지종 사실을 안다면 상황이 어떻게 변할지 뻔하다. 속내를 감추고 있는 자신이 스스로 생각해도 용서할 수 없는 요물이라고 생각되는데 스스로 가슴에 주홍글씨를 새기고 감내하고 살아야 한다고 마음을 다진다. 다시는 유혹에 빠지지 않을 것이라는 마음을 다지며 석이를 따라 전과 다름없이 감나무밭에 거름도 주고, 벼논에 물도 대고, 잡초도 매고 하지만 언제나 아낙의 마음은 불안하고 어색하다. 이 어색한 시기를 어떻게 극복하나 순간순간 고민스러운데 때마침 친정에서 연락이 왔다. 어머니가 편찮으시다는 것이다.

"여보, 친정에서 연락이 왔어요."

"무슨 일인데?"

"엄마가 아프다며 나를 한 번 보고 싶어 해요."

"그래 그러면 가봐야지."

"당신 혼자 갈 것이 아니라 나도 가봐야겠어."

전에 같으면 혼자 갔다 오라고 말할 석이인데 지금은 다르다. 자기도 모르게 아낙을 의심하게 되는 것이다.

"당신까지 갈 필요 있겠어요? 나 혼자 잠깐 다녀올게요."

"그래도 장모님이 편찮으시다는데?"

"오히려 부담스럽지요."

"알겠어."

석이가 고집을 부리면 아낙이 오히려 이상하게 생각할 것 같아 설마 별일이야 있겠냐 하며 동의한다.

06

운명의 장난

　아낙의 행동 하나하나에 촉각이 곤두서는 자기 자신이 한심스러운데 아낙이 보따리를 챙겨 내일 오겠다며 집을 나선다. 동네를 벗어나 산구비를 돌아가니 마침 버스가 오고 있다. 오랜만에 갖는 나들이인지라 마음이 상쾌하다. 푸른 들판과 파란 하늘, 더구나 구비구비 흐르는 시냇물이 자신을 정화시키는 것 같은데 멀리서 버스가 먼지를 일으키며 달려오고 있다. 손을 드니 먼지가 앞을 가리며 자갈이 튀는데 잽싸게 차에 오른다.

　차비를 내고 자리를 살피니 사람들이 별로 없다고 생각하며 간신히 균형을 잡고 자리에 앉으니 무슨 운명의 장난이란 말인가. 수의사가 앉아 있다. 반갑다며 덥석 손을 잡으며 어디 가냐며 남달리 친한 척 옆자리에 다가앉는다. 순간 몸이 얼어붙는 것 같아 아무 말도 하지 못하고 주위에 알아보는 사람이 있는가 두리번거리는데 다행히 아무도 없다. 그럴 수밖에, 오늘은 장날도 아니니 나들이하는 사람이 있을 수가 없다.

　침묵이 어색하게 흐르는 사이에 시간이 제법 흘렀는가 싶은데 아낙은 내려야 할 장소를 부지불식간에 놓쳤다. 뒤늦게라도 내리려 하니 수의사가 손을 붙잡아 그 손을 뿌리치려다 사람들 눈도 있고 해서 잠자코 앉아 있다. 핑계인지, 스스로 못 이긴 척하고 방임하는 것인지 알 수 없는 자기 마음을 도대체 자기도 알 수가 없다. 수의사의 노예가 된 자기 자신을 어떻게 할 수가 없다는 듯 그가 원하는 대로 잠자코 있었다. 버스가 이웃 면 소재지에 도착하자 수의사가 내리자고 해서 뒤따라 내린다. 추가 요금을 수의사가 대신 내어준다.

정오가 되었으므로 수의사가 점심을 먹으러 가자고 한다. 소고기 불고기를 잘하는 집이 있다고 하며 앞장을 서는데 마치 부부같이 불고기집을 들어서니 맛있는 고기 냄새가 진동을 한다. 마당이 넓고 방이 여러 개 있으며, 가운데는 평상이 놓여 있고, 사람들이 평상에도 앉아 불고기를 맛있게 먹고 있다. 수의사를 뒤따라 조용한 뒷골방으로 가는데 따라가면서도 체념을 하는 자기 자신이 무기력하다. 수의사는 이제 아낙을 자기 소유물로 생각하는 것 같다. 방에 들어서자마자 아낙을 힘껏 포옹하니 아낙도 순응하며 자기 몸을 맡긴다. 누구 눈치 볼 필요도 없다며 수의사는 입맞춤을 진하게 한다. 아낙도 몸이 달아오른다.

잠시 후 아주머니가 불판을 가지고 들어온다. 활활 타는 잉걸불에 발가벗은 소고기가 석쇠 위에 눕는다. 이글이글 익어가는 모습이 자기들의 모습 같아 서둘러 고기를 먹어 치운다. 아낙은 익숙하지 않은 소고기구이 맛을 제대로 느끼지도 못한 사이 흔적도 없이 사라진 고기를 뒤로하고 고깃집을 나서는데 수의사가 골목길을 꺾어 어슥한 여인숙 안으로 주저 없이 들어가는데 아낙도 뒤따라 들어간다. 할머니 한 분이 눈치도 빠르게 어슥한 방으로 안내하니 방에 들어서기 무섭게 수의사는 이불을 편다.

아낙이 볼일을 보겠다고 하니 수의사가 치간 위치를 가르쳐 준다. 볼일을 보는 사이 수의사는 밖을 응시하며 어디 가지 않을 것이라는 확신을 하면서도 혹시나 해서 신경을 쓰니 볼일을 다 본 아낙이 서둘러 방으로 들어온다. 아낙이 들어오자마자 수의사가 머뭇거리는 아낙의 몽당치마를 벗기니 마치 신혼 초야같이 아낙이 다소곳한데 출산을 해본 적이 없는 아낙의 몸이 탄력을 보여 애무를 받는 아낙은 색다른 느낌을 가진다. 석이도 오빠도 이런 적이 없었기에 이렇게 전위 행위를 하는구나 생각한다.

처음에는 그에게 몸을 맡겼으나 어느 사이 적극적으로 경험하지 못한 세계로 몇 번인가 갔다 온 것 같은데 몸무게가 가벼워지며 정신을 차리고 보니 시간이 많이 흐른 것 같다. 옷을 주섬주섬 챙겨입고 정신을 차린 후 수의사에게 빨리 집에 가봐야겠다고 한다. 그제서야 친정엄마가 아파서 친정에 가는 길이라고 말을 한다.

수의사도 더 이상 붙잡지 않고 아낙을 놓아주니 아낙은 버스를 타러 가면서 자기 자신을 뒤돌아본다. 자책감이 솟아나 다시는 그러지 않겠다고 맹세하였지만 번번히 실패하는 자기 자신을 보며 여자 마음은 갈대야, 바람 부는 대로 흔들리는 갈대야, 그래 맞아, 나는 갈대야 생각하면서 마음 한편 부러지지 않으면 된다고 스스로 합리화한다. 흔들려도 부러지지만 말자 다짐한다.

우리 외에 아는 사람이 없으므로 비밀만 지켜진다면 무슨 변화가 있겠느냐, 전과 다름없이 석이의 아낙으로 살아갈 것이라고 마음을 다진다. 밖으로 봐서 겉모습이 허물어지지 않으면 된다고 생각한다. 물은 흘러가는 것이고, 산은 그대로 있는 것이다. 친정 마을에 들어서니 온전히 제 위치로 돌아온 자신을 의식한다.

"엄마, 어디가 아파요?"

"배가 아파서 죽을 뻔했다."

"배 아픈 것을 가지고 그래?"

"아니, 배에서 뭐가 나왔어."

"뭐가 나왔어?"

"구렁이 같은 것이 나왔어."

나중에 아버지에게 자초지종을 알아보니 회충이란다. 그래도 그렇지 어떻게 회충이 배 밖으로 나오는지 알 수가 없다. 위를 뚫고 창자를 뚫고 뱃가죽을 뚫고 나올 수도 있나 보다. 도대체 이해가 되지 않지만 지금은 좋아졌다고 하니 다행이다. 엄마 병이 쾌차하다니 온몸이 나른해 건넛방으로 가서 쉬기로 하는데 창 너머 오빠의 잠실이 보인다. 모든 것이 나만이 아는 비밀이다. 오빠로 인해 수의사가 눈에 들어왔고, 수의사로 인해 새로운 인생의 맛을 보고 있다. 감미로운 금단의 사과는 우리들만의 내 안의 비밀이다. 남들은 의식할 수도 없고, 알지도 못하는 것으로써 외면으로는 아무런 변화가 없는 현상, 나의 외면은 변한 것이 없다. 나만이 나의 내면을 알고 나만이 즐기고 있는, 앞으로도 즐기기만 하면 되는 세상, 누리고 있는 내면을 위해서 외면을 잘 가꾸고 충실하게 나 자신을 보이면 된다.

하루 저녁을 친정에서 묵고 다음날 집으로 돌아간다. 아버지, 어머니도 조신하는 여자인 듯 시집을 걱정하며 길을 떠나보낸다. 버스를 타고 산구비를 돌아 다리 밑에서 내려 산길을 올라간다. 아랫마을을 지나 학교 앞으로 가니 마을 아낙들이 들에서 돌아오고 있다.

"아유, 건평 댁 어디 갔다 와?"

"친정에 좀 갔었어."

"왜?"

"엄마가 아파서."

"어디가 아픈데?"

"배가 아파서."

"무슨 배가 아프길래 딸을 불렀대?"

아낙은 차마 뱃가죽을 뚫고 회충이 나왔다는 이야기를 할 수가 없다. 그들이 이해를 할 수 없을 뿐 아니라 소문이 이상하게 날 수도 있기 때문이다. 엄마가 처음에 구렁이 새끼를 낳았다고 말한 것을 기억하고 있다.

집에 들어오니 석이가 부엌에서 점심을 챙겨 먹고 있다. 마누라가 없으니 처량하다는 생각이 드는데 제 마누라가 어디서 무슨 짓을 하고 있는지도 모르고 대충 밥을 먹고 있는 석이를 보니 미안하고 불쌍해 보인다.

"언제 왔어?"

"방금 왔구만요."

"시장할 텐데 밥을 먹지?"

"괜찮아요, 좀 있다가 먹지요."

"장모님은 어떠셔?"

"이제 괜찮아요."

"어디가 편찮으셨대?"

아낙은 석이에게는 소상히 말을 하니 석이도 깜짝 놀라며 기이하게 생각하는데 다른 사람들에게는 절대 사실대로 말하지 말라고 당부한다. 석이는 큰 비밀이나 나누는 부부 사이라는 느낌을 가지며 오후에는 벼논을 둘러보고 감나무밭으로 가니 감이 탐스럽게 자라고 있다.

감꽃이 지니 꽃을 물고 과육은 탐스럽게 크고 있어 겉보기 좋아 보이지만 소득이 문제라고 생각되어 나무들을 전부 베어야겠다고 생각하니 베는 수고로움보다 싱싱한 나무를 벨 것을 생각하니 마음이 아프다. 지금 나의 마음을 저들은 알지도 못하고 충실하게 열매가 영글고 있다.

아낙은 석이가 감밭으로 간 사이 피곤한 몸과 마음을 누이며 수의사와의 정사가 주마등같이 감미롭게 스쳐 가는데 일상으로 돌아온 자기 자신을 가다듬으며 외면의 건재함을 확인한다.

세상사 모두 것은 안과 겉이 일치할 수 없다는 것! 안은 안대로 추스르고, 밖은 바깥대로 다스리면 된다고 생각하며 태연한 모습을 잃지 말자고 자신을 타이르며 일상에 충실하기로 다짐한다. 일상이 지루하고 적막하더라도 내면의 세계가 있으니 행복하지 않은가 생각하며 잠시 누웠다가 텃밭에 나가 소채를 돌아보고 잡초도 뽑는다.

석이를 위해 맛있는 저녁밥을 상추, 쑥갓에 땅두릅으로 쌈밥을 차려 마주 앉아 먹는다. 석이가 쌈을 한 주먹 싸서 한 입 가득 물고 있으니 눈이 황소만 하다. 순간 누룽이 생각이 나면서 수의사 얼굴이 스치는데 저 선한 눈에 눈물을 만들고 있는 자신이 얄미워지기도 한데, 아니 얄미워지기보다 저주스럽기도 하지만 절대 내색을 하지 말아야지 한다. 나 자신보다 석이를 위해서도 비밀을 지켜야 된다고 생각한다.

태연하게 저녁을 먹고 바느질을 하는데 졸음이 와 지친 몸을 누이니 석이가 팔베개를 해준다. 석이는 이틀 만에 보는 아낙이지만 오늘 따라 품에 안고 싶다. 팔베개를 해도 별로 달가워하지도 않고, 품어도 목석같이 무겁기만 하여 석이는 뭔가 전과는 다르다는 느낌을 지울 수 없다고 생각을 하는 사이 숨소리가 크다.

코를 골고 있는 아낙을 보니 아낙이 잠자리에 별로 달가워하지 않는다는 생각이 든다. 아낙이 제아무리 태연한 척하여도 마음과 몸은 의식이 다르니 아무 일 없는 척 시치미를 떼도 몸은 그 반응이 달라 석이는 의심을 하지 않을 수 없다.

친정에 가서 무슨 일이 생겼나 골똘하게 이것저것 생각하는 사이 잠이 오지 않아 밤은 깊어 가는데 석이는 마루에 나와 멍을 때리고 있다. 달이 유난히도 밝다. 봄이 가고 여름이 다가오는데도 밤바람이 서늘하다. 이것이 의처증인가 새삼 마음속으로 되새기며 고개를 흔든다.

갑자기 방울 소리가 들린다. 누룽이도 잠이 오지 않는지 머리를 내밀며 고개를 흔들고 있어 갑자기 수의사 생각에 머물게 되니

'그래 맞아, 아무래도 수의사와 무슨 관계가 있는 거야.'

'앞으로 유심히 봐야겠어.'

'얼마 후 임신한 누룽이 상태를 보러 그가 오겠지.'

제2부. 사랑과 허물

백신을 핑계 삼아 조만간 올 것이라고 생각한다. 초여름인데도 밤바람이 차가워 밝은 달을 보며 서글퍼지는 자신을 누이려 방으로 들어가니 흐트러진 자세로 자고 있는 아낙이 얄밉기만 한데 코 소리가 듣기 싫어 석이는 돌아누워 잠을 청하는데 눈을 붙였는가 싶은데 일찍도 잠이 깨여 꿈속을 헤매는 아낙을 뒤로하고 밖으로 나온다. 소 마구간으로 가서 누룽이를 한 번 보고 중얼거린다.

"모든 일이 너 때문이야."
"너만 없으면 수의사도 오지 않을 것 아니냐?"
"수의사가 와서 무슨 짓을 하는지 알려줘야 한다."
"그래 아직 확실하지는 않아."
"좀 더 두고 보기로 하자."
누룽이는 억울하다는 듯 눈을 부라리고 있다.

의처증

나 안에 네가 있고
네 안에 나만이 있다고 믿고 살았는데
틈새가 있었다니
그 틈 사이로 찾아드는 빗살무늬 마음
눈도 기울고 귀도 기울고
기우는 생각 따라 몸도 기우니
멀어져 간다
너와 나 사이 저 멀리

석이는 뜬눈으로 새벽같이 잠에서 깨어났으나 잠 못 이룬 지난 밤 때문에 움직임이 어눌하다. 쇠죽을 끓이려 작두로 여물을 쓸고 불을 지피려 하는데 생원이 없으니 혼자 작두질하기가 쉽지는 않다. 가마솥에 물을 가득 붓고 여물을 넣고 쇠죽을 끓이며 말 못하는 짐승인데 욕을 해서 무엇하나 중얼거리며 먹이는 잘 주어야지 하는데 누룽이를 보니 새끼가 잘 크고 있는지 배가 제법 불러온다.

　아침밥을 하러 부시시 일어나는 아낙을 보니 외면하고 싶어지는데 지난밤 무심한 그녀가 의심스럽기만 하다. 물동이를 이고 샘으로 가는 그녀를 보니 어쩐지 낯설어 보여 저렇게 집을 나가 돌아오지 않는다면 그만 아닌가. 한 점 혈육도 없으니 구속할 여건이 하나도 없고, 고무신을 거꾸로 신어도 별로 이상하지 않은 우리들 사이라고 생각하니 어떻게 해야 할지 몰라 석이는 아낙의 행동만을 좀 더 살펴보기로 한다.

　그러고 보니 돌아누우면 남남인 사이가 아닌가. 그렇다고 해서 아낙을 버리고 싶지는 않으니 비로소 자기가 아낙을 사랑하고 있음을 자인하며 쇠죽을 구유 가득 채워준다. 누룽이가 기다렸다는 듯이 잘도 먹는데 누룽이도 느끼는 것 같다. 짐승이라고 왜 감정이 없겠는가. 전과 다른 석이의 태도에 누룽이도 의아하기는 마찬가지다.

　아낙이 아침상을 차려 가지고 온다. 대충 아침을 먹고 벼논으로 가니 어느덧 여름이라 벼들이 검푸르게 자라고 있다. 논에는 지심이 제법 듬성듬성 자라나 있어 소매를 걷어 부치고 잡초를 뽑으니 벼잎이 팔다리를 찌른다. 7월의 태양이 따갑게 느껴진다. 허리를 거

제2부. 사랑과 허물

듭 펴가며 지심을 뽑는데 열기가 땅에서 치솟는 가운데 아낙이 점심을 이고 온다. 이고 오는 모습을 보니 의심을 하고 있는 자신이 한심해 보인다.

설마 그럴 리가 있겠어 하며 마음을 다독거리며 풋고추에 된장을 찍어 먹는다. 앞을 보니 건너편 텃밭에는 고추가 붉게 제 모습을 뽐내고 있어 남의 집 고추라 탐스러워 보이는 것 같아 아낙도 그런 마음일까 생각하니 아니다. 그놈의 수의사가 치근거리는 것일 거야 하며 자문자답한다. 아낙이 점심 바구니를 챙겨 집으로 돌아가는데 뒷모습을 보니 마치 씨암닭같이 탐스럽게 보여 자기만 그렇게 느끼는 것이 아니라 수의사도 그런 마음이 왜 없겠어 생각하니 요즈음은 누구를 위한 씨암닭인지 회의가 간다. 넋 없이 지심을 뽑고 있는데 지나던 이웃이 말을 건넨다.

"아니, 생원은 코빼기도 보이지 않네?"

"유람을 가시더니 돌아오시지 않나 보네."

"내가 들으니 지리산에서 누가 봤다는데."

"거기서 무엇을 하신대요?"

"글을 배우고 있다고 하던데."

"무슨 글을 새삼스럽게?"

"도사 한 분을 만났는데 그분한테서."

"도사는 무슨 도사인가요?"

"동굴 안에 사는 도사라네."

"사서삼경을 배운다고 하네."

"글쎄 그 도사는 겨울에 홋적삼만 입고 산다네."

"구순이 넘었는데도 장장하다 그래."

"별일 다 보겠구만."

"아무튼 이제 집으로 돌아오시면 좋겠는데."

석이는 소식을 전해 주어 고맙다고 인사를 하고 지심을 뽑는데 허리가 아플 때쯤 아낙이 무언가 머리에 이고 온다.

"뭐하러 왔어?"

"중참을 가지고 왔어요."

"나도 일을 좀 거들어 주어야지요."

"집에 할 일도 많을 텐데."

"별로 없어요."

아낙을 보니 마음 씀씀이 고맙다고 생각되어 아낙과 함께 미나리깡 논 지심을 모두 뽑는다. 다음날에는 앞들 논, 그다음 날은 감자를 심었던 논의 지심을 모두 뽑으려 한다. 열심히 일하는 아낙을 보니 고무신을 거꾸로 신을 생각을 한다면 이렇듯 열심히 일을 하겠는가 하고 생각하니 의심이 사라진다. 칠월의 햇볕이 따가워지는데 아침 햇살이 열을 올리기 전에 석이는 감나무밭으로 간다.

"감나무밭에 가야겠네."

"뭐하려고요?"

"약을 좀 쳐야겠어."

"저도 갈게요."

"약이 독해서 안 돼."

아낙은 마지못해 집에서 집안일을 보기로 한다. 감나무에 약을 치는 것은 매우 번거롭고 힘이 들어 입에 수건으로 마스크를 하고 덮개 옷을 걸치고 석이는 약을 친다. 도랑에서 물을 길어 약을 타서 나뭇잎마다 약을 뿌리는데 열기를 타고 역한 냄새가 풍겨 들어 무척 고역이다. 얼마 전에 잡초를 베었는데 어느덧 웃자란 풀들이 높이를 더하고 있어 또 잡초를 제거해야겠다고 생각하는데 아낙이 점심을 가지고 온다.

역한 냄새를 훔치고 아낙이 점심 보자기를 푼다. 시장한 석이는 허겁지겁 밥을 먹는데 아낙이 샘에서 물을 한 바가지 떠서 가지고 온다. 할머니가 살아계실 때 그렇게 좋아하시던 샘물인데 샘물은 여전하건만 즐기던 사람은 가고 없으니 사람 한평생이 허무하게 생각된다. 할머니도, 어머니도, 아버지도 보이지 않으니 적막하고 호젓한데 바가지 물 위에서 구름이 뭉게뭉게 떠돌고 있어 손으로 휘휘 저으며 구름 한 바가지 입에 물고 훌훌 밥을 말아 먹으니 꿀맛이다. 싱싱한 상추에 풋고추를 된장에 찍어 먹으니 금상첨화라 맛있게 식사를 끝내며 석이가 아낙에게 재촉한다. 냄새가 많이 나니 빨리 집으로 가라 하니 아낙은 마지못한 척 일어나 점심 바구니를 이고 논둑길을 따라 집으로 간다.

물방앗간을 지나칠 때 불현듯 그때 그 장면이 생각이 나 되씹어 보는데 왜 문간에서 몸싸움을 하였을까 생각하니 순간 무의식적으로 밀어낸 것 같다. 수의사가 따라오는 줄을 모르고 있다가 반사적으로 행한 행동인 것 같다. 자연스럽게 들어오도록 하여 주위를 살펴 나가도록 하였으면 되는데 후회스럽다. 아마 그가 물방앗간 안에서 무슨 짓을 할지 모르기 때문이었다. 만약 그때 다른 사람이 들어오면 큰일이 벌어질 것은 뻔한 일이다.

이런저런 생각을 하는 사이 집에 들어가서 부엌에 점심 바구니를 내려놓으니 인기척이 느껴진다. 한쪽 구석에 수의사가 서 있다. 깜짝 놀랄 사이도 없이 그가 끌어안는다. 아무리 좋아하는 사이라고 하지만 너무 지나치다 싶다. 사정 없이 애무를 하는 그를 밀쳐낸다.

"어떻게 왔어요?"

"다른 집에 가는 길에 누룽이를 한 번 보려고."

"누룽이를 봤으면 가지 왜 여기서?"

"누룽이는 핑계고 당신이 보고 싶어서."

"정말 큰일 나겠네요."

"누가 보면 끝장이네요."

"빨리 가세요."

"그래도 한 번만."

갑자기 그가 아낙을 부뚜막에 밀치더니 뒤에서 치마를 더듬는다. 그가 무슨 짓을 하려는지 알고 그를 밀어낸다. 감나무밭에서 고생하는 석이를 생각하니 못할 짓하는 것 같다. 아무도 보지 않는 틈을 타서 그를 밖으로 내보내니 그도 계면쩍어하며 담장 밖으로 사라진다. 벽에도 눈이 있고, 귀가 있다고 하였으니 수의사가 담장 밖으로 사라지는 모습을 원이가 보았다.

낮에는 모두가 들에 일을 하러 나가기 때문에 아무도 없는데 그날 따라 원이가 집에 연장을 가지러 들렸던 것이다. 왜 수의사가 왔을까 의아해한다. 어둠이 찾아들 때쯤 석이가 집에 들어와 지게와 약물통을 내려놓고 누룽이를 보고 머리를 쓰다듬으며 누룽이에게 무슨 일이 없었느냐고 물어보니 아무 말도 없다. 물어보는 자신이 서글프다.

여물을 쓸고 쇠죽을 끓여 누룽이한테 구유 가득히 퍼주고 세수를 하고 방으로 들어가니 아낙이 부엌에서 저녁을 준비하고 있다. 아낙이 쪽문을 열고 석이를 보며 반색도 하지 않고 소리를 친다.

"그대로 방에 들어가면 어떻게 해요?"

"왜 그래?"

"옷을 갈아입어야지요."

"왜?"

"약 냄새가 옷에 배었지 않아요?"

"알았어요."

거침없이 말하는 아낙을 보고 석이는 별 이상을 느끼지 못한다. 수시로 아낙의 태도를 살피는 자신이 스스로 생각해도 이상하다. 옷을 갈아입고 나니 저녁상이 들어온다. 아낙과 같이 저녁을 먹으며 생원 이야기를 한다.

"아참, 아까 미처 이야기를 못했는데."

"무슨 이야기인데요?"

"아버지가 지리산에 있다네."

"거기서 무엇을 한대요?"

"공부를 한대나."

동굴에 사는 도사 한 분을 만나서 거기서 기거를 같이 하며 사서삼경을 배우고 있다는 말을 하며 어떻게 하면 좋을지 아낙의 의사를 물어본다. 아낙은 별 반응이 없다. 그러나 순간 아낙은 생각을 한다. 생원이 돌아오면 수발을 드는 것은 고사하고 수의사와의 관계가 탄로가 날까 두렵다. 아낙은 아버님이 때가 되면 스스로 들어오시겠지 하며 자리에 든다. 잠자리가 미지근한 밤이다. 마지못해 응하는 아낙의 몸을 느끼며 석이는 선잠을 잔다.

아침 일찍 쇠죽을 끓여 누렁이에게 주고 아침을 대충 먹고 감나무밭으로 가는데 골목길에서 원이와 마주친다.

07

겉과 속

"오늘 뭐하나?"

"감나무밭에 가려고."

"뭐하려고?"

"풀을 좀 뽑아야겠어."

"풀을 베어야지 언제 뽑나?"

"뽑지 않으면 또 나오니 그렇지."

"시간이 많이 걸리더라도 뽑아야지."

그런데 어제 수의사가 왜 왔는지 묻는다. 원이 말에 순간 어떨떨한 석이다. 순간 누렁이가 임신을 해서 한 번 보라고 하였지 하며 적당히 얼버무리고 돌아서는 석이는 머리가 띵하다. 아낙이 왜 그 말을 하지 않았는지 의심이 생겨 수의사와 관계를 숨기는 것 같아 감나무밭에서 풀을 매면서 곰곰이 생각한다. 생각에 몰두한 나머지 아낙이 점심을 가지고 오는 것도 몰랐다.

점심을 먹으며 아낙을 바라보니 저 마음속에 무엇이 들었을까 궁금하다. 무엇을 숨기고 있는 것 같은데 너무나 천연스럽다. 벌써 석이는 아낙과 수의사 관계를 단정하고 있는 것이다.

"아참, 어제 수의사가 왔다며?"

"그래요, 나가는 모습만 보았어요."

"왜 말을 하지 않았지?"

"그냥 나가길래 누룽이를 보고 가나 보다 했어요."

"그래도 말을 해야지."

"대수롭게 생각하지 않았어요."

아낙은 겉으로 태연한 척 말을 하였으나 속으로 큰일이다 싶다. 누가 무엇을 보았을까 생각하며 이것저것 짚어본다. 아무리 생각해도 볼 사람이 없는 것 같은데, 더구나 부엌에는 사방이 막혀 이웃에서 볼 틈이 없지 않은가. 부엌에서 나오고 들어가는 모습을 누군가 볼 것 같아 조심하지 않았는가. 낮에는 동네에 아무도 없을 뿐 아니라 이웃과는 거리가 많이 떨어져 있어 안심을 하였다.

아무튼 내색을 하지 말아야지, 책이 잡히지 않도록 시치미를 떼야 하고, 양심의 가책을 밖으로 표출하지 않아야 한다고 마음을 다진다. 안과 겉이 다른 것은 나만이 아니지 않느냐. 더구나 표리가 일치하는 사람이 어디 있단 말이냐. 안은 내가 누리고 밖은 그들이 누리는 것이니 밖으로 변함이 없으면 된다.

석이는 아낙의 말을 듣고 그럴 수도 있다고 생각하나 한편 수긍하면서도 뭔가 대책을 강구해야겠다고 마음을 먹는다. 문제는 누룽이인데 누룽이만 없으면 수의사가 올 일이 없지 않은가 생각한다. 누룽이를 어떻게 하나? 장에 가서 팔아버릴까? 농사짓는 멀쩡한 소를 판다는 것이 있을 수 없다.

더구나 내년 초에는 새끼를 놓을 것이다. 머리가 아프다. 일단 누룽이 문제는 좀 더 생각해 보기로 한다. 아낙이 점심 바구니를 챙겨 집으로 가나 생각했는데 풀을 뽑는다.

"왜 집에 가지 않고?"

"나도 풀을 뽑으려고."

"나 혼자 해도 되는데."

"이런 일은 저도 할 수 있어요."

"당신 혼자 하는 것보다 훨씬 낫지요."

석이는 아낙이 풀을 뽑는 것을 보고 저렇게 착한 아낙이 거짓말을 할 일이 없다고 생각하며 전과 다름없이 집안일에 충실하지 않은가 하며 마음을 다독인다. 해가 중천을 넘으니 열기가 좀 가셔 아낙이 일어서며 저녁을 하러 집에 가겠다 한다. 석이는 집으로 가는 아낙의 뒷모습을 보며 연민을 느끼는 한편, 요즈음 잠자리가 왜 살갑지 않을까 의문을 가지며 무거운 머리를 떨치고 지심을 매는 데 열중한다. 해가 서산에 기웃거릴 때쯤 밭일이 끝나 이제 약도 쳤고, 풀도 매었으니 벼농사에 전념해야겠다고 생각하며 집으로 가니 아낙이 샘에서 물을 길어오고 있어 마주치니 잠깐 헤어졌을 뿐인데 반갑다.

집에 들어서자 누룽이가 방울을 흔들고 있어 쇠죽을 달라는 소리 같아 여물을 쓸고 쇠죽을 끓여 쇠죽을 퍼서 누룽이에게 주고, 누룽이가 먹는 모습을 보니 김이 나는 쇠죽을 잘도 먹어 보기가 좋다. 석이가 혼자 중얼거린다. 너를 어떻게 한단 말이냐? 팔 수도 없고, 키우자니 수의사가 들랑거리니 어떻게 한단 말이냐?

아낙의 저녁 먹으라는 소리가 들린다. 대충 세수를 하고 손발을 씻고 저녁을 먹은 후 아낙과 둘이서 별로 할 말도 없고 해서 일찍 자리에 누우니 아침 일찍 눈이 뜨이자 누룽이에게 쇠죽을 주고 아침을 먹은 후 들로 나선다.

들에는 벼이삭이 피고 있다. 그러고 보니 벌써 8월이 다가선다. 7월까지 물을 가득 실었던 논에서 물을 빼려는 것이다. 벼를 보호하기 위해 실었던 물은 뿌리를 위해 걸러 빼기를 하려는 것이다. 걸러 빼기란 3일 정도는 물을 실어두었다가 2일 정도는 물을 빼는 것으로 물을 빼면 뿌리에 산소 공급이 잘 되고, 뿌리가 깊이 내려 벼가 쓰러지지 않는다. 미나리논뿐만 아니라 앞들 논, 감자밭 논에도 물 걸러 빼기를 하여야 한다. 이논 저논 다니려니 시간이 많이도 걸리는데 어느덧 따가운 8월이 기울고 9월이 지나 10월이 되니 추수를 하기에 급급해 석이는 품앗이꾼들을 불러 벼를 베고 일단 논에 야적을 하니 들판에는 노적가리가 즐비하다. 누른 들판도 보기가 좋지만 노적가리는 더 보기가 좋으니 풍요한 가을은 사람들의 마음을 행복하게 한다.

단감나무에는 감이 먹음직스럽게 열렸으나 첫 수확은 별로 수확량이 많지는 않다. 농약을 친 보람이 있어 탄저병도, 흰가루병 피해도 적다. 석이와 아낙은 단감을 따서 상자에 정성껏 담는다. 가지를 치고, 감꽃을 따고, 약을 치고, 풀을 베며 따가운 햇볕을 견디었으니 마치 자식같이 소중히 여겨진다. 고생한 보람이 있어 얻은 열매이니 귀엽고 탐스럽다.

오후가 되어 일단 작업을 중단하고 단감을 싱싱할 때 출하를 하기 위하여 유통센터로 바로 간다. 단감 상자를 싣고 가는 누룽이도

신이 나는 것 같다. 유통센터에 도착하니 검수원들이 대과, 중과, 소과로 분류를 한다. 대부분 소과이고, 중과가 일부 있기는 한데 조생종으로 처음으로 수확하여 출하하는 것이라 만족할 수밖에 없으나 출하를 하고 나니 그래도 뿌듯하다.

내일은 수확을 전부 마치고 유통센터에 출하를 마저 할 작정이다. 10월의 하늘은 푸르고 맑고 따끈하다. 추수한 벼로 노적가리가 들판을 메우고, 과일밭에는 탐스러운 과일로 먹음직하니 농사꾼으로서 자부심이 가득해지는 풍요의 계절이다. 석이는 나머지 단감 수확을 마치고 센터에 출하를 하였다. 세월은 빨라 벌써 3월이 가고 4월이 다가선다.

08

정욕의 발로

　석이와 아낙은 품앗이꾼들을 데리고 모내기하러 간다. 미나리깡부터 시작을 하는데 아낙은 못짐을 나르기도 하고, 줄을 잡아주기도 한다. 허리를 굽히고 모를 심는 와중에도 아주머니들은 노래를 부르며 흥겨운 노랫가락에 따라 모를 심는데 어김없이 거머리는 달라붙고 찰싹거리는 소리로 부산하다. 아낙이 준비해 온 새참을 풀어 놓으니 막걸리에 고구마를 먹은 후 모내기를 계속하는데 아낙은 점심을 준비하러 집으로 간다.

　바쁘게 집에 들어서니 누군가 송아지를 살피고 있어 갑자기 가슴이 두근거려 못 본 척하고 부엌으로 들어가니 수의사가 따라 들어온다. 용의주도하게 아무도 없는 것을 어떻게 알고 찾아왔다. 부엌에 들어오자 말 한마디 하지 않고 아낙을 끌어안는데 완전히 자기 소유물로 취급하는 것이다. 그가 원하는 바를 아낙도 알고 아낙도 그가 그리웠다. 장소에 구애받지 않는다. 그들은 몸이 뜨거워졌다. 바쁜 가운데 그들은 서로를 만족시키니 회오리바람은 시간을 단축시켰다.

　오래간만에 볼일을 본 수의사는 쏜살같이 밖으로 사라지니 아낙은 한바탕 꿈을 꾼 듯 품앗이꾼들의 점심을 챙긴다. 불을 지피고 밥을 하고 반찬을 만들어 바구니에 담는데 몸이 피곤할 것 같은데 오히려 가벼움을 느끼며 바구니를 이고 길을 나서는데 그때야 주위를 의식한다. 농촌의 마을은 낮에는 너무나 한적하다. 바쁘게 가는 길에 자기가 무슨 짓을 하였는지 내 안의 비밀을 누가 알까 하며 시치미를 뗀다. 아무 일 없었다는 듯 태연하게 운신을 하니 이제는 스스로 자기를 속이는 일에도 익숙하다.

모내기 논에 도착하니 좀 늦은 감이 있어 미안하지만 점심 바구니를 내려놓고 모두를 부른다. 석이가 다가서면서 왜 늦었느냐는 듯 눈치를 준다. 갑자기 배가 아파서 볼일을 보다 보니 늦었다고 호들갑을 떤다.

모두가 점심을 먹고 막걸리 한 잔을 걸치고 잠깐 쉰다. 담배를 한 대씩 피우며 흰소리를 잠깐 한 후 다시 모내기를 하는데 아낙은 빈 바구니를 이고 중참을 준비하러 간다. 집에 도착한 후 중참을 준비하기 전에 혹시 흔적이 있는지 살펴보니 누구도 다녀간 아무런 흔적도 없다. 꼬투리가 잡히지 않도록 샅샅이 살펴도 이상을 느낄 수 없다.

격정의 순간이 주마등같이 회상이 되나 정신을 차리고 중참을 챙겨 바구니에 이고 논으로 간다. 사람들과 중참을 먹고 해가 지도록 아낙도 모내기에 동참하니 이렇듯 모심기하는 데 이틀이 걸렸다. 석이는 자기 논을 마친 후 다른 사람 모내기를 도우려 며칠을 보낸 후 단감밭이 궁금하여 단감밭으로 가는 길에 수의사를 만난다. 뜬금없이 수의사가 송아지 이야기를 한다.

"일전에 잠시 들러 송아지를 봤어."

"아주 충실하게 잘 자라고 있더만."

"물도 한 그릇 잘 얻어 먹었지."

"누룽이도 아무 이상이 없었어."

"아, 그래 고맙네요."

석이는 갑자기 머리가 띵하다. 건성으로 대답을 얼버무리기는 하였으나 심란하다. 왜 아낙이 그 이야기를 하지 않았을까 의문이 꼬리를 무는데 아무래도 숨기는 일이 있다고 생각하며 물방앗간 앞을 지날 때는 거의 확신에 가까워진다.

아무래도 소를 정리해야겠다고 혼자 중얼거리며 송아지도 배네 주기로 하고, 그다음 누룽이를 처분해야겠다고 생각하는데 농사가 걱정이 되나 농사철에는 배네 준 소를 그때 그때 데려다 쓰면 될 것 같다. 단감밭에서 뒷정리를 마무리한다. 석이는 집에 돌아오자 아낙의 눈치를 살핀다.

"송아지를 배네 주어야겠어."

"좀 있다가 하지요."

"수의사에게 물어 별 이상이 없으면 보내야겠어."

"누룽이 하나 키우기도 힘들어."

그 정도로 이야기를 하면 아낙이 수의사가 다녀간 일을 이야기할 줄 알았다. 그러나 아낙은 아무 말도 하지 않는다. 얼마 전에 수의사가 보고 갔다고 하면 될 일인데 아낙이 무엇인가 숨기고 있다고 직감하며 누룽이도 처분을 하여야겠다고 마음을 다진다. 원천적으로 수의사가 올 일을 없애야겠다고 생각한다.

석이는 송아지를 아랫동네 지인에게 배네 주었다. 이제는 누룽이만 처분하면 되는데 어떻게 처분해야 할지 방도가 떠오르지 않는다. 소를 팔자니 농사짓는 소를 판다는 것이 이해가 되지 않을 것 같고, 다른 집에 위탁사육을 시키자니 명분이 없으니 무엇보다 아낙이 동의를 해주지 않을 것 같다. 고심을 하니 머리가 아프다.

세월은 빨라 어느덧 만상은 색깔이 변해 들녘은 누런 황금색 빛을 내고 있다. 논에 물을 수차례 걸어대기를 한 후 드디어 물을 완전히 빼고 추수할 준비를 한다. 들녘에는 활기가 가득하여 모두 추수하기에 여념이 없다.

석이도 품앗이꾼들을 불러 벼를 베고 임시로 논에 노적가리를 만들어 둔 후 누룽이를 몰고 와 논에 쌓아둔 볏단을 구루마로 집으로 옮긴다. 미나리깡 논, 앞들 논, 감자밭 논 모두 추수를 하고 나니 며칠이 걸렸다.

집에서 탈곡을 하고 광에 쌓아두는데 전에는 생원이 있어 탈곡이 좀 수월하였으나 이제는 남의 손을 빌려 탈곡을 하니 벅차다. 탈곡을 한 후 몇 날 며칠은 품앗이 갚음을 하려 이집 저집 다닌다. 아낙은 수시로 광에 있는 나락을 퍼내어 마당에서 말린다. 적은 양은 집에 있는 디딜방아로 찧고, 좀 많은 양은 동네 물레방앗간으로 간다.

추수를 하고 나니 어느덧 12월이 다가선다. 수의사가 오지 않은 지가 오래된 것 같다. 그도 추수할 때는 동네에 사람들이 많이 오간다는 것을 알아 조심하는 것 같고, 아낙도 수의사를 기다리지 않는다. 불륜의 끝장이 두려운 것이다.

겨울이 되니 정말 할 일이 별로 없어 석이는 가끔 나무를 하고, 누룽이 쇠죽을 끓이는 일로 소일한다. 생원이 돗자리를 짜고 할머니와 어머니가 길삼을 하던 그때가 아득하다. 그때는 겨울이라도 집안이 정말로 북적거려 호젓하지 않았는데 지금은 너무나 적막하다. 아낙은 혹시 수의사가 이때 들이닥치지 않을까 걱정스럽다. 왜냐하면 사람들이 대부분 집에 있으니 동네에는 눈들이 많기 때문이다. 세월은 덧없이 흘러 동지 팥죽에 액땜을 구하고 나니 설이 되었다.

제3부

읍참 누룽이

01

읍참

또 새해를 맞이하니 할머니가 눈에 선하다. 동네 사람들이 세배를 하러 와서 손점을 보았던 그 모습이 눈에 선하다. 먹을 것은 풍족한데 사는 재미가 별로 없다고 생각하며 석이가 대보름을 보낸 후 누룽이를 어떻게 처분하여야 할지 생각에 잠긴다. 이제 할 일은 당분간 나무를 하는 것 외는 별로 없는데 누룽이를 어떻게 처분해야 할지 정말 고민스럽다.

벽장을 뒤지다 보니 한구석에 먹다 남은 찰떡이 곰팡이가 피어 있다. 그냥 쓰레기통에 버릴까 하다가 무의식적으로 구정물(뜨물)통에 넣는다. 쇠죽을 끓이려 하는데 앗차 실수라는 생각이 들어 찰떡을 끄집어내려는데 묘안이 떠오른 것이다. 봄이 되면 모두가 일터에 나가 동네에는 인적이 뜸한 틈을 타서 수의사가 누룽이를 핑계로 집에 들락거릴 것 같아 사전에 핑곗거리를 없애야겠다고 마음을 먹는다.

누룽아, 미안하다. 너를 아끼는 마음이 왜 없겠느냐.
그러나 나와 아낙을 위해서 너가 희생을 해야겠다.
그렇다고 아낙을 쫓아보낼 수 없지 않느냐.

확실한 증거도 없이 그럴 수는 없다.
그리고 나는 아낙을 사랑한다.
물론 아이도 없으니 우리는 헤어지면 남남이다.
하지만 나는 그녀를 사랑하고 있으니 그녀를 보낼 수 없다.
그러니 너라도 없으면 핑계가 없어지는 것이고
수의사도 오기가 힘들 것 같다.

석이가 작심하고 누룽이에게 줄 구정물에 쇠죽을 끓였는데 찰떡이 녹아 볏집 여기저기 엉켜 있다. 누룽이에게 한 다라이 퍼서 구유에 부어주니 누룽이가 시장한지 잘도 먹는다. 그러나 잠시 후 갑자기 심한 몸부림을 치며 요동을 한다. 누룽이가 소 마구간을 떨치고 마당으로 나가는데 빗장도 튕겨 나가고 고삐도 끊어졌다. 마당으로 돌진한 누룽이가 천길만길 뛰니 땅이 흔들리고 하늘이 울리는 것 같다. 괴성을 지르더니 마당에 고꾸라지며 퍼덕거리는 것이다.

석이는 그렇게까지 심하게 요동을 칠 줄 미처 생각을 못하였다. 놀란 아낙은 왜 갑자기 이런 일이 일어났는지 알 수가 없어 망연자실할 뿐이다. 석이는 고통이 그렇게 크리라고 생각하지 못하였으며, 숨이 막혀 소 마구간에서 조용히 목숨을 거둘 것으로 생각하였다.

누룽아, 미안하다.
그렇게 고통스러울 줄 몰랐다.
내가 얼마나 너를 사랑했는지 너는 안다.

눈물을 머금고 너를 이렇게 고통스럽게 죽게 하였구나.
너라도 없어져야 아낙을
지킬 수가 있다고 믿고 있기 때문이다.
지금 내가 할 수 있는 일은
너의 영혼을 위로하는 일밖에 없다.
"읍참 누룽이"라는 팻말을 세워주고 싶다.

아낙이 도대체 어떻게 된 일이냐고 다잡아 묻는다.
"뭐가 잘못된 것이냐고요?"
"나도 모르겠어."
"쇠죽을 잘 먹고 있었는데 왜 그래요?"
"글쎄 왜 그런지 알 수가 없네."
"쇠죽에 독초가 들어간 것 아닌가요?"
"그럴 리가 없어."
"여물에 짚만 넣었는데."
"이제 어쩔 셈인가요?"
"할 수 없이 도살 처분을 해야지."
석이는 정신을 가다듬고 이장을 부르고, 동네 사람들을 불렀다. 모두가 웬일이냐고 이구동성 문의를 하는데 쇠죽을 먹는 중에 돌발 사고가 발생하였다고 설명한다. 이장이 자초지종 이야기를 듣고 이 사실을 면사무소에 보고하고 도살을 하기로 한다. 원인을 파악하고자 검사를 하려면 수의사가 참석하여야 한다. 이장이 수의사를 부르니 수의사가 재빨리 온다.

02

도축

　수의사가 아낙을 보며 알 듯 모를 듯 의미 있는 표정을 짓는데 이장의 주도하에 석이와 동네 사람들은 도축을 위해 도축장으로 소를 옮긴다. 수의사도 동행을 하며 도축장에 도착하니 소를 거꾸로 매단다.

　잠시 후 목 동맥을 절단하고 방혈을 하는데 방혈을 충분히 해야 고기 맛이 좋다고 한다. 머리를 절단하고 다리를 절단한다. 그다음 박피 작업을 하는데 사람의 손으로 하지 않고 기계로 한다. 소를 매달아 놓은 상태에서 백내장을 적출하고, 적내장을 적출한다. 내장을 적출한 후 내장을 전부 검사하니 사인이 밝혀졌다. 기도가 막힌 것이다. 식도에 끈적한 물체가 엉켜 있는 것이다. 석이는 이미 알고 있다. 그것이 찰떡이라는 것을 알고 있다.

　검사를 하니 찰떡이라는 것이 밝혀졌다. 석이는 쇠죽을 끓일 때 휩쓸려 들어간 것 같다고 어물거린다. 검사를 마쳤으니 배할을 한다. 엉덩이, 등, 목, 허리 등을 분할한 뒤 즉시 냉동을 하고 일부 출하한다. 일부는 마을로 가져와 동네 사람들에게 나누어 주니 누룽이가 죽은 원인이 동네 사람들 입에 무성하게 퍼졌다. 소가 찰떡을 먹고 기도가 막힌 것이라는데 도대체 말이 안 되는 것이다.

아낙은 원망하듯 석이를 쳐다본다. 석이가 그것도 모르고 쇠죽 끓일 때 찰떡이 섞여 들어가게 할 사람이 아니다. 분명 사유가 있다고 깊게 생각한다. 석이가 수의사와의 관계를 눈치채고 있는 것 같다. 그런데 왜 자기에게 그것을 따지지 않을까. 소가 없으면 수의사가 들락거리지 않을 것이라고 생각한 것이다. 핑계를 없애는 것이다. 누룽이를 없애면 수의사가 오는 핑계를 없애는 것이다.

아낙은 그것을 깨닫고 앞으로 처신을 어떻게 해야 할지 고민한다. 서로가 말은 없어도 비밀은 알고 있는 것이다. 밤이 오는 것이 무섭다. 어떻게 처신해야 할지 망설여진다. 부부관계가 점점 어색해진다.

수의사도 눈치를 채고 방문을 삼가한다. 누룽이를 핑계로 지금까지 아낙을 밀회할 수 있었다. 그러나 이쯤 해서 불장난을 그만하기로 마음을 굳힌다. 아낙은 심란하다. 착한 석이를 볼 낯이 없다. 내면은 내면대로, 외면은 외면대로 잘 유지하면 된다는 것이 그녀의 지론이었다. 밖으로 보기에 아내의 구실에 손상이 없으면 된다고 믿었다. 그러나 내면은 그녀를 괴롭히고 있다. 수의사를 만나지 못해 때로는 갈증도 난다. 하루가 바쁘게 흘러가고, 무기력은 더해간다.

"당신, 요즈음 왜 그래?"

"어떻길래요?"

"맨날 멍해 있는 거야?"

"봄을 타나 보지요."

아낙은 정신을 가다듬으려 애를 쓰나 나른하기만 하다. 봄철이

지나가기 전에 모를 심기 위해 논을 쓸어야 하고, 모판도 만들어 육모도 해야 하는데 아낙은 손을 놓고 멍한 시간을 보내고 있으니 시간이 갈수록 우울해지는 모습이다.

"여보, 왜 그렇게 있어?"

"감자도 심고, 채소도 심어야지?"

"알았어요."

"볍씨도 준비해야 하고."

석이가 채근을 해도 대답만 하지 반응이 없다.

제4부

자충수

01

우울증

아낙은 지금 내면과 싸우고 있는 것이다. 깊숙이 감추어 놓은 내면과 정면으로 만나고 있는 것이다. 석이를 볼 때마다 내면이 솟구치는 것이다. 내면이 묻는다. 너는 누구인가? 도대체 무엇하는 사람인가? 무슨 짓을 하였는가? 내면의 갈등이 겉모습을 훼손하고 있다. 밖으로 아무리 태연한 척해도 허물어지고 있다. 내면은 외면에, 외면은 내면에 상호 의존하고 있는 것인데 그것을 별도로 생각하고 처신하였다.

멍한 세월은 우울을 낳고 무기력하기만 하다. 석이는 아낙의 상태가 심상하지 않다고 느끼며 마음을 편안하게 가지도록 보살피는데 상태가 나아지지를 않는다. 동네 사람들이 드디어 수근거리기 시작한다.

"건펑 댁이 이상해."
"아무래도 우울증에 걸린 것 같아."
"누룽이가 죽고 난 다음부터 그러네."
"누룽이에게 홀렸나?"
"그럴 수도 있지."
"굿이라도 한 번 하지."

"그전에 행골 양반도 그랬지."

"그것과는 다르지."

"늑대를 잡는다고 혼이 빠진 것인데."

"마찬가지야."

"누룽이 혼이 야로를 부린 거야."

동네에서 이상한 소문이 파다해지고 있다.

02

치료

　석이도 손을 놓고 바라볼 수만 없어 병원에 가서 진찰을 받도록 할까, 점쟁이에게 물어볼까 생각하다 드디어 읍내 병원에 가기로 한다. 원장이 우울증이라고 하면서 잘못하면 정신분열증으로 진행할 수 있으니 큰 병원에 가서 전문의 치료를 받으라고 한다.
　집에 돌아와 며칠 동안 어떻게 해야 할지 갈팡질팡하며 후회가 막급한데 정말 이렇게까지 사태가 진전될 줄을 미처 생각지 못하였다. 누룽이를 그렇게 처리하는 것이 뉘우쳐진다. 핑곗거리를 없애면 모든 것이 해결될 것으로 생각하였는데 오히려 큰 문제가 생겼으니 아낙은 점점 상태가 나빠져 넋 없이 소일할 뿐만 아니라 식음도 제대로 하지도 않는다.
　하는 수 없이 점쟁이에게 방도를 알아보려 재 너머 있는 용한 점쟁이에게 간다. 법사는 아니고 보살인데 전에 한 번 가본 적이 있어 낯설지 않다. 집 앞에는 신대가 훨훨 날리고, 방 안에는 신단이 모셔져 있다. 석이는 보살에게 아낙에 대하여 자초지종 상태를 말하니 보살이 귀담아 이야기를 듣고 잠시 주문을 읊는데 잠시 후 눈을 똑바로 쳐다보더니 못할 짓을 하였구만 하며 나무란다. 누룽이 혼이 괴롭히고 있다고 단언을 하며 기왕지사 그렇게 되었으니 액풀이를 하라 한다. 즉 굿을 하라는 말이다.

석이가 잠시 머뭇거리다가 굿을 하면 어느 정도 비용이 드냐고 물어본다. 보살이 말하는 비용이 적지 않다. 그 정도 비용이면 차라리 큰 병원에 가는 것이 좋을 것 같아 석이는 집에 가서 의논해 보고 오겠노라고 하며 점집을 나온다. 집에 와서 아낙에게 자초지종 이야기를 하고 큰 병원에 갈 것을 종용한다. 아낙이 이야기를 듣는 둥 마는 둥 하더니 신경질을 낸다. 신경질보다 화를 내는 것 같다.

아낙은 자신이 스스로 만든 병인 것을 잘 안다. 굿보다 치료보다 자기 자신이 내면을 정리하는 것이 우선이라고 생각한다. 자기 자신이 새긴 주홍글씨를 지우지 못하고 있는 것이다. 속에서 내면에서 일어나는 번민, 갈등, 논리의 모순 그런 것이다. 겉은 겉이고, 속은 속이라는 논리의 정당성이 무너지고 있는 것이다. 석이는 하여튼 큰 병원에 가서 진찰이나 받아보자고 한다. 아낙도 마지못해 석이의 뜻을 따른다. 지금 자기의 힘으로는 이 수렁에서 벗어날 힘이 없는 것이다.

며칠 후 석이와 아낙은 부산에 있는 큰 병원에 간다. 정신과 의사는 이야기를 듣더니 문진을 하고 증상을 살핀다. 진단 기준을 가지고 점검하자고 하며 진단표를 주면서 지난 일주일 동안의 상태를 표시하란다. 내용인즉 평소 일을 귀찮게 느끼느냐? 입맛이 없느냐? 일에 집중하기 어려우냐? 미래가 암담하냐? 두려움을 느끼느냐? 잠을 설치느냐? 외로움을 느끼느냐? 말수가 적으냐? 슬픔을 느끼느냐? 갑자기 울음이 나오느냐? 사람들이 싫어하느냐? 등 이런 항목의 물음에 상, 중, 하로 대답을 표시하라 한다.

아낙은 석이의 도움을 받아 문항에 답을 한다. 의사는 문진을 한 후 진단을 내리기를 우울증인데 현재 급성이라면서 항우울제 약을 6주 이상 먹으라고 하며, 만약 효과가 없으면 연장을 해야 하는데 4~6개월간 치료를 더 받아야 하고, 그래도 안 되면 6~12개월 동안 치료를 연장하여야 한다고 한다.

의사는 약물과 더불어 생활 습관을 고치도록 하라면서 긍정적인 생각을 하고, 운동을 하고, 규칙적인 식습관을 가지고, 명상과 요가를 하고, 낮잠을 30분 이상 자지 말라고 덧붙인다. 석이와 아낙은 약을 받아 집으로 오는데 석이는 아낙의 기분이 상하지 않도록 신경을 쓴다.

집에 오니 그동안 모판에는 육모가 어느 정도 자라 석이는 품앗이꾼들을 모아 모를 심는다. 미나리깡, 보리밭, 감자밭 등에 모두 심고 나니 다른 사람들 논에도 모를 심어주어야 한다. 그러는 사이 아낙은 혼자서 약을 먹는데 약은 아침, 저녁으로 한 알씩 한 번씩 먹는다. 며칠은 잘 먹는다고 생각하였는데 언젠가부터 가끔 빠트리는 것 같다. 날짜별로 먹도록 약을 분할하였는데 그래도 가끔 약의 수량이 다르다. 그런데 처음에는 약이 효과가 있나 싶었는데 날이 갈수록 별 차도가 없다. 오히려 더 불안해하고, 때로는 경련을 일으켜 약을 좀 더 먹으면 효과가 있겠지 기다렸으나 점점 증상이 심해지는 것 같다. 이미 약은 한 달을 거의 먹은 것 같은데 오히려 구역질을 하고, 잠도 못 자는 것 같아 석이는 갈피를 못 잡는다.

하는 수 없이 보살을 또 찾아가 굿을 하기로 마음먹는다. 병굿을 하라고 한다. 병굿 중에서도 미친 사람을 위한 광인 굿을 하여야 한다고 한다. 더구나 환자가 사는 집에서 굿을 하여야 한다기에 석이는 집에서 하기로 한다. 환자를 감금하라고 하여 아낙을 감금한다.

마음이 아프지만 무당이 시키는 대로 짚으로 남자 사처낭을 만들고, 여자 여처낭을 만들어 어두워지기를 기다려 굿상을 차리고 모닥불을 피워 굿을 한다. 굿은 낫 2개, 식칼 2개, 도끼 2개를 들고 작두타기를 한다. 시퍼런 작두 위에서 춤을 추는데 사처낭(남자 회랑이)이 여처낭(여자 회랑이), 즉 악귀를 쫓아내는 행위를 한다.

아낙은 굿을 보고 속으로 웃는다. 나는 나의 병을 안다. 알고 있으며 스스로 치료하여야 한다는 것도 안다. 그러나 어떻게 할 수가 없다. 내 속의 모든 비밀을 훌훌 털어놓으면 벗어날 수 있다고 생각한다. 그러나 그렇게 할 수가 없다. 나 자신이 스스로 만든 주홍글씨를 씻을 수가 없다. 이제 그렇게 할 의지를 상실하였다.

굿을 한 후에도 아낙은 차도가 없다. 석이는 하는 수 없이 병원을 다시 찾는다. 의사가 약을 제대로 먹느냐고 묻기에 가끔 약 재고를 점검하니 제대로 먹지 않는 것 같다고 한다. 그러면 오히려 부작용이 생겨 심해진다고 하며 다시 4~6주간 약을 먹으라고 한다. 그러니 병 증세가 연장기에 들어간 것이다.

병원에서 나와 처음으로 아낙과 함께 국제시장을 간다. 전에 신발을 사주지 못한 미안한 감이 언제나 있었다. 장날만 되면 신발을 가끔 사주기는 하였으나 오늘도 아낙이 좋아하는 하얀 가죽구두를 산다.

03

사랑의 자충수

　아낙이 배시시 웃으며 좋아한다. 측은하고 사랑스럽다. 핑계만 없애면 아낙하고 행복하게 살 것으로 생각하였다. 자기 의처증이 누룽이를 죽이고, 오늘을 만들었다고 생각하니 아낙과 마음을 터놓고 솔직히 이야기할 것을 후회한다. 이미 지나간 일! 누룽이만 죽이고 아낙은 정신이 이상해졌다.

　누룽이의 죽음과 아낙의 병이 직결된다고 생각하지 않았지만 점쟁이가 그렇게 말을 하니 석이도 그 말에 수긍이 가지 않는 것은 아니다. 집에 와서도 아낙은 여전히 멍한 나날만 보내고 있다. 내면의 갈등을 스스로 헤어 나오지 못하고 있는 것이다.

　석이는 농사일로 바쁘다. 논에도 수시로 가봐야 하고, 단감밭도 둘러봐야 한다. 게다가 나무도 해야 하고, 장날 장에도 가야 한다. 아낙은 요즈음은 집에만 있지 않고 밖으로 나가 다닌다. 아무도 상대를 해주지 않으니 들로 산으로 헤맨다. 모습도 헝클어질 때가 많다.

　수의사는 아낙이 병이란 것을 알고 얼씬도 하지 않는다. 사람 마음이란 언제나 마찬가지다. 아낙이 아프다니까 아무도 집에 찾아오지 않는다. 집 안 구석구석 아낙의 손길이 멈추어진 지 오래다. 석이가 먹고 난 부엌은 어지러워져 보기가 흉하다. 쥐가 들락거리고, 파리가 흩날려 지저분하기 짝이 없다.

　석이가 이른 아침 단감밭으로 가서 웃거름을 준다. 누룽이가 없으니 정말 아쉽다. 일에 쫓기다 보니 때를 거를 때도 적지 않다. 밥을 제때에 챙겨주던 아낙이 정말 그립고 그립다. 해가 넘어갈 때쯤 집으로 오니 이상하게 아낙이 집에 없다. 아낙을 찾으러 여기저기 수소문해도 찾을 길이 없다. 산으로 들로 아낙을 찾으러 다니는데 어둠을 뚫고 아낙이 모습을 드러낸다. 반가워 얼싸안고 자초지종을 물어보니 할머니 산소에 갔다 왔다고 한다. 때로는 가끔 정신이 멀쩡하니 종잡을 수가 없어 석이는 마음이 놓이지 않는다.
　무슨 일이 벌어질 것만 같아 다음날부터 아낙을 집에 가두기로 한다. 방문에 자물쇠를 채우고 밖으로 나오지 못하게 방 안에 요강도 준비해 두고, 대소변을 보도록 하니 석이는 더 바빠진다. 일을 하는 중에 아낙의 밥을 챙겨주러 집에 자주 들러야 한다. 방에만 갇혀 있는 아낙이 불쌍해 석이는 하는 수 없이 방문 자물쇠를 풀어준다. 어느 때는 정신이 온전하기 때문이다.
　석이는 점심을 집에 와서 아낙과 챙겨 먹고 밭으로 간다. 일을 마치고 저녁에 돌아와 보니 아낙이 또 없다. 해는 서산으로 기우는데 아낙이 보이지 않아 아낙을 찾아 산으로 들로 헤맨다. 할머니 산소에도 가보고, 어머니 산소도 가보았으나 보이지 않는다. 지친 몸을 가누며 집으로 돌아온다. 어둠이 깔려도 아낙은 돌아오지 않는다.
　밤을 새워 기다렸으나 아낙이 돌아오지 않아 이른 새벽 석이는 온 들판을 헤매었다. 혹시나 해서 재 넘어 큰 저수지 둑으로 가본다. 둑 가운데 하얀 무언가 보인다. 가까이 보니 신발이다. 석이가 부산에서 사준 하얀 신발이 나란히 놓여 있다. 40여 해를 넘긴 세월이 흐르고 있다.

자충수

미처 몰랐습니다
영원할 것이라 생각하였는데
착각이고 모순이었습니다
달디 달면 그다음
쓴맛이 나온다는 것 몰랐습니다
남 보기가 역겹고 역겨운
겉과 속이 다른 삶
행복이 함께할 수 없음을 알았습니다
나의 사랑은
지옥으로 가는 자충수였습니다